ullstein

Das Buch

Ganz Ried im Allgäu fiebert einer Reihe von Jubiläen entgegen: Das Marktrecht jährt sich zum siebenhundertsten Mal, der Schützenverein und die Freiwillige Feuerwehr feiern ihr hundertfünfzigjähriges, der Trachtenverein sein hundertjähriges und die Landfrauen ihr siebzigjähriges Bestehen. Es könnte alles so schön sein. Hätte nicht irgendjemand dem trunksüchtigen Dorfbraumeister Aloisius das Finanzamt auf den Hals gehetzt. Aloisius wirft alles hin und braut nicht mehr! Bei dem Gedanken, zum dörflichen Jahrhundertereignis das Bier aus dem Nachbardorf Vucking importieren zu müssen, wird allen Riedern bang ums Herz.

Weder von Aloisius' Frau, die mit dem Eisdielenbedarfsvertreter Frederico nach Italien durchgebrannt ist, noch von seinem Sohn Eusebius, den er an die Kunst und an München verloren hat, ist Hilfe zu erwarten. Vielleicht jedoch von seiner Tochter Maria, die sich vor zwanzig Jahren von einem schmucken Hanseaten nach Hamburg entführen ließ. Kurzerhand reisen die Landfrauen in die Hansestadt, um Maria zurückzuholen. Doch bald stellt sich heraus, dass Aloisius Marias kleinstes Problem sein soll …

Der Autor

Florian Herb, 1971 in Berlin geboren, lebt mit seiner Frau und den beiden Söhnen im Allgäu. Neben seiner schriftstellerischen Tätigkeit begeistert er sich für Musik, Fotografie, Film, Theater, den VfB Stuttgart und die Tücken des menschlichen Zusammenlebens.

Von Florian Herb sind in unserem Hause bereits erschienen:

Männerwirtschaft
Liselotte, Fräulein Nowak und der Grieche
Der Tag, an dem Lotto-Klara in mein Taxi stieg

Florian Herb

Maria und das Ding mit dem Reinheitsgebot

Roman

Ullstein

Besuchen Sie uns im Internet:
www.ullstein-taschenbuch.de

MIX
Papier aus verantwortungsvollen Quellen
FSC® C083411

Originalausgabe im Ullstein Taschenbuch
1. Auflage April 2016

Umschlaggestaltung: ZERO Werbeagentur, München
Titelabbildung: FinePic®, München (Ornamente);
plainpicture / © Lubitz + Dorner
Satz: Pinkuin Satz und Datentechnik, Berlin
Gesetzt aus der Galliard
Druck und Bindearbeiten: CPI books GmbH, Leck
Printed in Germany
ISBN 978-3-548-28759-1

Für Hans

Die Handlung, der Handlungsort und die handelnden Personen dieses Romans sind frei erfunden. Jede Ähnlichkeit mit toten oder lebenden Personen oder Persönlichkeiten des öffentlichen Lebens ist nicht beabsichtigt und wäre rein zufällig.

Obwohl der Roman im Allgäu spielt, wird auf den kommenden Seiten niemand sein Leben lassen.

Es liegt jedoch durchaus im Bereich des Möglichen, dass jemand an Charakterschwäche stirbt.

Im Anhang dieses Buches sind keinerlei Rezepte zu finden.

Auf Mundart wurde weitgehend verzichtet.

1

Maria Jansen, geborene Gschwend, saß vor ihrem Teller, auf dem sich eine üppige Portion Grünkohl mit Pinkel befand. Skeptisch hob sie ihren Blick und schaute über den aufsteigenden Dampf des norddeutschen Traditionsgerichtes zu ihrem Mann Jan. Der strahlte im Gegensatz zu ihr vor Glück – was aber nicht an der bodenständigen Hausmannskost lag, sondern an seiner Berufung als vollwertiges Ratsmitglied in die Kaufmannsgilde der »Hanseata Veritas«. Und das bereits mit vierundvierzig Jahren, was in der fünfhundertsechzigjährigen Geschichte der Organisation noch nie da gewesen war.

»Pah! Kann mir bitte jemand erklären, was daran auszeichnungswürdig sein soll, Ramsch aus Billiglohnländern einzuführen, um sie in der ersten Welt zu vergolden? Import–Export, das sagt doch schon alles!« Das waren nicht Marias verächtliche Worte gewesen, die die frohe Botschaft kommentierten, sondern die ihrer Tochter Ilka. Sie war gerade achtzehn geworden und steckte voller überquellendem Weltverbesserungseifer. In diesem Moment befand sie sich irgendwo in Mosambik, und in ihren Armen sicherlich ein ebenso elektrisierter Jungdoktor aus Nordeuropa. Freiwilliges Soziales Jahr.

Und das war gut so. Vor allem für das Vater-Tochter-Verhältnis.

Im holzvertäfelten Veranstaltungssaal des altehrwürdigen Hamburger Hotels »Louis C. Jacob«, direkt an Elbe und Elbchaussee gelegen, wurde nun von Marias Mann eine Rede erwartet. Kurz, knackig, prägnant. Gerade so lang, bis sich das Gericht, zum Essen bereit, abgekühlt hatte. Jan Jansen stand auf, knöpfte das Jackett seines Smokings zu, klopfte mit der polierten silbernen Gabel an die extra dafür bereitgestellte steinerne Kornflasche, suchte sich einen Fixpunkt am Ende des dunklen Raumes und räusperte sich dezent. Sehr gut, dachte Maria, genau so, wie ich es ihm gesagt habe. Sie musste den Worten, die dann folgten, nicht zuhören. Maria kannte sie bereits, da sie sie selbst für ihn und seinen krönenden Moment formuliert hatte.

»Ja, wir sind ein tolles Team, Maria! Findest du nicht?«, hatte Jan ihr am Mittag zugeraunt und das Blatt mit der Rede zusammengefaltet, um es sorgfältig in der Innentasche seines Jacketts zu verstauen. Dann war er, ohne ein weiteres Wort des Dankes an seine Frau zu richten, vom Tisch aufgestanden, hatte den Wintergarten mit Blick auf die ruhig dahinfließende Elbe verlassen und war über das knarzende Parkett in seinem Büro verschwunden. Für Maria war das Verhalten ihres Mannes nichts Neues, aber es war das erste Mal in den gemeinsamen zwanzig Jahren, dass sie sich daran zu stören begann.

Für Hamburger Verhältnisse war der Applaus, der nach der Rede ertönte, als frenetisch zu bezeichnen. Die Schnapsgläser wurden gefüllt, der Ratsvorsitzende sprach einen Toast aus, und sodann vernahm man nur noch das vornehme Geklapper von Besteck, das auf Porzellan traf, im Saal. Denn eine Direktive der »Hanseata Veritas« lautete, sich einzig und allein auf die Sache zu konzentrieren, die man gerade verrichtete. Was die ganze Angelegenheit für die Ehefrauen zu einer ebenso langweiligen wie langwierigen machte. Aber wer sägte schon an dem Ast, auf dem man saß?

Jan Jansens nervöse rote Flecken, die ihm seit dem Mittag von der Schläfe bis zum Hals gereicht hatten, verblassten mit jeder Gabel Grünkohl, die er zum Mund führte. Maria hingegen verfluchte sich im Stillen, da sie eine kleine Handtasche und nicht ihren Shopper mitgenommen hatte. Denn ansonsten hätte sie zumindest das Paar grobe Pinkelwürste, in der Stoffserviette eingeschlagen, darin verschwinden lassen können. Die Ratsherren hätten es ohnehin nicht gemerkt, sie waren ja mit Essen beschäftigt.

Ein dezentes Glockengeklingel forderte die Damen nach dem Mahl dazu auf, den Raum zu verlassen. Es war Tradition, dass die nachfolgenden Stunden allein den Mitgliedern und ihren Themen gehörten. Was hieß, dass sie sich gegenseitig mit schweren Feuerzeugen phallische Zigarren anzündeten, mit ihren Taten, welcher Couleur sie auch immer waren, prahlten und sich der Illusion hingaben, sich durch den Konsum exquisiter Brände von der trinkenden Masse abzuheben.

»Nur raus hier. Manchmal denke ich, wir sind der kostbare Inhalt und unsere Männer die Flaschen!« Es war Agathe Thomsen, die Ehefrau des Ratsvorsitzenden, die sich angeheitert bei Maria unterhakte. Mit leichter Schlagseite führte sie sie über den Gang entlang, an dessen Wänden düstere Ölbilder mit Seemannsmotiven hingen, die von Messinglampen diffus beleuchtet wurden, weiter in Richtung der Hotelbar. Dort ließ Agathe ihren fülligen Körper mit einem Seufzer in einen Ledersessel fallen, dass ihre von grauen Strähnen durchzogene Hochsteckfrisur nur so hin- und herwackelte. Munter klopfte sie auf den freien Platz neben sich und schlug die Getränkekarte auf.

»Was meinen Sie, Frau Jansen, vielleicht ein Gläschen Krug-Jahrgangschampagner? Oder sollte es lieber ein Weißwein sein? Es gibt hier einen hervorragenden Sancerre aus dem Loiretal.«

Natürlich hatte das »Louis C. Jakob« einen solchen, und Agathe Thomsen wusste das selbstverständlich. Das Haus bezog seine exquisiten Weine und Spirituosen, wie beinahe alle Luxushotels und Gourmettempel nördlich des Kölner Doms, von Agathe Thomsens Mann, den man seit dreißig Jahren hinter vorgehaltener Hand auch den »Promillekönig Norddeutschlands« nannte. Egal, was, ob kubanischer Rum, edler Pisco aus Peru, Mezcal aus der mexikanischen Provinz Oaxaca oder bretonischer Weinbrand, er führte es.

Weder Champagner noch Wein, dachte Maria, setzte sich und schlug die Beine übereinander. Ihr Blick glitt aus dem Fenster und verfing sich sogleich im Nebel, der bereits seit anderthalb Wochen wie ein kalter, undurchdringlicher Schleier über der Stadt hing. Sie wusste selbst nicht, woher das Bedürfnis nach einem Bier kam, aber sie verspürte es. Und irgendwie beschlich sie zugleich das diffuse Gefühl, dass da noch mehr war, nach dem es sie dürstete.

»Ich glaube, ich nehme ein Bier«, sagte sie zu Agathe Thomsen, die sie neugierig anschaute.

»Ein Bier? Warum nicht! Meinem Mann ist das Getränk zu profan, als dass er es vertreiben würde. Aber ich denke, wenn es handwerklich ebenso gut gemacht ist wie ein anständig ausgebauter Wein, hat es durchaus die Berechtigung, sich auf der Karte eines guten Restaurants oder Hotels wiederzufinden. Nur ehrlich muss es sein, ich meine, vom Charakter her. Aber was verstehen wir schon vom Geschäft.« Agathe zwinkerte Maria komplizenhaft zu und winkte dabei dezent einen Kellner an den Tisch. »Marcell, Frau Jansen hätte gerne ein Bier.«

»Darf es ein Ratsherren, Jever oder Jacobsbräu sein, gnädige Frau?«

»Haben Sie nichts Süffigeres, vielleicht ein Helles?«

»Ein Helles?«

Maria überlegte kurz, ob sie es dem Kellner erklären sollte, winkte dann jedoch ab und bestellte aus Ermangelung einer Alternative ein Weizenbier, welches kurz darauf in einem vornehmen 0,33-Liter-Glas serviert wurde. Sie hob es vor ihre Augen und sah den Kohlensäureperlen dabei zu, wie sie in einer geordneten Reihe vom Glasboden durch das leuchtende Gelb hinauf zur wolkigen Schaumkrone stiegen. Obwohl sie fröstelte, wurde es ihr bei dem Anblick warm ums Herz. Dabei fragte sie sich das erste Mal seit Jahren, wie es wohl ihrem Vater Aloisius ging. Braute er noch immer? Ob ihr Bruder Eusebius nach wie vor mit der Kunst verheiratet war und was das Dorf machte, aus dessen Enge sie vor zwanzig Jahren über Nacht entflohen war?

Ein infantiles Gekicher holte sie in die kühle Atmosphäre der Bar zurück. Berenike Sievers, Marias Nachbarin, selbsternannte Stilikone sowie Schriftführerin der »Karitativen Elbchausseefrauen«, und ihre ihr ständig anhaftende Entourage prosteten ihnen vom Tresen mit ihren rosafarbenen Spritzgetränken zu. Dabei schenkten sie Maria ein herablassendes, taxierendes Lächeln.

»Wenn ich nicht die Gattin des Ratsvorsitzenden wäre, würden die mageren Hühner mich noch nicht einmal mit ihren knochigen, bleichen Hintern anschauen!« Agathe hob ihr Glas, setzte ein charmantes Grinsen auf und prostete zurück.

»Warum denn das?«

»Schauen Sie mich doch an, mein Kind. Ich bin rund wie eine Tonne, passe in keinen Designerfummel und trage mein Herz auf der Zunge. Und als ob das allein nicht schon reichen würde, entstamme ich nicht einer alteingesessenen, vornehmen hanseatischen Kaufmannsfamilie, sondern einer Obstbrandfamilie aus dem Alten Land. Und wissen Sie, warum ich das alles hier aushalte?«

Verwundert über so viel Ehrlichkeit, blickte Maria ihr in das wie ein reifer Apfel gerötete Gesicht.

»Nein.«

»Weil ich gerne wohlhabend bin und meinen Mann liebe. Und somit unterstütze ich ihn in seinen Bemühungen, vermögend zu bleiben, und in dem, was gesellschaftlich von ihm erwartet wird. Und wenn es hier zu schlimm wird oder ich mich zu langweilen beginne, was fast das Gleiche ist, entfliehe ich für ein paar Tage auf die linke Seite der Elbe. In meine Heimat, zu meinem Clan. Die erden mich dann wieder. Zum Wohl.«

Maria musste auflachen. Sie klopfte wie ein Ratsmitglied mit den Fingerknöcheln auf den Teakholztisch und hob ihr Glas.

»Fürwahr, gut gesprochen!«, imitierte sie mit tiefer Stimme und nahm einen Schluck von ihrem Weizenbier. Am liebsten hätte sie es sofort wieder zurück in das Glas gespuckt. Sie verzog das Gesicht.

»Schmeckt es nicht?«

»Selbst jemand ohne Geschmackssinn würde so was nicht trinken wollen. Nein, da fehlt die nötige Leidenschaft, Zuwendung, Liebe.«

Es waren die Worte ihres Vaters, deren Maria sich bediente. Aber welche hätten besser dazu passen können?

Agathe Thomsen war überrascht. »Erwarten Sie so etwas denn von einem solchen Industrieprodukt?«

»Benötigt nicht jedes Produkt Liebe, Leidenschaft und Zuwendung, damit es ein gutes wird?«

Diesmal klopfte Agathe auf das auf Hochglanz polierte Holz. »Sie sollten das Marketing der Firma Ihres Mannes übernehmen, Frau Jansen. Wenn Sie es nicht bereits im Hintergrund übernommen haben«, fügte sie noch hinzu und wedelte dem Kellner mit ihrem leeren Champagnerglas zu. »Aber sagen Sie, wie halten Sie das alles hier aus? Ich möchte Ihnen nicht zu nahe treten, aber Sie scheinen mir auch kein Mitglied des inneren Kreises zu sein.« Dabei deutete sie mit ihrem Kopf in Richtung Berenike, die gerade künstlich ihren Kopf in den Nacken legte und so etwas wie ein Lachen von sich gab.

Was war das für eine Frage?! Nein, fast schon eine Anmaßung. Empörung machte sich in Maria breit. Sie holte tief Luft, wollte aufstehen, hob den Arm und ließ ihn jedoch sogleich wieder zurück auf ihr dunkelgrünes Seidenkleid fallen. Agathe Thomsen hatte recht. Sie war hier in keinem einzigen Kreis fest integriert.

Zwar lebte sie bereits seit zwei Jahrzehnten in Hamburg, hatte aber, wenn sie ehrlich zu sich war, nie das Gefühl gehabt, angekommen zu sein und richtig respektiert zu werden. Sie hatte sich redlich darum bemüht, und doch war sie hier immer die Frau von Jan Jansen geblieben. Diejenige, die er damals aus dem Allgäu, dem äußersten Süden Deutschlands, mitgebracht hatte. Für Hamburger Verhältnisse geradezu eine Frau von südländischer Exotik. Dunkelhaarig mit einem gesunden braunen Hautton. Nicht großgewachsen und schlank, sondern kräftig, fest und von mittlerer Statur. Die Mutter seiner zwei Kinder, die sich jetzt beide in Afrika befanden. Das eine, Jan jr., in Kapstadt bei der Ausbildung zum Hubschrauberpiloten, das andere, Ilka, auf demselben Kontinent, jedoch in sozialerer Mission.

Maria fühlte sich auf einmal so einsam wie lange schon nicht mehr in diesem Meer der Oberflächlichkeit. Sie hob ihren Blick und schaute an Frau Thomsen vorbei.

»Zumindest habe ich noch meinen Mann!«, sagte Maria wie ferngesteuert.

Agathe schluckte. »Genau, Frau Jansen!«

Als ob dies das vereinbarte Zeichen gewesen wäre, betrat Jan Jansen just in dem Moment die spärlich ausgeleuchtete Bar. Mit unsicherem Schritt wankte er zum Tresen und musste sich mit einer Hand an dessen

Handlauf festhalten, um nicht zu stürzen. Als er sich so weit gefangen hatte, suchte er mit fiebrigem Blick den Raum nach seiner Ehefrau ab. Seine Gesichtsfarbe glich dabei dem Grünkohl, den er verspeist hatte. Die Schweißperlen rannen ihm von der Stirn. Sein Körper vertrug weder Kohl noch Hülsenfrüchte, auch nicht zu viel Alkohol und schon gar kein Nikotin.

Zwar verschlimmerte die frische Luft Jan Jansens Zustand, Maria tat sie jedoch umso besser. Sie war froh, das Hotel und die Ratsherrengemeinschaft verlassen zu können, obwohl sie das Gefühl hatte, in Frau Thomsen so etwas wie eine Leidensgenossin gefunden zu haben. Sie entschied sich wohlweislich, den Bentley stehen zu lassen, schlug den Kragen ihres Kamelhaarmantels hoch, nahm einem Hotelangestellten ihren Mann ab und geleitete ihn den kurzen Weg zur Elbuferpromenade hinunter. Ein kleiner Spaziergang nach Hause würde beiden guttun.

Eine halbe Stunde später waren sie kaum fünfhundert Meter weit gekommen. Anstatt weiter im Zickzackkurs die ganze Breite des Weges einzunehmen, saßen sie nun auf dem kalten, nassen Sand des Ufers. Jan Jansens Kopf baumelte unkontrolliert zwischen seinen Knien hin und her, und er murmelte dabei Unverständliches vor sich hin, während Maria ihm beruhigend den Rücken streichelte.

»Die Sauerei, die Ihr Mann da hinten hingespuckt hat, machen Sie später gefälligst weg. Schließlich müssen wir das mit den Exkrementen unserer Tiere auch tun!«

Marie nahm kommentarlos die schwarze Plastiktüte entgegen, die ihr von der Hundebesitzerin gereicht wurde, und schaute über die Elbe auf das beleuchtete Betriebsgelände von Airbus, auf dem sich warnblinkende Fahrzeuge wie Spielzeugautos hin und her bewegten. Erst jetzt bemerkte sie, dass sich der wochenlange Dauernebel plötzlich verflüchtigt hatte, als ob ihn jemand weggepustet hätte, um einen genaueren Blick auf die Dinge werfen zu können.

Maria musste laut auflachen. Es war seit langem der intimste Moment, den sie mit ihrem Mann teilen durfte – auch wenn er nicht gerade als romantisch zu bezeichnen war. Es war jedoch ein grundehrlicher. Sie nahm eine herunterhängende Strähne seines kinnlangen, noch immer strohblonden Haars und legte sie hinter sein Ohr. Dann hakte sich Maria unter, lehnte ihren Kopf an Jans Schulter und versuchte, sich daran zu erinnern, wann genau sie sich zwischen den unzähligen Überstunden, Wochenendterminen, Soireen, Urlauben auf Sylt, Gran Canaria und in St. Anton, Galaveranstaltungen, Frauenbegleitwochenenden und Einladungen zum Tee, Golfturnieren sowie der gemeinsamen Erziehung ihrer Kinder als Paar aus den Augen verloren hatten. Dabei waren sie wirklich mal ein richtig gutes Team gewesen, das allerdings über die Jahre den Zusammenhalt verloren hatte. Aber das würde sich wieder ändern, sie würde ihn schon wieder finden, ihren Helden von damals, das nahm sich Maria fest vor. Und besagte nicht ein Sprichwort, dass das Leben erst anfange, wenn die Kinder aus dem Haus und der Hund tot seien? Nicht dass sie einen Hund hätten, Gott bewahre.

Das Nebelhorn eines Containerschiffes riss sie wenig später aus ihren Gedanken. Jan kippte vor Schreck um, landete auf dem Sand und bekam zugleich einen Schluckauf. Verdattert blickte er in die Augen seiner Frau und fragte sie lallend, was sie hier eigentlich machen würden.

»Uns wiederfinden, mein Schatz!« Sie zwinkerte ihm kokett zu und überreichte ihm die schwarze Hundeplastiktüte. Jan starrte sie verständnislos an.

»Eine resolute ältere Dame meinte, du solltest deine Hinterlassenschaften an der Eiche dort drüben ordnungsgemäß entsorgen.«

Schwerfällig rappelte sich ihr Mann auf und versuchte wankend, seine Smokinghose vom anhaftenden Sand zu befreien.

»So eine Sauerei. Hätten wir nicht mit dem Wagen fahren können?«

Maria stand seufzend auf, nahm die Hand ihres Mannes in die ihre und wandte sich nach Osten in Richtung Teufelsbrück.

»Kommst du?«

Jan zögerte und stierte mit gesenktem Kopf auf seinen über die letzten Jahre immer größer gewordenen Schmerbauch, der sich über den Bund seiner Hose wölbte. Dann schaute er auf die Tüte.

»Was meinst du, Maria, wollen wir uns, wenn die Kinder jetzt aus dem Haus sind, nicht einen Hund anschaffen? Ein Dalmatiner würde doch zu uns passen, oder?«

2

Als sechs Stunden später und siebenhundertvierundneunzig Kilometer weiter südlich die Sonne über dem schroffen Gipfelkamm der Ammergauer Alpen emporstieg und ihre ersten Strahlen auf die Ostallgäuer Moränenlandschaft entsandte, hätte man fast meinen können, dass der rot beschienene Frühnebel, der über den zahllosen Seen waberte, vor Freude in Richtung Himmel tanzte. Das Vieh lag wiederkäuend auf den taunassen Wiesen, befreit von den lästigen Fliegenschwärmen des vergangenen Sommers, und schien die Ruhe des Morgens zu genießen. Die Luft war kühl, klar und trug den Geruch der letzten Mahd des Jahres in die Region hinaus.

Und inmitten dieser Idylle lag die beschauliche Gemeinde Ried, die Heimat Marias. Nach Norden hin öffnete sich das sanft abfallende, hügelige Unterland. Im Süden, am Fuße des Hausberges, dem Riedhorn, lagen leuchtend grüne Bergwiesen, durchzogen von mäandernden Bächen, dahinter der beginnende Fichtenwald, weiter oben, im noch diesigen Hintergrund, die ersten baumlosen Gipfel mit ihren Kreuzen. Leicht westlich lud ein versteckt gelegener Moorsee zum erfrischenden Bad oder besinnlichen Spaziergang ein. Und im Osten, einen kräftigen Steinwurf entfernt, fast zum Greifen nahe, lag das Märchenschloss König Ludwigs II. – Neuschwanstein.

Und genau dieser Anblick versöhnte den Bayerischen Ministerpräsidenten Franz Meersburger mit den in der Nacht zuvor erlittenen Alpträumen. Er konnte nicht mehr genau sagen, was es war, das ihm den Schlaf vergällt hatte. Es kam auf jeden Fall Berlin darin vor, und das allein reichte schon aus, um ihn sauer aufstoßen zu lassen. Er stand barfuß und in einem viel zu knapp bemessenen Bademantel auf den feuchten Holzdielen des wuchtigen Balkons und konnte sich trotz der frühmorgendlichen Kälte nicht von dem überwältigenden Anblick lösen. Sogar eine Träne bahnte sich ihren Weg über seine unrasierte Wange.

Ja, Gott muss fürwahr ein Bayer gewesen sein, dachte er beseelt und begann zu überlegen, ob er nicht sein PR-Team herbeordern sollte. Eine bessere Kulisse für Imagefotos und zukünftige Wahlplakate würde er im gesamten Freistaat nicht finden. Und wer ließ sich schon gerne vor der begradigten Donau, flankiert von Mais-Monokulturen, ablichten?

»Herr Ministerpräsident! Herr Ministerpräsident! Sie werden es nicht für möglich halten.« Es war der Staatssekretär Erwin Stadler, der aufgeregt den kleinen Grashügel zum Hotel hochgelaufen kam und ehrerbietig seinem Chef zurief.

»Depp!«, murmelte Franz Meersburger. Denn der Grund, dass er vor einer halben Stunde in einem der Zirbelholzbetten des »Superior Hotel Alpenglück« und nicht in seinem eigenen aufgewacht war, lag darin, dass er sich inkognito in Ried befand. In unregelmäßigen Abständen bereiste er, als Balthasar Gernstl getarnt und fern der Münchner Claqueure, sein Land, um herauszufinden, was das Volk wirklich von ihm dachte und was es bewegte.

»Pssst! So seien Sie doch still, und kommen Sie hoch!«, rief er verärgert zu seinem Angestellten hinunter.

Was er anschließend dezent, bei sorgsam geschlossener Balkontür, am gedrechselten Eichenholztisch zugeflüstert bekam, ließ sein Herz noch höher schlagen, als es kurz zuvor die Landschaft vermocht hatte.

Folgendes hatte der Staatsdiener letzte Nacht in Erfahrung bringen können: Die Jubiläen der hiesigen Marktgemeinde würden sich im kommenden Jahr nur so aneinanderreihen wie die Perlen an einem Rosenkranz. Die Erteilung des Marktrechtes jährte sich zum siebenhundertsten Mal. Der Schützenverein sowie die freiwillige Feuerwehr würden ihr Hundertfünfzigjähriges feiern, der Trachtenverein sein Hundertjähriges, die Landfrauen ihr Siebzigjähriges und der Almabtrieb, in seiner touristisch vermarktbaren Form, sein fünfzigjähriges Bestehen. Genau wie die Bergwacht der Gemeinde. Aber dem nicht genug!

Hastig schnappte Erwin Stadler nach Luft, zögerte den großen Moment noch ein wenig heraus und ließ dann die Katze aus dem Sack. Als i-Tüpfelchen wäre da noch die Familienbrauerei Gschwend, die bereits in zehnter Generation ihr beliebtes und ebenso süffiges untergäriges Bier der Marke »Erhellung« nach dem altehrwürdigen Bayerischen Reinheitsgebot braute, welches sich ja, bekanntlicherweise, im kommenden Jahr zum fünfhundertsten Mal jährte.

Der Staatssekretär lehnte sich zurück, förderte ein Taschentuch aus der Innentasche seines Jankers zutage und tupfte sich den Schweiß von der Stirnglatze.

»Und, was sagen Sie dazu, Herr Ministerpräsident? Das alles lässt doch nur einen Schluss zu, oder?«

Er wartete mit auseinandergebreiteten Armen. Er war sich sicher, dass es diesmal bei seinem Chef etwas schneller klingeln würde. Aber es klingelte nicht.

»Ja, jetzt sagen Sie schon, Stadler. Schließlich habe ich heute noch Gewichtigeres zu erledigen, als mit Ihnen gemeinsam Kaffeesatz zu lesen!«

»Herr Ministerpräsident, sehen Sie es denn nicht? Einen perfekteren Rahmen, in dem Sie und der Freistaat sich der internationalen Presse, ja der ganzen Welt präsentieren können, ohne selbst allzu viel dafür tun zu müssen, wird es nie wieder geben. Höchstens in fünfhundert Jahren wieder. Stellen Sie sich nur die international einmaligen Schlagzeilen vor, und wir mittendrin.«

Jetzt klingelte es dann doch. Als ob der Ministerpräsident von einer königlich-fiebrigen Vision übermannt worden wäre, verklärte sich sein Blick, und ein unkontrolliertes Zucken durchfuhr die linke Wange. Er hob die linke Hand, stand in Zeitlupe auf und drehte sich, nur mit Slip und Bademantel bekleidet, zu seinen imaginären Untertanen und begann, sie zweisprachig zu begrüßen. Auf Bayerisch und Hochdeutsch.

»Griaß di, Franz! Wo soll i euch des Frühstück nahstella?«

Es war die Chefin des Hauses persönlich, die mit

einem üppig bestückten Servierwagen unter dem geschwungenen Türrahmen stand und ihren Landesvater fragte, wo sie servieren dürfte. Da man sich im Allgäu traditionsgemäß auf Augenhöhe und beim Du begegnete, sah sie keinen Anlass darin, ihn zu siezen. Von dem nachlässig angeklebten Clark-Gable-Bart hatte sie sich nicht an der Nase herumführen lassen und sie wunderte sich auch nicht über die dürftige Bekleidung und das seltsame Gehabe. Schließlich waren in ihrem Haus bereits der Volksschauspieler Walter Sedlmayr und der Münchner Modezar Rudolph Moshammer abgestiegen – Gott habe sie selig –, und bei denen ging es, dem Getöse nach zu urteilen, noch weit lustiger und wilder zu.

Wie zwei Pennäler, die man beim Rauchen in der Bubentoilette erwischt hatte, nahmen die beiden Politiker betreten auf ihren Stühlen Platz und begannen wortlos und mit gebeugten Köpfen, ihre noch warmen Semmeln aufzuschneiden.

»Aberwasischmitderlaptopgeschichte?«

»Bitte um Entschuldigung, Herr Ministerpräsident …?«

Franz Meersburger spülte mit einem großen Schluck Kaffee den letzten Bissen des Leberwurstbrötchens hinunter.

»Was mit dem Laptop ist, will ich wissen.«

»Laptop?«

Der Ministerpräsident rieb sich die Hände. Endlich war er einmal fixer im Kopf als sein Angestellter.

»Jetzt tun Sie doch nicht begriffsstutziger, als Sie sind, Stadler. Laptop und Lederhose! Klingelt da was bei Ihnen? Oder sollen wir uns der Welt als traditionsverkrustete Hinterwäldler bei den Feierlichkeiten des Reinheitsgebots präsentieren? Was ist mit unserer Technikkompetenz? Die müssen wir doch auch medial transportieren.«

Ein berechtigter Einwand, fand der Staatssekretär. Er überlegte kurz, dann schnippte er mit den Fingern.

»Live-Übertragung in alle Länder der Welt, und im Hintergrund steht der Übertragungswagen.«

Sein Chef gluckste vor Vergnügen.

»Ich weiß nicht, wie es Ihnen geht, Stadler. Aber ich könnte jetzt ein Weizenbier vertragen, bevor wir dem Bürgermeister persönlich die frohe Botschaft verkünden werden, dass seine Gemeinde im kommenden Jahr der Nabel der Welt sein wird.«

Hätte der Bürgermeister Sixtus Mayer in diesem Moment schon gewusst, was in den kommenden Stunden und Monaten auf ihn zukommen würde, so wäre er sicherlich nach dem Melken wieder zu seiner Frau ins Bett gekrochen und hätte sich verleugnen lassen, anstatt sich anzukleiden und zum Rathaus zu gehen. Eigentlich hatte er damals in Regensburg Volkswirtschaft studieren wollen – was sein Vater jedoch als groben Unfug abgetan hatte. Gleichzeitig hatte er die zu vererbenden Flächen an Bauerwartungsland zur Disposition gestellt.

Und so hatte sich Sixtus, wie sein Vater, Großvater und Urgroßvater zuvor, dafür entschieden, im Nebenberuf Viehwirt und im Hauptberuf Bürgermeister zu werden.

Er saß gerade am Computer und versuchte vergeblich, die Rede zu schreiben, die er am Abend anlässlich der Verleihung des Kunstpreises halten wollte, den die Betreiber des ortsansässigen »Bayerisch Pub« alljährlich auslobten, als es an der schweren Doppeltür seines Büros klopfte. Dankbar für die Unterbrechung, schaute er auf und hoffte insgeheim auf etwas, dessen Erledigung keinen Aufschub duldete. Dass eine seiner Kühe kalben würde oder Ähnliches.

Mit dem Ministerpräsidenten hatte er jedenfalls nicht gerechnet. Um auf Nummer sicher zu gehen, dass er es wirklich war, drehte er sich um und schaute auf das Porträtfoto, das leicht versetzt unterhalb des Bundespräsidenten hing. Nein, da gab es keinen Zweifel: Es war der Landesvater persönlich. Sogar mit dem gleichen modischen Stiftschnurrbart, den sein fünfzehnjähriger Sohn vergangenen Freitag aus Langeweile auf dem Bild hinterlassen hatte. Und hinter seinem obersten Chef stand auch noch der Staatssekretär.

So viel Bauernschläue besaß Sixtus Mayer: Sie waren nicht gekommen, um auf Tuchfühlung mit der Basis zu gehen, sondern um etwas zu fordern. Was, das würde er sicher gleich zu hören bekommen. Und so war es.

»Wenn er könnte, würde er jetzt bestimmt am liebsten weißblau anlaufen vor Stolz«, interpretierte Franz Meersburger den leicht debil wirkenden, versteinerten Gesichtsausdruck des Bürgermeisters.

In seinem Gegenüber liefen jedoch ganz andere Gedankengänge ab. Sixtus Mayer war fieberhaft dabei, das ganze Ausmaß der nahenden Katastrophe auszuleuchten und vor allem zu überlegen, wie er sie für sein Dorf abwenden könnte.

Es war ja durchaus verständlich, dass es für die Münchner Großgehupferten eine schöne und runde Angelegenheit war, sich im Licht ihrer Jubiläen derartig traditionsverbunden zu präsentieren. Aber so, wie es sich die beiden ausgedacht hatten, würde es sich nicht ausgehen, und schon gar nicht bis zum 23. April des kommenden Jahres. Nicht in der Kürze der Zeit, die ihnen für die Organisation zur Verfügung stand, und schon gar nicht in der angedachten Form. Da könnte ja jeder hier hereinspazieren. Schließlich waren es *ihre* Jubiläen, ihr über die Jahrzehnte gepflegtes und gelebtes Brauchtum, das mit der Politik genauso wenig zu tun hatte wie der Mensch mit der Schönheit der Natur.

Und nun sollten alle Jubiläen am selben Tag unter dem Mantel der bayerischen Biertradition medienwirksam und dazu noch international vermarktet werden, anstatt wie geplant der Reihenfolge nach und mit der gebotenen Muse und Gemütlichkeit. Und die Kühe sollten für diesen Anlass auch noch geschmückt und herausgeputzt werden, als ob es bereits Zeit für den Almabtrieb sei. Einen gröberen Unfug hätte sich noch nicht mal sein Filius ausdenken können! So ein Schmarrn, und auch noch von studierten Leuten vorgetragen, oder vielleicht auch gerade deswegen.

Um sich zu beruhigen, genehmigte sich Sixtus Mayer eine gehörige Prise Schnupftabak, schob dann die schwieligen Daumen unter die Hosenträger und fixierte mit seinen wachen blauen Augen den Ministerpräsidenten. Doch ehe er sein Nein formulieren konnte, beugte sich der Staatssekretär Erwin Stadler jovial vor.

»Herr Mayer, bevor Sie eine voreilige Entscheidung

fällen: Bitte bedenken Sie, welch nachhaltige positive Effekte dieses Großereignis für Ihre Gemeinde nach sich ziehen wird. Mehr Touristen, dadurch mehr Umsatz bei der ansässigen Hotellerie, bei den sonstigen Gastronomiebetrieben, der Bergbahn und dem Einzelhandel. Das wird auf die gesamte Region ausstrahlen, glauben Sie mir. Und dann stehen ja noch die Bürgermeisterwahlen Ende des kommenden Jahres an, wenn ich richtig unterrichtet wurde.«

Ja, die Wiederwahl und der Tourismus, dachte Sixtus schon fast erschrocken. Und wusste in diesem Moment nicht, was das kleinere Übel von beiden war. Der Tourismus kam ihm immer mehr wie ein launisches Kind vor, das einem schneller die Zuneigung entzog, als man schauen konnte, wenn man sein Verlangen falsch interpretierte. Aber es war und blieb das wichtigste wirtschaftliche Standbein des Landkreises, und das galt es zu pflegen. Und zumindest Ried ließ nichts unversucht, um seine Gäste mit neuen Attraktionen und der Diversifizierung des Angebots bei Laune zu halten. Sie hatten nun auch eine überdimensionale Tarzanbahn, mit der man – an einem Stahlseil befestigt – das Riedhorn hinuntersausen konnte. Ein Limonadenhersteller sorgte im Winter mit einer gesponserten Schanzenanlage für Nervenkitzel bei den Ski- und Snowboardfahrern und zugleich für Nachschub im Krankenhaus, und für die Fahrradfahrer gab es nun einen Willkommenspavillon mit Akkulade- beziehungsweise Wechselstation. Und es lag noch weiteres für die unterschiedlichsten Zielgruppen in den Schubladen, das darauf wartete, das Licht der Welt erblicken zu dürfen.

Und dann war da noch dieses Amt, das er bereits in der dritten Legislaturperiode bekleidete. Sein Vater hatte immer von einem verwaltungstechnischen Nebenberuf mit erheblichen Annehmlichkeiten wie Fassanzapfen und Vergleichbarem gesprochen. Aber die Zeiten hatten sich geändert. Das Amt war zu einer weitaus komplexeren Herausforderung gereift, die ihn ab und zu überforderte.

Es genügte allein, einen Blick in seine heutige Agenda zu werfen. Draußen, im Vorzimmer, warteten bestimmt schon die Herren von der Unternehmensberatung Retail, die ihm das Strategiepapier zur Entwicklung des örtlichen Einzelhandels präsentieren wollten. Er wusste im Vorhinein, was es beinhalten würde: Wiederbelebung des Leerstandes im Ortskern durch eine ausgewogene Mischung an hochwertigen Einzelhändlern, die mit ihrem nachhaltigen Produktmix aus der Region neue Konsumattraktivität schufen. Nur war das Problem, dass solche Händler nicht existierten. Und die Interessenten, die es gab, wollten große rechteckige Verkaufsflächen mit Parkplätzen direkt an den Bundesstraßen.

Danach hatte sich ein Auditor eines deutschen Verkehrsvereins angesagt, der mit ihm die skandalös aufgedeckten Missstände und Gefahrenquellen der Winternaturrodelbahn durchgehen wollte. Im Anschluss wurde er im Seniorenstift erwartet. Frau Kuhnert feierte ihren achtzigsten Geburtstag. Dann müsste er weiter zur Versammlung der Ostallgäuer Bürgermeister. Am Nachmittag stand ein Termin bei der neugegründeten überregionalen Tourismus GmbH an, die ihr Strategiepapier für die kommende Sommersaison präsentierte.

Um achtzehn Uhr würde die Gemeinderatssitzung beginnen, und im Anschluss musste er schleunigst zur Preisverleihung des Kunstpreises in das »Bayerisch Pub«, um seine Laudatio zu halten.

Sixtus Mayer seufzte und ließ seinen Blick vom Terminkalender über das Foto seiner streng dreinblickenden Frau zu den beiden Männern wandern, die erwartungsvoll vor ihm saßen. Unfug blieb Unfug, befand er. Auch wenn er kurzfristig ein paar Touristen mehr in ihren Markt spülen würde.

Er wollte gerade sein finales Nein zu der ganzen Angelegenheit von sich geben, als er ein einziges, leise ausgesprochenes Wort von Erwin Stadler vernahm: »Umgehungsstraße.«

Sixtus zuckte elektrisiert zusammen.

»Bitte was?«

»Sie haben schon richtig gehört. Braucht nicht jeder Ort, durch den eine Bundesstraße führt, eine Umgehungsstraße, Herr Mayer? Und vor allem einer, durch den der ganze Ferienverkehr in Richtung Österreich fließt?«

Der Staatssekretär stand auf und ging mit sicherem Schritt zur Gemeindekarte an der Wand. Erwin Stadler studierte sie kurz und genau. Als er sich umdrehte, konnte er sich ein Grinsen nicht verkneifen.

»Wie ich sehe, haben Sie ja bereits eine fundierte planerische Vorarbeit geleistet. Wenn Sie mich fragen, ich würde zur Variante II im Osten tendieren. Vor allem die Untertunnelung am Bergtrauf des Riedhorns würde Ihrem Markt wieder einen gewissen Dornröschencharakter zurückgeben.«

Sixtus Mayer sah vor seinem inneren Auge bereits die Hühner auf der Straße nach Körnern picken, so wie es in seiner frühen Jugend gewesen war. Keine Diskussionen mehr führen zu müssen, ob Ried nun noch ein heilklimatischer Luftkurort wäre oder nicht. Der Verkehrslärm wäre auf immer und ewig verbannt. Der Schulweg für viele Kinder wieder sicherer, und der Ort hätte seinen ursprünglichen Charakter wieder. Vor allem aber könnte er endlich etwas in seinem Leben erreichen, an dem sein Vater in seinen vier Amtsperioden gescheitert war und das vor allem der ganzen Gemeinde von Nutzen wäre. Ja, fürwahr. Er stand kurz davor, ein Held zu werden. Sixtus Mayer konnte bereits die Hochrufe der Bürger hören.

»Machen Sie sich schon Gedanken, welchen Namen der Tunnel tragen könnte?«, wurde er vom Staatssekretär in die Realität zurückgeholt.

Peinlich berührt setzte sich Sixtus wieder, der gar nicht mitbekommen hatte, dass er überhaupt aufgestanden war. Er nahm sich zusammen und erlaubte es sich, nach der komplizierten Finanzierung und dem Genehmigungsverfahren eines solchen Großprojektes zu fragen.

»Für so eine dringliche Baumaßnahme stehen sicherlich noch nicht ausgeschöpfte Fördergelder zu Verfügung, da wird sich schon noch etwas finden lassen. Und wegen des Genehmigungsverfahrens würde ich mir an Ihrer Stelle keine Sorgen machen, Herr Mayer. Da haben wir schon andere Dinge im Eilverfahren zustande gebracht.« Der Ministerpräsident zwinkerte ihm im Aufstehen zu. Er wusste, dass die Katze im Sack war, und außerdem hatte er Hunger.

Sixtus Mayer erhob sich ebenfalls.

»Hetzen Sie sich nicht«, sagte Erwin Stadler, »trommeln Sie Ihren Stab zusammen, beraten Sie sich demokratisch, und lassen Sie uns in spätestens vierundzwanzig Stunden wissen, wie Sie sich entschieden haben. Wir werden inzwischen die Zeit nutzen und uns weitere Gemeinden anschauen.«

Mit diesen Worten empfahl sich auch der Staatssekretär, hinterließ seine Visitenkarte auf dem Tisch und eilte voran, um seinem Chef die Tür aufhalten zu können.

3

Als es Sixtus Mayer nicht mehr schwindelte, bat er seine Sekretärin in aller Höflichkeit, ihm die Laudatio, die er vor drei Jahren anlässlich des Kunstpreises gehalten hatte, auszudrucken. Es würde sich damit am Abend schon etwas machen lassen. Ferner ordnete er an, sämtliche Termine für den Rest des Tages abzusagen – außer dem achtzigsten Geburtstag von Frau Kuhnert, denn ihr diese Ehre zu verwehren, würde sie ihm nie verzeihen.

»Und bitte sei so gut, und lass umgehend das Katastrophensignal über die Dorfsirenen erklingen. Dann rennst du runter, fängst die herbeieilende Mannschaft vor dem Spritzenhaus ab und leitest sie umgehend in den oberen Sitzungssaal des Rathauses um.«

Jeder, der in Ried ein Entscheidungsträger war, engagierte sich in einem Ehrenamt: bei der freiwilligen Feuerwehr, dem Technischen Hilfswerk oder der Bergwacht. Sei es aus Überzeugung, Heimatverbundenheit oder Kameradschaft oder einfach, weil es schöner war, als daheim sein zu müssen.

Der Erste, der seinen hochroten Kopf durch die Tür steckte, war der neue Tourismusdirektor Markus Höschele, an dem der graue Strickjanker und das rotweiß-karierte Hemd das Bayerischste waren. Er stammte aus der Nähe von Göppingen in Baden-Württemberg, und man hatte sich vor einem halben Jahr im Gremium bewusst für ihn entschieden, da man sich von ihm einen vagen Einblick in die schwäbische Touristenseele erhoffte.

Sein Chef bedeutete ihm, sich an den Sitzungstisch zu setzen und keine Fragen zu stellen. Das machte Herrn Höschele nichts aus, ganz im Gegenteil: Er war dankbar für diese kurze Verschnaufpause. Ihm schwirrte nur so der Kopf, was an der Neugliederung der Allgäuer Wanderwege lag. Im Prinzip waren es dieselben Wege geblieben, nur trugen sie seit drei Wochen je nach Schwierigkeitsgrad entsprechende Farben. Wobei diese ungünstigerweise konträr zur Farbgebung der Skipisten liefen. Schwarz war einfach, Rot war durch Grün ersetzt worden, und Blau kennzeichnete im Sommer die schwer begehbaren Wege. Die unterschiedlich starke Schraffierung gab die »Netto-Wanderdauer« an. Dem nicht genug: Das Ganze war nun zudem, warum auch immer, den Elementen Feuer, Wasser, Luft und Erde thematisch zugeordnet worden. Um die Verwirrung perfekt zu machen, gab es einen »Wanderweg-Konfigurator« und eine dreißigseitige Broschüre für die praktikable Handhabung.

Nach und nach füllte sich der Saal. Ludwig Harms, Besitzer und Betreiber der Riedhornbahn, betrat in seiner argwöhnisch-linkischen Art den Saal und nahm grußlos Platz. Ihm folgte die gedrungene Gestalt von Hermann Strobel, größter Hotelier und zweifacher Restaurantbesitzer, Harms bester Duzfreund. Und so trudelten sie ein, einer nach dem anderen. Die Letzten waren, wie immer, die Rathausangestellten selbst.

Da sie nun vollzählig waren, wartete Sixtus noch geduldig, bis seine Sekretärin die Kaffeegedecke und Plätzchenteller arrangiert hatte, und schloss dann hinter ihr die wattierte Flügeltür. Er drehte sich um und schaute in die erwartungsvollen Gesichter, die ihm nicht alle freundlich gesonnen zu sein schienen. Ja, dachte er, es gibt nichts Härteres auf der Welt als die Lokalpolitik, und erklärte die Sondersitzung offiziell für eröffnet.

Als sich um kurz vor fünfzehn Uhr die Türen wieder öffneten, hatte sich die Empörung im Saal zumindest so weit gelegt, dass man nahe daran war, konstruktiv miteinander reden zu können. Sixtus Mayer eilte zum Sekretariatstresen, nahm den ihm dargereichten Blumenstrauß entgegen und entschwand schleunigst Richtung Seniorenstift. Frau Kuhnert duldete keine Unpünktlichkeit – und schon gar nicht zu ihrem Achtzigsten.

Während der Abwesenheit ihres Chefs sorgte die Sekretärin des Bürgermeisters dafür, dass die Herren keine Zeit für Meutereigedanken hatten. Sie riss die Fenster im Sitzungssaal auf, deckte die Kaffeetassen und Keksteller ab, schickte den Liftbetreiber zum Metzger, um den bestellten Leberkäse abzuholen, den Kämmerer zum Bäcker, die Brezeln besorgen, und ließ den Rest der zänkischen Bagage keine Minute aus den Augen. Diese ging, gut erzogen, wie sie war, der dünnen, hochgewachsenen Sekretärin beim Aufdecken zur Hand und faltete sogar die Servietten, bevor sie das Besteck darauf legte. Denn alle wussten, dass sie die eigentliche Regentin Rieds war. Margarethe Mayer, Ehefrau des Bürgermeisters und dessen Sekretärin, erste Vorsitzende der Landfrauen und somit auch Chefin und Meinungsführerin ihrer Ehefrauen. Und da verstand es sich von selbst, dass man sich besser gut mit ihr stellte.

Margarethe wischte ihrem Sixtus liebevoll die Kuchenkrümel aus dem Mundwinkel, als er eine halbe Stunde später abgehetzt das Vorzimmer betrat. Sie gab ihm einen flüchtigen Kuss auf die Wange, kreuzte die Finger und öffnete ihm die Tür zum Sitzungssaal. Bis dato wusste sie zwar nicht, worum es konkret ging, aber das würde sich nun, da das Säbelgerassel anscheinend vorbei war, ändern. Sie nahm hinter ihrem Schreibtisch Platz, drückte den Knopf auf der Gegensprechanlage und spitzte die Ohren.

»Eine bodenlose Unverschämtheit!«, schimpfte sie laut vor sich hin, als sie begriff, was die Bayerische Staatsregierung ihnen abverlangte. Als Margarethe Mayer jedoch hörte, welche Gegenleistung zu erwarten war, lehnte sie sich versöhnt zurück und machte sich ihre eigenen Gedanken. Zwar hatte sie sich in ihren Tagträumen schon unzählige Male bildhaft vorgestellt, wie sie und ihre Landfrauen bei den Jubiläumsfeierlichkeiten auf dem üppig mit Blumen geschmückten Ochsenwagen durch den Ort zogen und gefeiert würden. Aber bedachte man die einmalige Chance, die sich ihnen, ihren Kindern und Kindeskindern durch die Umgehungsstraße bot, war es ein kleines Opfer, ihren Platz dem Ministerpräsidenten zu räumen. Sie musste plötzlich kichern. Was würde passieren, wenn sie nicht den gemütlichen Edmund, sondern den störrischen Horst vor den Wagen spannen würde? Man würde sehen.

Gebannt lauschte sie der weiteren Diskussion, die immer gesittetere Züge annahm. Die Für und Wider wurden abgewogen und den einzelnen Gruppierungen Zugeständnisse gemacht. Letztendlich wurde man sich einig, dem Unsinn unter der Voraussetzung zuzustimmen, dass man am Festtag selbst den ersten Spatenstich für die Umgehungsstraße vornehmen und ihn in die mediale Berichterstattung einbinden würde.

Margarethe Mayer platzte fast vor Stolz. Man konnte den Männern des Dorfes durchaus ein gockelhaftes Auftreten bescheinigen, aber wenn es darauf ankam, rauften sie sich zusammen. Doch dann fiel es ihr wie Schuppen von den Augen. Wie hatte sie das nur übersehen können: Wo blieben die Zugeständnisse an die Landfrauen?! Eiligst betätigte sie den Schalter unter dem Tisch, der das Blinklicht über dem hölzernen Kruzifix im Sitzungssaal wild aufflackern ließ. Ein unmissverständliches Zeichen für ihren Mann, zu ihr zu eilen, aus welchem Grund auch immer.

Dieser gehorchte prompt, da es überhaupt erst das dritte Mal war, dass es betätigt wurde. Beim ersten Mal war sein Holzstadel am Moorsee in Flammen gestanden, beim zweiten hatten die Wehen seiner Frau eingesetzt. Und so war Sixtus Mayer erleichtert zu hören, dass sich die Landfrauen als Zeichen ihres Entgegenkommens darüber freuen würden, ein verlängertes Wochenende in Berlin in einem Viersternehotel inklusive Musicalbesuch verbringen zu können. Keine zwei Minuten später versicherte der Kämmerer Blasius Leitmeyer, auch gut über die knackende Gegensprechanlage im Vorzimmer hörbar, dass sich diesbezüglich sicherlich noch ein Budget im Haushalt finden ließe.

Nun war es aber für den Bürgermeister und die Hälfte des Sitzungssaals dringend an der Zeit, ins »Bayerisch Pub« zur Verleihung des Kunstpreises umzusiedeln. Und da sich die zweite Hälfte der Herrschaften nach dem anstrengenden Tag ebenso nach ein wenig Zerstreuung sehnte, entschloss sie sich spontan, sich der ersten Gruppe anzuschließen.

Das Wirtsduo des »Bayerisch Pub« war gerührt ob der Aufmerksamkeit und Wertschätzung, die die Marktväter ihrem Bemühen entgegenbrachten, die Kunstszene im ländlichen Kontext voranzutreiben. Einzig das eingeschworene Kulturpublikum fühlte sich in seiner Intimität gestört.

Die Rede, die Sixtus Mayer eine halbe Stunde später von sich gab, wurde selbst von höflichen Zuhörern als unstrukturiert, zusammenhangslos und nicht nachvollziehbar bezeichnet. Einzig der anwesende Kunstpreisempfänger sprang euphorisiert auf, rannte auf die Bühne und umarmte den Laudator. Nie im Leben hätte er es für möglich gehalten, von einem Laien in der Komplexität seiner mehrdimensionalen Arbeit verstanden zu werden. Unter Tränen dankte er dem Bürgermeister für dessen vorgetragenes dadaistisches Aneurysma.

Nach einer unruhigen Nacht, in der Margarethe Mayer vom Phantom der Oper, das aus dem Nebel nach ihr griff, und ihr Mann Sixtus von gleich mehreren, ihn schlangenhaft bezirzenden Staatssekretären geträumt hatten, wachte das Ehepaar bereits um vier Uhr in der Früh auf, getrieben von dem Gefühl, etwas Elementares vergessen zu haben. Sie rappelten sich aus den Daunendecken heraus, knipsten die Nachttischlampen an und schauten sich gegenseitig für einen Moment in die verschwitzten Gesichter. Dann schlugen sich beide zeitgleich mit der flachen Hand an die Stirn.

»Dass wir den haben vergessen können!«

An Schlaf war nun nicht mehr zu denken, aber bevor sie mit Aloisius Gschwend, dem gleichermaßen wankelmütigen wie trunksüchtigen örtlichen Braumeister, über die anstehenden internationalen Feierlichkeiten und die benötigten Hektoliter reden konnten, würde es noch eine Weile dauern. Vor neun Uhr war mit ihm nichts anzufangen.

»Wenn das nur gutgeht, Sixtus!«, sorgte sich Margarethe und wünschte sich zugleich Aloisius' abtrünnig gewordene Ehefrau oder zumindest dessen Tochter Maria zurück.

»Was meinst du, Margarethe, den Ministerpräsidenten und seinen Staatssekretär lassen wir am Anfang mal lieber außen vor, oder?«

»Gott bewahre, natürlich!«

Denn auf die Politik im Allgemeinen und sonstige Amt- und Würdenträger sowie deren Vorschriften reagierte Aloisius äußerst allergisch. Bei dem Gedanken daran, bei diesem dörflichen Jahrhundertereignis das Bier am Ende noch aus dem Nachbardorf importieren zu müssen, wurde es Margarethe ganz bang ums Herz.

Von so einer Schmach würde sich die Dorfgemeinschaft nie mehr erholen.

»Das werde ich ihm schonend beibringen, Sixtus«, sagte sie. »Aber erst, wenn das Bier in den Fässern reift.«

4

Dass nichts Schlimmeres oder sogar Tödliches geschehen war, war allein dem Umstand zu verdanken, dass Bernhard Keller noch am Vorabend dem stetigen Drängen seiner Frau Hannah nachgegeben hatte und den üppigen Haselnussstrauch, der an der Weggabelung vor ihrem Hof stand, zurückgestutzt hatte. Bereits seit dem Frühjahr versperrte ihr dieser nämlich den geliebten Ausblick von der Küche auf das Riedhorn.

Ansonsten wäre die krimibegeisterte Literaturreisegruppe aus der Vulkaneifel, die auf den Spuren ihres Lieblingsregionalkommissars wandelte, selbst zu Opfern und die in einem der Romane seitenlang beschriebene Weggabelung zu einem realen Tatort geworden. Und Aloisius Gschwend zum Täter. Und anstatt im Himmel zu frohlocken, galt es – Bernhard Keller sei Dank –, nur den Dreck von der Funktionsbekleidung zu klopfen.

Keine fünf Minuten zuvor stand die besagte Lesegemeinschaft direkt auf der Weggabelung vor dem Hof und monierte das Fehlen des Strauchgewächses. Wäre es jedoch noch, wie literarisch beschrieben, an Ort und Stelle gewesen, so hätten sie den signalroten antiken Brauereitransporter der Marke Henschel HS 100, Baujahr 1954, weder nahen sehen noch gehört. Denn er befand sich auf der abschüssigen Straße aus Kraftstoffverbrauchsgründen im Leerlauf und wurde, von außen her betrachtet, von Geisterhand gesteuert, da sich sein Fahrer, Aloisius Gschwend, fluchend nach der heruntergefallenen Flasche seines eigenen Produkts bückte.

»Hab ich dich endlich, du Schlawiner!« Triumphierend reckte er die Flasche in die Höhe, sah gerade noch die auseinanderspringende Menschengruppe, riss das Steuer herum, hoppelte über den Haselstrauchstrunk, dass die Bierflaschen in ihren Kisten nur so hüpften und klirrten, driftete mit dem Lkw zurück auf die Straße und setzte seine Fahrt fort, da er im Rückspiegel erkannte, dass alle neun Kegel wieder auf die Beine kamen.

»Zefix, was haben die auch um diese Uhrzeit mitten auf der Straße zu suchen?«, sprach er in seine Bierflasche hinein, nahm einen kräftigen Schluck, rückte den Filzhut gerade, legte krachend den Gang ein und gab Gas. Er war eh schon viel zu spät dran mit seiner Lieferung.

Nüchtern betrachtet war es der Zorn, der Aloisius als einzig treuer Begleiter im Leben geblieben war – von seinen Gehilfen, den Brüdern Magnus, Isidor und Klemens, einmal abgesehen, aber die zählten nicht wirklich, da ihre männliche Zweckgemeinschaft eher aus Ermangelung von Alternativen existierte. Der Zorn war schon immer ein Teil seines Charakters gewesen. Genauso wie die ständige Sorge um die Seinen und sein unerschöpfliches Misstrauen gegenüber allem und jedem. Es war letztendlich seine Frau Magdalena gewesen, die dieses Dreigestirn zügeln und zu etwas Positiverem hatte formen können. Bis zu dem Punkt, an dem Aloisius

Gschwend der Vierte zu einem seiner besten Kunden wurde.

Gegen die Auswüchse der Sucht war selbst eine Frau vom Format einer Magdalena, die es bis dahin meisterlich verstanden hatte, die Brauerei, die Schankwirtschaft, das Hotel und die Familie zusammenzuhalten, machtlos. Und als ihre Tochter Maria eines Abends aufgrund der untragbaren häuslichen Zustände in einen weißen Jaguar mit Hamburger Kennzeichen gestiegen war und sie kurz darauf ihren Sohn Eusebius an die Akademie der Bildenden Künste in München verloren hatte, gab es für sie keinen Grund mehr, sich dem Freien des italienischen Eisdielenbedarfsvertreters Frederico zu verwehren, der jedes Mal im Frühjahr wie ein Zugvogel balzend bei ihr vorbeiflatterte. Nun endlich war sie an der Reihe, hatte sie befunden, war ohne zu zögern in seinen roten Zweisitzer gestiegen und mit flatterndem Haar in Richtung Brenner entschwunden.

Und was sollte aus einem Mann werden, wenn die Liebe und ein häusliches Korrektiv fehlten? Genau. Ein armer Hund, und das gleich in doppelter Hinsicht. Zum einem verlor er seinen eigentlichen Halt, die Familie, und zum anderen den Überblick über seine Finanzen. Er säbelte an seinem Besitz herum wie an einer Salami und verkaufte ihn Scheibchen für Scheibchen an seinen solventeren Konkurrenten Hermann Strobel. Somit war es Aloisius selbst, der ihn schmerzlicher-, aber notgedrungenerweise vom Klein- zum Großgastronomen im Ort emporhob.

Nach nur fünf Jahren besaß Aloisius einzig und allein noch seinen renovierungsbedürftigen Betrieb, der über Generationen hinweg das Dorf und seine umgebenden Weiler mit dem sagenumwobenen Bier – der »Erhellung« – versorgt hatte. »Erhellung« deshalb, da Aloisius der Erste vor über dreihundert Jahren mit seinem Beruf als Brauer gehadert und ernsthaft überlegt hatte, ob er sich vom Weltlichen abwenden sollte, um sich gänzlich dem Klerikalen zu widmen. In der Nacht, bevor er seinen, besonders für die Dorfbewohner besorgniserregenden, Gedanken in die Tat umsetzen konnte, erschien ihm – der Sage nach – gleißend im Traum niemand Geringeres als die Mutter Gottes, die dem Braumeister mit ruhiger Stimme Mut zusprach und ihn somit zum Bleiben bewegen konnte. Auch übermittelte sie ihm das Braurezept für ein besonders süffiges Bier, so dass man sich in Ried fortan mit den Worten »Dank der ›Erhellung‹« zuprostete, wenn man es trank.

Entsprechend nostalgisch sah es auch in der Brauerei aus. Eine Kommission der Europäischen Union hätte zwar anerkennend die Hälse gereckt, dann jedoch ob des vielen Holzes, Kupfers, Korks und der Feuerstellen unter den Kesseln die Hände über dem Kopf zusammengeschlagen und nach gebürstetem Edelstahl verlangt. Gott sei Dank lag die Flaschenabfüll- und Etikettieranlage etwas abseits hinter dem Hopfendepot versteckt.

Ferner gab es da noch die üppig bemessenen, aber verfallenen Lagerhallen, die direkt am Fuße des Riedhorns lagen, sowie einen großen Natureiskeller. Er stammte aus der Zeit, in der im Winter noch der Schnee in der dunklen Höhle aufgehäuft und zu Eis komprimiert worden war, das sich dort bis in den Sommer hielt und zur Kühlung des Biers gedient hatte.

Ein stark ansteigender, schroffer Felshang bildete die natürliche Grenze des Grundstücks. Er war so sonnenarm, dass die daran klebenden uralten Tannen wie bemooste Gerippe emporkränkelten.

Am Fuße seiner steilsten Stelle lag die Quelle, aus der seit dreihundert Jahren das Brauwasser bezogen wurde: ein altes, unscheinbares grünspanüberzogenes Kupferrohr, das kaum wahrnehmbar aus einer Felsspalte herausragte. Es war von Aloisius dem Ersten in mühsamster Arbeit fünfzig Meter durch den Fels in den Berg hineingetrieben worden. Bis zu dem Punkt, an dem er das Wasser erreichte, das durch die gesamten Gesteinsschichten des Riedhorns geflossen und somit optimal gefiltert war. Es war so weich, rein und steckte voller Mineralien, dass man es auch ohne Brauvorgang hätte abfüllen und verkaufen können. Aber das Wasser allein hätte nicht gereicht, dem Bier einen so süffigen und fast schon aphrodisierenden Charakter zu verleihen, dass man es in der Region nicht missen wollte – und wenn es nicht mehr da wäre, schmerzlich vermissen würde.

Darin lag auch der Grund, dass man Aloisius Gschwend so nahm, wie ihn der Herrgott nun einmal geschaffen hatte: zornig, übellaunig, die meiste Zeit betrunken, jedoch ein begnadeter Braumeister. Er war ein Teil der Gemeinde, den man nicht ohne triftigen Grund aus den eigenen Reihen gejagt hätte.

Somit war es auch verständlich, dass die von der Lesegruppe herbeigerufenen Polizisten sich mit der Aufnahme des Unfallhergangs plötzlich recht schwertaten, als sie von dem rasenden roten Brauereiwagen ohne Fahrer hörten. Die Beamten verfielen spontan in den tiefsten

Allgäuer Dialekt, deuteten fragend in unterschiedliche Richtungen und schauten recht dumm und verständnislos drein, als ihnen die unterschiedlichsten Versionen des Tathergangs berichtet wurden. Als der Wind kurz darauf das Zehn-Uhr-Läuten zu ihnen trug, setzten sie sich in den Einsatzwagen, holten ihre Brotzeit hervor und blickten kauend aus der Windschutzscheibe heraus. Jetzt hätte man meinen können, die Hobbykriminologen aus der Vulkaneifel wären erbost. Aber das Gegenteil war der Fall. Sie blätterten kurz in ihren Büchern und nickten sich begeistert zu, denn sie waren verblüfft darüber, wie sich Fiktion und Realität miteinander deckten. Nun war ihre Welt wieder in Ordnung.

Sixtus Mayer erwartete Aloisius Gschwend im Innenhof seiner Brauerei. Als dieser polternd hereinfuhr, den Dieselmotor abstellte und aus seinem Bierlaster stieg, blieb er mit seinen schweren Lederstiefeln am Trittbett hängen, hielt sich erschrocken an der Halterung des Rückspiegels fest, vollführte dadurch eine ungelenke halbe Drehung und kam mit Mühe und Not auf seinen Füßen auf. Er bückte sich, hob grantelnd seinen Filzhut auf, an dem eine große Adlerfeder steckte, und klopfte ihn an seiner speckigen Lederhose ab, die er nicht aus Heimatverbundenheit trug, sondern weil er sie nicht zu waschen brauchte. Dann wankte er in die Richtung seines Brauereigebäudes.

Plötzlich wusste der Bürgermeister Sixtus Mayer, an wen Aloisius ihn zunehmend erinnerte. Es war dieser durchgeknallte Pirat aus den Filmen, die sein Sohn zu gerne in ohrenbetäubender Lautstärke anschaute. Er löste sich aus dem Schatten der Eingangstür und trat dem Braumeister entgegen.

»Grüß dich, Aloisius.«

»Zefix, dachte ich es mir doch. Irgendwie hab i di schon erwartet«, entgegnete der Brauer. »Hast du auch so einen Durst, Sixtus?«

Eigentlich trank der Bürgermeister vor dem Abendbrot nicht, aber er wusste, wann es klüger war, eine Ausnahme zu machen. Er nickte. Aloisius stieß barsch die Tür auf.

»Isidor, Magnus oder Klemens! Unser Oberhaupt hat sich die Ehre gegeben, ihr Nichtsnutze, und an Durst hat er auch mitgebracht«, rief er in die Dunkelheit des Raumes hinein.

Keine zwei Minuten später saßen sie auf der Holzbank neben dem Eingang in der Sonne, ließen die Bügelverschlüsse aufschnappen, stießen blinzelnd an und genossen den ersten kühlen Schluck. Sixtus wusste auch nicht, wieso, aber er sehnte sich plötzlich nach dem fernen Ruhestand oder zumindest einem Jahr Auszeit mit seiner Frau auf einer schwer zugänglichen Sennhütte, anstatt weiter Politik betreiben zu müssen.

»Das hat an dem fehlenden Haselstrauch gelegen«, sagte Aloisius verlegen. »Ehrlich. Der war ansonsten immer da, nur heut auf einmal nicht mehr. Fort war er gewesen, über Nacht, einfach so. Und da hab i mich halt so darüber gewundert. Richtig überrascht und abgelenkt war i.«

Sixtus legte verständnislos seine Stirn in Falten. Was redete der Braumeister da von fehlenden Haselsträuchern?! Er schaute ihn besorgt an.

»Ist ja gut«, sagte Aloisius. »I gebs ja zu! Zuvor ist mir die Flasche runtergefallen. I versprechs hoch und heilig, i werd nix mehr trinken, während i fahr.«

Aloisius spuckte in seine schwielige Hand und reichte sie Sixtus. Zwar hatte dieser keinen Schimmer, um was es hier ging, aber da sich sein Gegenüber schon einmal so ungewohnt reuig verhielt, schlug er ein.

»Abgemacht! Aber nun zu dem, warum ich eigentlich vorbeigekommen bin.«

»Nicht wegen der Sache mit dem Haselstrauch?!«

»Nein. Jetzt lass doch mal diesen depperten Haselstrauch beiseite. Wegen der Feierlichkeiten im kommenden Jahr bin ich da. Da gibt es eine kleine Änderung.«

Aloisius strich sich über seinen stoppeligen Bart.

»Soso. Eine Änderung habts ihr euch ausgedacht. Dann lass mal hören. Magst auch no eins?«

Sixtus musste aufstoßen und nickte.

»Isidor, Magnus, Klemens! Egal, wer, an Durst haben wir no!«

Was Aloisius dann vom Bürgermeister in der folgenden halben Stunde bei einem weiteren Hellen zu hören bekam, amüsierte ihn dermaßen, dass er vor Lachen mehrmals fast von der Bank gefallen wäre.

Als Sixtus geendet hatte, zündete sich Aloisius einen Zigarillo an und wischte sich die Tränen und den aufsteigenden Rauch aus den Augen.

»Und dabei hab i mir immer gedacht, dass i der Durchgeknallte hier im Dorf bin.«

Er schnäuzte sich umständlich und schaute dann Sixtus direkt in die Augen. Alle Ausgelassenheit war von ihm gewichen.

»Jetzt sag, Sixtus, was ist los? Ihr habt es doch gern so beschaulich, so miagelig. Jedem Tierchen sein Pläsierchen, hört man euch doch allerweil durch die Gassen flüstern. Die Vereine mögen es doch, wenn sie sich einzeln in ihrer Pracht präsentieren dürfen. Und nun wollt ihr auf einmal allesamt und sogar mit den Viechern zusammen feiern. Wo soll denn da bitte schön die Gemütlichkeit bleiben, das Heimelige? Eben, auf der Strecke. Oder gibt es für so etwas jetzt auch ein Sponsoring aus Brüssel?«

Dem Bürgermeister wich die Farbe aus dem Gesicht. Aloisius hingegen war auf einmal hellwach.

»Dacht ich's mir doch, der schnöde Mammon. Hör zu, Sixtus, ich sag es dir nur einmal. Erst wenn du mir verrätst, wer sich diesen vermaledeiten Unsinn ausgedacht hat und warum, und was sich für euch dabei ausgeht, werde ich eure Hektoliter brauen, und wenn ihr brav seid, auch liefern! Aber sag, hast auch noch einen Durst?«

Respekt, dachte Sixtus, der bereits gehörig Schlagseite hatte. Egal, was der Markt über Aloisius auch dachte und hinter vorgehaltener Hand redete, eines sollte man dabei nie: ihn unterschätzen.

»Ich glaub, eine geht sich noch aus, Aloisius.«

Der Bürgermeister versuchte, noch etwas Zeit zu gewinnen, bevor er schließlich doch mit dem politischen Aspekt herausrücken musste.

Zuerst dachte Sixtus, er müsse die Rettung rufen, so rot war der Braumeister vor Lachen angelaufen. Aber dann ging es anscheinend wieder. Aloisius klopfte dem Bürgermeister begeistert auf die Schulter.

»Sauber, Sixtus. Du solltest häufiger auf einen Plausch vorbeikommen. Das war des Lustigste, das i seit langem gehört habe. Prost!«

Die Flaschen klirrten aneinander, doch der Bürgermeister führte seine nicht an den Mund.

»Nein, jetzt sag nicht, dass des kein Scherz war. Ihr habt euch ernsthaft allesamt an die Bayerische Staatsregierung verkauft, für eine untertunnelte Teerstraße?! Und i soll jetzt bei euerm Kasperletheater da mitmachen, vor aller Welt den bayerischen Traditionsbrauer spielen und dem Ministerpräsidenten den Zapfhahn halten, damit er mich letztendlich noch versehentlich mit dem Holzhammer auf die Finger haut? Einzig, damit ihr vor dene Leut gut dasteht? Nie im Leben!«

Aloisius sprang erbost auf, trat gegen die leeren Bierflaschen, die vor der Bank standen und nun über den Hof kullerten, und verschwand in seinem Brauhaus. Kurz darauf trat er mit zwei vollen Flaschen wieder heraus. Der Bürgermeister winkte dankend ab.

»Nix da, des wird jetzt gemeinsam ausgetrunken und ausgesessen.« Schmollend nahm Aloisius Platz, reichte Sixtus das Bier und grantelte weiter vor sich hin. »Der Blitz soll sie treffen, die Deppen aus München. Und euch auch. Fragt doch den Randel Elias aus Vucking, ob er euch mit seiner Konzept-Schaubrauerei was zusammenpanscht. Dem klebt ihr dann einen amtlichen Schnurrbart an, schiebt ihm ein Kissen unter die Lederschürze, und dann kann er endlich der Welt sein ›Vucking Hell‹ präsentieren. Der Panscher. Der wird froh sein, dann muss er endlich nicht mehr mit seinem Schankwagen auf diese Rockfestivals.«

Sixtus nahm einen Schluck, schloss die Augen und lehnte sich an die warmen Schindeln der Hauswand.

»Aloisius, das geht nicht. Und das weißt du auch. Das wäre eine Schmach sondergleichen für die gesamte Gemeinde, von der sie sich nicht mehr erholen würde.«

»Meint wer?«

»Margarethe.«

»Wo sie recht hat, hat sie recht.«

»Prost!«

»Prost!«

»Aber passen würden sie zu eurer Sammelveranstaltung. Wie Arsch auf Eimer.«

»Bitte was?«

»Na, der Elias und sein ›Vucking Hell‹.«

»Wie meinst du das jetzt?«

»I mein ja nur. Die beiden haben auch weder Geschmack noch Charakter.«

»Jetzt hör schon auf.«

»Erst, wenn i will. Magst du auch noch a Halbe?«

»Aber das ist dann wirklich die letzte.«

Sie tranken schweigend, bis das Zwölf-Uhr-Läuten Sixtus aus seiner Lethargie herausholte. Beinahe wäre er auf der Bank eingenickt

»Und?«, lallte er.

»Ja, was und?«

»Braust du jetzt für uns und dieses Reinheitsjubiläum?«

»Für euch würd i schon, aber für die Münchner wüsste ich nicht, wieso i sollt.«

»Jetzt geh, gib dir einen Ruck. Wir zahlen es dir auch gut.«

Aloisius wollte gerade aufbrausen, als er Margarethe sah, die durch den efeubewachsenen Torbogen den Brauereihof betrat. Sie war offensichtlich auf der Suche nach ihrem Mann. Er schluckte seinen Ärger hinunter und schaute dabei nachdenklich auf den Hals seiner Bierflasche.

»Du weißt es eh, Sixtus: Es ist mir nie ums Geld gegangen. Die Magdalena meinte immer, dass wir expandieren müssen. A Brauerei hat da allein nicht gereicht. Gut, hab i zu ihr gesagt, wenn du meinst. Dann tun mir uns a Schankwirtschaft her, dann ein Biergarten, zum Schluss noch ein Hotel und nebenher zwei Kinder. Und was hat es uns eingebracht? Nix, gar nix. Nein, halt, das stimmt so auch nicht. Jede Menge Streit hatten wir dafür, anstatt a Miteinander. Und die Romantik? Frag nicht. Und dabei ist die ja irgendwie schon das Wichtigste im Leben, die Romantik. Also komm mir net mit Geld, Sixtus … Sixtus? Ja verreck, jetzt ist der doch glatt eingeschlafen.«

»Ja, Aloisius, was hast du denn nun wieder angestellt?«

Der Beschuldigte hob abwehrend die Hände. »Das mit den Touristen und dem Haselstrauch hab i deinem Mann schon zu erklären versucht, und das Bier hat er ganz von allein getrunken.«

»Geh, Aloisius, du weißt doch, dass er nichts verträgt.« Sie schüttelte verständnislos den Kopf. »Und dazu noch am helllichten Tag.«

Zärtlich tätschelte Margarethe ihren Sixtus wach, half ihm auf und stützte ihn, so gut es ging.

»Mei, jetzt schau ihn dir bloß nur an. Drei ganze

Tage hat es das letzte Mal gedauert, bis er das Jammern aufgehört hatte. Und das Schlimmste ist sein empfindlicher Magen.« Margarethe warf Aloisius einen letzten vorwurfsvollen Blick zu. »Auf geht's, Sixtus. So ist's gut, schön langsam. Und wenn wir daheim sind, legst du dich erst einmal auf das Kanapee, und ich koche dir eine doppelte Rinderkraftbrühe.«

Der Braumeister schaute den beiden nach, und dabei loderte in ihm plötzlich das Bedürfnis nach Fürsorge auf, das so stark war, dass es selbst seinen Durst in den Hintergrund stellte. Neidisch legte er den Kopf etwas schief. Er wollte sich auch wo hinlegen, bemuttert werden und etwas Leckeres gekocht bekommen – sich einfach ausruhen können. In dem Moment streckte Isidor den Kopf aus der Tür heraus und fragte seinen Chef, ob es noch ein Bier sein dürfe.

»Geh, schleich dich! Nix für ungut, aber du störst mich und meine Sehnsucht«, raunzte er ihn an, und plötzlich wusste er wieder, was ihm all die Jahre über so gefehlt hatte: Wärme und Zuneigung! Und es gab nur eine Frau auf dieser Welt, die sie ihm geben konnte. So wie früher einst. Bei dem Gedanken wurde ihm ganz schwindelig ums Herz. Und da war ihm auf einmal auch klar, wie er seine Magdalena vom Gardasee zurück- und von diesem Zitronenschüttler weglocken konnte. Mit Taten! Stolz sollte sie auf ihren Aloisius sein.

Er sah sich schon bei diesem Großereignis über die internationalen Fernsehbildschirme flimmern. Wie er, der offizielle, auserwählte Hüter eines jahrhundertealten Brauches einem Gralsritter gleich, stolz, frisch rasiert und im sauberen Gewand, hoch über allen auf dem

Brauereiwagen stand, mit der Peitsche knallte und dem Volke brachte, wonach es verlangte. Wenn ihm dieser Anblick seine Magdalena nicht nach Hause bringen würde, müsste der Teufel höchstpersönlich die Finger mit im Spiel haben, befand er und trank den Rest seines Bieres aus. Dann schlug er sich mit der flachen Hand auf die Stirn.

»I Depp. Da kommt eigens der Bürgermeister zu mir, präsentiert mir die Chance meines Lebens, dazu noch auf einem silbernen Tablett. Und was hab i mal wieder daraus gemacht? Nix. Stattdessen hab i ihn betrunken gemacht und abserviert!«

Aloisius biss sich aus Gram in den Knöchel seines Daumens, stand auf und stolperte dem Mayerschen Gespann hinterher. Bei Sixtus' Zustand konnten sie ja noch nicht allzu weit gekommen sein. Seinen Filzhut festhaltend, rannte er durch den Torbogen, bog scharf nach rechts und wollte gerade die Marktstraße überqueren, als das Hupen eines Kleinbusses ihn vor Schlimmerem oder sogar Tödlichem bewahrte. In ihm saßen die Literaturreisenden aus der Vulkaneifel, die, nachdem sich ihr zweiter Schreck des Tages gelegt hatte, die Digitalkameras zückten und Aloisius wie verrückt ablichteten, da sich ihnen nun endlich einmal ein Einheimischer in Tracht zeigte.

Unbeeindruckt setzte Aloisius seinen Weg fort und holte Margarethe auf der Höhe des Metzgers Fahrenschon ein. Keuchend stützte er sich auf seinen Oberschenkeln auf.

»I mach's, i brau euch des Bier. Aber nur zum Selbstkostenpreis! I will mir später nix nachsagen lassen. Von wegen bayerischem Spezeltum, Amigo-Affäre und so. I mein ja nur, es ist ja a internationale Geschichte«, sprudelte es nur so aus ihm heraus, als er wieder bei Atem war.

Magdalenas strenger Blick weichte für den Bruchteil einer Sekunde auf. Aloisius meinte, so etwas wie Milde oder Dankbarkeit darin erkennen zu können. Dann verengten sich die Pupillen wieder.

»Da, jetzt hältst du mir kurz meinen Sixtus, ich brauch noch ein Kilo Markknochen«, sprach sie, übergab Aloisius ihren Mann und bestieg mit festem, stolzem Schritt die drei Stufen, die sie von den gläsernen Schiebetüren des Metzgers trennte.

Aus kurz wurde lang, da sich die Hälfte der Landfrauen vor der Verkaufstheke tummelten und seit gestern, nachdem ihre Männer von der Kunstpreisverleihung heimgekommen waren, einen erhöhten Gesprächsbedarf hatten. Für einen Außenstehenden war es schon ein ungleiches Paar, das da direkt vor der Metzgerei Fahrenschon über eine halbe Stunde lang fast bewegungslos in enger Umarmung stand. Ein großer, schlaksiger gepflegter Herr und an ihn geschmiegt, anderthalb Köpfe kleiner, ein verwahrlost wirkender Mann in Tracht.

Als die Damen endlich gemeinsam die Stufen hinabkamen, wollte Aloisius als Zeichen seines guten Willens ab sofort weniger zornig, dafür etwas höflicher auftreten – man konnte ja nicht wissen, ob man in naher Zukunft einmal eine Fürsprecherin gebrauchen würde – und den Hut zur Begrüßung lupfen. Was zur Folge hatte, dass Sixtus wie ein nasser Sack zu Boden ging. Es war der Geistesgegenwart der Frau des Kämmerers und ihrer Tüte mit frischem Kalbsbrät zu verdanken, dass der Aufprall des Bürgermeisterkopfes auf das Kopfsteinpflaster nicht allzu hart ausfiel. Nachdem man sich von seiner Unversehrtheit überzeugt hatte, richteten sich die tadelnden Blicke der Landfrauen auf den Braumeister.

»Ist man grantig, ist es nichts, ist man höflich, ist es auch nichts!«, grummelte der. »Was wollt ihr Frauen denn jetzt?!«

Mit gemeinsamen Kräften richtete man den Bürgermeister auf wie einen Maibaum, übergab ihn Margarethe, die sich links, und Aloisius, der sich rechts bei ihm unterhakte, und zu zweit führten sie ihn nach Hause. Als Sixtus endlich schnarchend auf dem Kanapee neben dem Kachelofen lag, seine Frau ihm die selbstgenähte Steppdecke bis unter das Kinn hochgezogen und den Topf für die Suppe aufgesetzt hatte, sagte sie zu Aloisius: »Ich will ja nicht unhöflich sein, aber ich habe noch zu tun. Oder ist da noch etwas?«

Der Braumeister knetete verlegen seinen Filzhut in den Händen.

»Da wär schon noch etwas. I mein, damit es wieder mit mir und der Magdalena klappt. I müsst bei der Jubiläumsfeier vorne auf dem Wagen stehen. Weißt, am besten mit so einer langen Peitsche.«

Aha, imponieren will er ihr, daher weht der Wind, dachte Margarethe. Und der meint, das würde reichen. Ein wenig mitleidig sah sie ihn an und musste zugleich in sich hineingrinsen, da es so langsam recht voll wurde, da vorne auf dem Festwagen.

»Das wird sich schon irgendwie ausgehen, Aloisius. Jetzt kümmerst du dich erst einmal um die Vorbereitungen und braust uns ein schönes süffiges Bier, dass es nur so a Freude wird für die Leut. Und wenn es in den Fässern reift, dann kommst du wieder. Wir werden schon eine Lösung für alle finden.«

»Versprochen?«

»Verspochen! Und jetzt schleich dich und schau, dass du deinen Betrieb auf Vordermann bringst. Wir wollen uns doch nicht blamieren.«

5

Und während Aloisius mit gesenktem Kopf in Richtung seiner Brauerei stapfte und fieberhaft überlegte, wo er bei dem ganzen Chaos, das schon seit längerer Zeit in seinem Betrieb herrschte, am besten anfangen sollte, um zumindest wieder eine gewisse Grundordnung herzustellen, war seine Tochter Maria mit ähnlichen Gedanken beschäftigt. Nur ging es bei ihr nicht um Dinge, die es zu ordnen galt, sondern um Zwischenmenschliches.

Der Tag hätte nicht schöner sein können. Es wehte eine leichte Brise vom Meer her, und die Sonne schickte für diese Jahreszeit ungewöhnlich warme Strahlen auf die Elbe, die sich auf den kleinen Wellen munter reflektierend brachen. Der Himmel war tiefblau. Selbst das Geschrei der Möwen klang weniger zänkisch als sonst. Maria saß, mit einer Wolldecke umwickelt, in einem der Rattansessel im geöffneten Wintergarten und versuchte vergeblich, mit Hilfe eines Frauenmagazins auf andere Gedanken zu kommen. Vergeblich deshalb, weil die Artikel allesamt ihre eigene Lebenssituation widerspiegelten: »Was tun mit der vielen Zeit, wenn die Kinder aus dem Haus sind?«, »An neuen Aufgaben wachsen – aber welche passt zu mir?«, »Was uns unsere familiäre

Herkunft über unseren Charakter verrät«, »Brüche im Leben – die Chance für einen Neuanfang«.

Maria wollte das Heft schon entnervt weglegen, als ihr Blick an einer Überschrift hängenblieb: »Wie prickelnd es sein kann, den eigenen Mann erneut zu erobern – jetzt in den zweiten Frühling starten«. Nicht dass sie diesbezüglich Ratschläge benötigt hätte, aber der Artikel erinnerte sie an die Nacht an der Elbe und was sie sich damals vorgenommen hatte. Munter warf sie die Decke beiseite, ging ins Bad, bürstete ihr dunkles Haar und schminkte sich dezent. Maria entschied sich für ein schlichtes dunkelgraues Kostüm sowie für die schwarzen halbhohen Pumps. Zum Schluss lächelte sie sich voller Vorfreude im Badezimmerspiegel an. Es war wirklich eine Ewigkeit her, dass sie ihren Mann in der Mittagspause überrascht und zum Lunch in ein kleines lauschiges Restaurant entführt hatte.

Auf dem Weg zum Büro legte sie George Michaels Album »Older« in den CD-Spieler, das sie damals, als sie mit Jan junior schwanger gewesen war, in Dauerschleife gehört hatten. Maria öffnete das Verdeck des Cabrios, fuhr auf der Elbchaussee in Richtung Innenstadt, klopfte im Takt zur Musik und wusste plötzlich, wohin sie Jan entführen würde. Es gab da ein neues gemütliches Restaurant auf der Kehrwieder Insel in der HafenCity, das neben einer kleinen, aber feinen Karte einen phänomenalen Ausblick auf den Hafen und die fast fertiggestellte Elbphilharmonie bot.

Voller Vorfreude gab sie Gas, fuhr flussaufwärts am Fischmarkt vorbei, wechselte übermütig die Fahrspuren, schnitt auf Höhe der Landungsbrücken ein Taxi und bog, ohne zu blinken, nach links in die Ditmar-Koel-Straße ein. Kurz darauf stellte sie den Wagen im absoluten Halteverbot direkt vor dem Bürogebäude ihres Mannes ab. Es galt, keine Zeit zu verlieren, denn es war bereits kurz vor ein Uhr, und Jan verließ um diese Uhrzeit exakt für eine Stunde seinen Schreibtisch.

»Maria, das ist ja mal eine Überraschung. Was machst du denn hier?!« Jan klang nicht erfreut, sondern eher ertappt. Er stand neben seiner gertenschlanken brünetten Sekretärin zum Abmarsch bereit und strich sich verlegen eine imaginäre Haarsträhne hinter das Ohr. Nun hätte Maria eifersüchtig sein können, aber so war sie nun einmal nicht veranlagt.

»Wenn ich Ihnen heute meinen Mann für die Mittagspause abluchsen darf, Frau Holbein. Ich bringe ihn auch pünktlich um zwei Uhr wieder zurück. Versprochen!« Maria zwinkerte der schnippisch dreinblickenden Sekretärin zu, hakte sich bei Jan unter und verließ mit ihm das Gebäude in Richtung der Speicherstadt.

»Und?«

»Was, und?«

»Freust du dich nicht?«

»Doch, doch. Natürlich!«

»Sag, bist du schon neugierig?«

»Auf was?«

»Wohin ich dich entführen werde.«

»Ja, ich denke zum Essen, wohin denn sonst?!«

»Bist du dir da so sicher? Vielleicht habe ich ja auch ein Hotelzimmer für uns reserviert. Oder dich erwartet etwas ganz anderes«, scherzte Maria.

Jan schluckte und schaute sich besorgt um. Was sie

auch versuchte, so recht wollte ein romantisches Gespräch oder zumindest eine angeregte Plauderei nicht in Gang kommen. Na, spätestens beim Essen wird das schon noch werden, dachte Maria frohgemut und dirigierte Jan über die Niederbaumbrücke in die Speicherstadt hinein. Sie hielt kurz inne, um sich zu orientieren, als ihr Mann sie aufgeregt am Ärmel ihres beigen Kamelhaarmantels zupfte.

»Also wirklich, damit hätte ich absolut nicht gerechnet!« Nun klang seine Stimme wirklich positiv überrascht.

»Womit?!«, fragte Maria irritiert nach, die eigentlich gerade weitergehen wollte. Ihr Mann hingegen blieb wie angewurzelt stehen und deutete auf ein Hinweisschild.

»Na, damit!«

Sie folgte Jans ausgestrecktem Arm.

»Miniatur-Wunderland«, las sie laut vor. Verständnislos blickte sie ihm in die Augen, in denen plötzlich etwas Freudiges in Bewegung geraten war.

»Jetzt tu doch nicht so, da wollte ich schon immer einmal hin! Stell dir vor, das ist wirklich die größte Modelleisenbahn der Welt. Der Welt! Und das inmitten von Hamburg. Unzählige Länder und Kontinente sind mit einer solchen Leidenschaft nachgebildet, das muss unglaublich sein. Und die Brüder, die sie betreiben, expandieren stetig weiter. Es soll sogar eine Brücke von einem Gebäude über einen Fleet der Elbe in ein weiteres Gebäude geführt werden, wie eine Art Atlantik-Überquerung. In die Neue Welt hinein. Nach Amerika. Also natürlich nicht das echte, sondern …«

Und schon war er außer Hörweite geraten. Mit kurzen, eiligen Schritten folgte Maria ihrem Mann und konnte ihn erst vor dem Eingang der Attraktion einholen. In der Überzeugung, dass seine Frau bestimmt bereits alles für ihn arrangiert hatte, betrat Jan Jansen das alte Backsteinkontor und drängelte sich an den Wartenden vorbei bis zur Kasse in den zweiten Stock.

»… faszinierend, dann die kilometerlangen Kabel, die Elektronik und der Programmierungsaufwand, der dahintersteckt. Alle Achtung. Da können wir uns gar kein Bild von machen. Ich selbst hatte als Kind auch mal eine Modelleisenbahn. Eine ›Märklin Spur H0‹. Natürlich kein Vergleich zu dem, was wir gleich zu sehen bekommen. Aber immerhin ein Anfang.«

Jan wandte sich an die junge Kassiererin.

»Guten Tag, die hübsche Dame, Jansen mein Name, wir hatten reserviert!«

Dann trat er einen Schritt zur Seite, damit seine Frau das Ticketprozedere übernehmen konnte, schließlich wurde er ja ausgeführt und nicht sie. Maria lief rot an, aber das Strahlen, das Jan ihr entgegenbrachte, weckte in ihr Erinnerungen an den Mann, den sie von früher her kannte. Obwohl sie wusste, dass seine Begeisterung in diesem Fall leider nichts mit ihr zu tun hatte, wollte sie keine Spielverderberin sein. Es drehte sich doch darum, endlich wieder einmal ein wenig Zeit miteinander zu verbringen, aufeinander ein- und zuzugehen. Und wieso nicht in einem Miniatureisenbahnland? Gemeinsam zu Mittag essen konnten sie auch ein anderes Mal. Peinlich berührt erklärte sie der Kassiererin den Umstand der Verwechslung und bat sie, ihr und ihrem Mann zuliebe eine Ausnahme zu machen.

»Was dauert das denn so lange? Ich habe doch nur eine Stunde Mittagspause!«, drängelte derweilen Jan von hinten.

Am Anfang musste Maria noch über ihren Mann schmunzeln. Wie eines der zahllos anwesenden Kinder näherte er sich mit weit geöffneten Augen dem ersten Abschnitt der Anlage. Wuchtig groß und in einer erstaunlichen Detailversessenheit herausgearbeitet, befand sich vor ihnen ein Teilausschnitt des schweizerischen Kantons Tessin, in dem es nur so von Bergen, Brücken, Eisen- und Bergbahnen sowie Passstraßen, Automobilen, Bergdörfern und deren kleinen Einwohnern wimmelte. Jan stellte sich zunächst auf die Zehenspitzen, dann ging er in die Hocke, um auf Augenhöhe in seinen Kindheitstraum eintauchen zu können. In sich gekehrt arbeitete er sich, ohne weiter auf Maria zu achten, in Richtung Graubünden und Matterhorn vor und gelangte nach einer guten halben Stunde ins Allgäu zum Modell des Märchenschlosses Neuschwanstein. Belustigt schaute er zu seiner Frau hoch, die sich im Hintergrund hielt, damit sie den hin und her wuselnden Heranwachsenden nicht die Sicht nahm.

»Schau mal, Maria. Da ist sogar das Schloss von eurem geisteskranken König Ludwig II. Der war doch auch noch schwul, oder?!«

Maria schaute ihn fragend an, da sie ihn durch das Geschrei einer Schülergruppe aus Bad Bevensen nicht hatte verstehen können.

»Jetzt komm doch mal endlich her zu mir! Oder interessiert dich das Ganze hier etwa nicht!?«

In dem Moment erklang das Tuten eines Nebelhorns.

Jan griff in die Innentasche seines Jacketts, beförderte sein Mobiltelefon zutage und nahm das Gespräch an. Sofort erklang Frau Holbeins durchdringende Stimme, durchmischt von ihrem ständigen Gegacker, durch das Gerät, dass selbst Maria es vernehmen konnte.

»Ja … ja … Vielen Dank für die Erinnerung. Selbstverständlich komme ich jetzt«, säuselte er in seinen Apparat, beendete das Gespräch und steckte ihn wieder ein. Jan schaute auf seine wuchtige Armbanduhr und schüttelte lächelnd den Kopf.

»Tatsache. Unglaublich, oder? Wie doch die Zeit verfliegen kann, wenn man gemeinsam etwas Schönes unternimmt.«

Marias Magen knurrte hörbar. Sie hatte nicht nur Hunger nach etwas Essbarem, sondern auch nach etwas Aufmerksamkeit.

»Was meinst du, Jan, wollen wir nicht doch noch schnell etwas essen? Du kannst doch ausnahmsweise ein bisschen später in dein Büro zurück, schließlich bist du dein eigener Chef.«

Jan lächelte selbstzufrieden.

»Das stimmt schon, aber schließlich muss sich ja einer von uns beiden um das Geldverdienen kümmern. Ich muss jetzt wirklich los.« Er gab seiner Frau zwei flüchtige Küsse auf die Wangen und bahnte sich seinen Weg zurück durch die Menge zum Kassenbereich.

Nein, Jan Jansen, so leicht gebe ich nicht auf, dachte Maria trotzig. Ihr Blick fiel auf das Modell von Schloss Neuschwanstein, das die Phantasie schon so vieler Menschen auf der Welt beflügelt hatte. Sie ging davor in die Hocke und betrachtete eingehend die Zinnen,

Erker, Höfe und Türme. Als Kind war sie regelmäßig mit ihrem Vater dort gewesen. Ob es nach wie vor so bunt, lustig und international zuging?, fragte sie sich. Plötzlich musste Maria schmunzeln. Während ihr Vater im Führerhäuschen des roten Lasters sein Mittagsschläfchen abhielt, hatte sie sich oft aus dem Wagen herausgeschlichen, um sich heimlich mit auf Gruppenfotos verewigen zu lassen. Da ihre Familie vor lauter Arbeit nicht in den Urlaub fahren konnte, wollte sie zumindest so von den Touristen mit hinaus in die Welt genommen werden.

»So, jetzt sind ich und Püppi aber mal dran!«

Es war ein dürres Mädchen, das mit ihrer Puppe im Arm hinter Maria stand. Lächelnd richtete sie sich auf, streichelte der Kleinen über die blonden Locken und überließ ihr gerne den Platz. In Marias Magen grummelte es erneut geräuschvoll.

»Irre, Irene. Hast du gehört?! Die imitieren hier sogar Berggewitter!«, wandte sich ein Rentner aus dem Bergischen Land mit seiner laufenden Digitalkamera euphorisch an seine gelangweilt dreinblickende Ehefrau.

Maria schaute, dass sie so schnell wie möglich aus dem Paradies für Modellbauliebhaber herauskam.

Draußen setzte sie die Sonnenbrille auf und hoffte inständig, dass sie den Tisch im Restaurant »Wiederkehr« für sie freigehalten hatten, was leider nicht der Fall war. Das Mittagsgeschäft war im vollen Gange, und Maria wurde von den Wartenden, Ankommenden, Gehenden und der Belegschaft wie ein Stück Kork auf hoher See zwischen dem Tresen und der Garderobe hin und her gedrängt. Sie wollte schon resigniert gehen, als sie aus dem hinteren Teil des Gastraumes eine muntere Stimme vernahm, die ihren Namen rief.

»Frau Jansen! Huhu, hier bin ich!«

Es war Agathe Thomsen, die gerade dabei war, ihren Mann und einen Geschäftspartner zu verabschieden.

»Ich hoffe, ich störe nicht, Frau Thomsen.«

»Wo denken Sie hin, Frau Jansen. Schließlich war es ja Ihr Tisch, oder zumindest der eines Namensvetters, den wir glücklicherweise noch ergattern konnten. Und mein Mann muss schleunigst zurück in seine Firma, um das Angebot für unseren lieben Herrn Wiedemann hier zu schreiben. Einer muss sich ja schließlich ums Geldverdienen kümmern«, scherzte sie, bat Maria, sich schon einmal zu setzen, und verabschiedete derweilen die Herren mit einer herzlichen Umarmung.

»Wie schön, Sie hier zu sehen! Wie geht es Ihnen? Ich hoffe inständig, dass Ihr Mann mittlerweile wiederhergestellt ist.« Agathe winkte dezent dem Kellner zu.

Maria konnte sich beim besten Willen nicht daran erinnern, wann sich zum letzten Mal jemand nach ihrem Befinden erkundigt hatte. Sie schaute Frau Thomsen direkt in ihre wachen Augen und wollte schon mit einer üblichen Platitude antworten, tat es aber nicht. Nach der ersten Flasche Rosé waren sie beim Du angelangt, und Maria hatte Agathe ihr Herz ausgeschüttet – dezent, aber unmissverständlich.

Lächelnd beugte sich Agathe zu Maria vor und tätschelte ihr verständnisvoll die Hand.

»Glaub mir, ich kenne das aus eigener leidvoller Erfahrung. Aber Männer, die auf die fünfzig zugehen, sind eine besonders fragile und komplizierte Angelegenheit.

Vor allem, wenn die Kinder aus dem Haus sind und die Frauen sich ihren Männern wieder mehr zuwenden möchten.«

Maria hob neugierig die Augenbrauen. »Magst du mir davon erzählen, wie du es geschafft hast?«

»Gerne, das wird aber etwas dauern. Was meinst du, wollen wir uns noch an eine Flasche wagen?«

Um fünf Uhr wurden sie vom Inhaber höflichst darum gebeten, das Lokal zu verlassen. Nicht, dass sich die beiden Damen auffällig verhalten hätten, nein. Aber das Restaurant hatte bereits seit einer Stunde geschlossen, und es wurde höchste Zeit, für das Abendgeschäft einzudecken. Munter faltete Maria die Stoffserviette mit den hilfreichen Tipps zusammen, die sie sich während des Gespräches notiert hatte, und verstaute diese sorgsam in ihrer Handtasche.

»Denk daran, wenn alle Stricke reißen, dann hilft auf alle Fälle Venedig! Eine Stadt wie das i-Tüpfelchen auf der Liebe, vertrau mir! Und wenn ich dir noch einen Rat geben darf, Maria: Sieh zu, dass du für dich selbst eine Beschäftigung findest. Welcher Art sie immer auch sein mag. Die Hauptsache ist, dass sie dich erfüllt.« Mit zwei Wangenküssen verabschiedete sich Agathe von Maria und stieg mit etwas Schlagseite in das wartende Taxi.

Vorsichtig schloss Maria die Tür, winkte ihrer neuen Freundin so lange nach, bis sie um die Ecke gefahren war, und machte sich dann selbst auf wackeligen Füßen auf den Weg. Ein kleiner Spaziergang und ein wenig frische Luft würden ihr sicherlich guttun.

Auf halber Strecke kam sie an der phantasievoll gestalteten Schaufensterscheibe eines Reisebüros vorbei, das mit dem Slogan »Ihr Traum – unsere Verpflichtung« warb. Warum sich nicht gleich um das i-Tüpfelchen kümmern? Sicher ist sicher, dachte Maria kichernd, öffnete schwungvoll die Eingangstür und betrat das exklusiv eingerichtete Ladenlokal.

Der Preis, den sie eine Stunde später für das Liebesarrangement zu entrichten hatte, sprengte beinahe den Belastungsrahmen ihrer Kreditkarte. Aber das war es Maria wert. Wer konnte schon von sich behaupten, einmal mit seinem Partner einen klassischen Palazzo mit eigenem Diener, Gondel und privatem Anlegesteg bewohnt zu haben? Und das alles im Auftrag der Liebe. Einzig das Glas Champagner, das man ihr nach der Buchung serviert hatte, hätte sie ablehnen sollen. Da traf es sich ganz gut, dass es draußen leicht zu nieseln begonnen hatte. Die kühle Feuchtigkeit legte sich wie ein erfrischender dünner Film auf ihre Haare und ihr Gesicht.

In der Hoffnung, dass Jan sie nach Hause fahren würde, kam Maria um sechs Uhr durchnässt am Bürogebäude ihres Mannes an. Erstaunt stellte sie fest, dass ihr Wagen dort nicht mehr stand. Vielleicht hatte Jan ihn ja freundlicherweise in die Garage gestellt. Maria ging in das Gebäude, fuhr in die vierte Etage und betrat den Empfangsbereich. Frau Holbein schaute zuerst recht entnervt und dann doch amüsiert drein, als sie erkannte, in welchem Zustand die Frau ihres Chefs sich ihr näherte.

»Kann ich Ihnen helfen, Frau Jansen?«

»Nein, nein! Vielen Dank, ich muss nur kurz zu meinem Mann. Ich kenn ja den Weg.«

»Der ist nicht mehr im Büro.«

Maria blieb abrupt stehen und wankte ein wenig hin und her.

»Nicht mehr im Büro?«

»Nein, wie ich ja bereits sagte. Seit halb drei schon nicht mehr. Er wollte das Wetter noch für eine schnelle Runde Golf ausnützen, bevor es kippt.«

»Ach so. Ja, aber …« Maria drehte sich langsam im Kreis. »Ja, aber wissen Sie denn, wo mein Wagen abgeblieben ist? Ich habe ihn vor dem Gebäude stehen lassen.«

»War das Ihrer? Hätte ich das nur gewusst. Das tut mit furchtbar leid, Frau Jansen, aber den habe ich abschleppen lassen. Absolutes Halteverbot ist eben absolutes Halteverbot. Und wenn Sie mir die Bemerkung erlauben, ich glaube, ich habe Ihnen damit auch einen kleinen Gefallen getan.«

Maria ließ sich auf einen der kubischen Ledersessel im Eingangsbereich fallen und zog ihr Mobiltelefon aus der Innentasche ihres Mantels. Nach dem dritten Versuch hatte sie zumindest das Clubhaus des Golfclubs erreicht. Nach einigem Hin und Her richtete ihr der Chef vom Dienst aus, dass Herr Jansen gerade noch in einem wichtigen Gespräch sei und Frau Jansen sich freundlicherweise mit einem Taxi behelfen solle. Spätestens um einundzwanzig Uhr würde sich dann auch ihr Gatte im Familienanwesen einfinden. Maria legte resigniert auf und starrte ins Leere. Ein penetrantes Räuspern holte sie in die Realität zurück.

»Frau Jansen, ich würde dann gerne zuschließen und Feierabend machen. Können wir?«

Maria erhob sich wie ferngesteuert, verließ das Büro, ohne sich zu verabschieden, und setzte sich in ein Taxi, in dessen Wärme sie sich nach Hause fahren ließ, wobei sie über Agathes Rat nachgrübelte, welche Art von Beschäftigung ihr guttun und sie vor allem erfüllen würde.

6

Es liegt in der Natur des Menschen zu kommunizieren. Sei es, um Informationen auszutauschen, seinen Mitmenschen zu signalisieren, dass man gesehen werden möchte, oder einfach nur, um die Stille zu füllen, die einen umgibt. Bei Letzterem, häufig unbedacht Vorgetragenem folgt der Ärger meist auf dem Fuß. Ob gewollt oder nicht. Das interessiert hernach jedoch niemanden mehr.

Magnus, Isidor und Klemens war es in den letzten Tagen immer ungemütlicher in den Hallen der Brauerei geworden. Anstatt wie gewohnt den Herrgott Herrgott sein zu lassen und sich auf die Tugend des Nichtstuns zu konzentrieren, ließ Aloisius auf einmal einen Wind der Geschäftigkeit durch das altehrwürdige Gebäude wehen, dass sie der aufgewirbelte Staub nur so in der Nase kitzelte.

»Isidor, i werd narrisch, warum sind die Fässer weder gewaschen noch ausgeschwefelt worden?! Das wird erledigt, aber sofort!«, schallte es durch den Betrieb. »Magnus! Ja verreck! Hast du dich überhaupt jemals in den letzten Jahren um die Buchführung gekümmert?! Aber die Rechnungen hast schon überwiesen, oder? Klemens, bist du jetzt depperter als fünf Meter

Feldweg?! Das Korn solltest du auf die Paletten stapeln, nicht andersherum! Sapperlot, jetzt ist es ganz feucht und unbrauchbar geworden.«

Es war für das Trio kaum mehr auszuhalten gewesen. Und alles nur, weil er seine Magdalena wieder zurückbekommen wollte, wie ihnen Aloisius in einem schwachen Moment gestanden hatte. Als ob jemand die Chefin bisher nur eine einzige Minute vermisst hätte, ging es den drei Gehilfen durch den Kopf.

Um sich weiteren umfangreichen Arbeitsaufträgen und Pöbeleien zu entziehen, hatten sie sich am Morgen in das Café »B-309« abgesetzt, die gastronomische Offlineausgabe für Neuigkeiten, Gerüchte, Halbwahrheiten und komplett Ersonnenes. Druckfrischer und ungefilterter kam man nirgends in der Gemeinde und dem gesamten Allgäu an Informationen heran.

Das lag zum einen an seinen kommunikativen Gästen, zum anderen an der strategisch günstigen Lage direkt an der Bundesstraße 309. Wer in den Markt herein- oder aus ihm hinauswollte, musste wohl oder übel an der länglichen, spärlich dekorierten Fensterfront vorbei – ob in privater oder offizieller Mission. Außerdem stand gleich gegenüber das Pfarr- und Mesnerbüro, das mit seiner indiskreten Hauswirtschafterin über das Leben, Lieben und Sterben in der Region fast in Echtzeit berichtete. Einige Meter weiter links, den Hügel hinauf, befand sich das alte Rathaus mit seiner angegliederten Tourismuszentrale. In der anderen Richtung, ebenso nahe, stand die Barockkirche mit ihrem eingewachsenen Friedhof. Und kurz dahinter, vis-à-vis, schlängelte sich sanft die Auffahrt zum Riedhornparkplatz und der

Liftanlage hoch. Den Weg, den auch die Bergwacht nehmen musste, wenn einmal wieder etwas am Berg passiert war. Kurz, Aloisius' Gehilfen saßen dort wirklich in der ersten Reihe.

Dass sie dort am Tresen vor ihrem Südtiroler Frühstück, das aus einem Viertele ›Kalterer See‹ bestand, saßen und nicht vor einem Bier in einer der Gasthausschenken des Dorfes, lag einfach an der frühen Stunde.

»Ja, was macht's ihr denn hier? Das ist ja eine seltene Ehre. Hat er euch jetzt endgültig rausgeschmissen?«, begrüßte sie die Seniorchefin Evi überrascht, die gerade mit einem noch dampfenden selbstgebackenen Gugelhupf ihr Café betrat. Und mehr hatte es nicht gebraucht, dass es bei den dreien mit der gedankenlosen Ausplauderei anfing.

Voller Stolz, endlich einmal im Mittelpunkt zu stehen – und das nicht aufgrund ihres desolaten Dauerzustandes, sondern da sie allem Anschein nach Informationen besaßen, die bisher noch nicht an die Außenwelt vorgedrungen waren –, ging ihr Mund gar nicht mehr zu. So feierlich und wichtig war es ihnen zumute, dass sie alles berichteten, was sie wussten. Und woran sie sich nicht mehr genau erinnern konnten, dichteten sie sich einfach nach Gutdünken zurecht.

Irgendwann verselbständigte sich dann die Geschichte. Es war das reinste Allgäuer Wikileaks mit Münchhausen-Charakter, das sich im »B-309« an diesem verregneten Morgen zutrug. Und so kam es, wie es kommen musste: Die Dinge nahmen ihre eigene Dynamik an und drohten, aus dem Ruder zu laufen.

Der Brauereibesitzer Elias Randel aus dem Nachbarort

Vucking erfuhr als einer der Ersten von der unerhörten Läuterung seines Widersachers Aloisius. Sie trieb ihm nur so die Sorgenfalten auf die Stirn. Randel, der selbsternannte »Braumanufaktor«, legte ungeheuren Fleiß und Hartnäckigkeit an den Tag, um sich auf dem hart umkämpften regionalen Biermarkt mit seinen Nischenprodukten durchzusetzen: zusätzlich zum »Vucking Hell« stand das »Vucking Hard« kurz vor der Marktreife – ein Bier mit einer unglaublich hohen Stammwürze. Da er die Dinge jedoch ein wenig zu ehrgeizig anging, ihm das letzte Quäntchen Talent fehlte und er sich zudem noch als beratungsresistent erwies, war er wohl oder übel an einen Punkt gelangt, an dem er auf der Stelle trat. Und als alles um ihn herum platt getreten war, kam der Neid und mit ihm die verwerflichen Gedanken.

Elias hatte sich ausgemalt, dem sicheren Untergang des Aloisius Gschwend zunächst genüsslich beizuwohnen und dann im geeigneten Moment zuzuschlagen. Er hatte es auf die Markenrechte der »Erhellung« und vor allem auf dessen Geheimrezeptur abgesehen. Ein Rohdiamant, der nur noch marketingmäßig geschliffen werden musste und den er dann im Einklang mit seinem »Vucking Hell« – wie Ying und Yang – vertreiben konnte. Das war so sicher wie das Amen in der Kirche.

Und nun solche Nachrichten am frühen Nachmittag! Eine einzige Katastrophe, wenn es überhaupt stimmte, was er da zu hören bekam. Er saß am schwarzgetünchten Holztisch seiner düster und gespenstisch gehaltenen Schankwirtschaft und starrte seinen Gehilfen Rudolf entsetzt an.

»Sag, hab ich das richtig verstanden? Der versoffene

Aloisius will sein Geschäft und somit seine Liebe wieder auf Vordermann bringen? Und wenn ihm das gelingt, bekommt er neben diesem weltweiten Markenauftritt einen zinslosen Kredit vom Wittelsbacher Ausgleichsfonds und vom Ministerpräsidenten höchstpersönlich den Bayerischen Verdienstorden verliehen?«

»So sagt es zumindest der Gustel, und der war heute am Morgen im ›B-309‹. Also muss es stimmen.«

Elias Randel stemmte sich vom Tisch hoch, durchschritt den diffus beleuchteten Gastraum, ging an den Fackelhaltern vorbei und bat seine Bedienung, ihm ihr Mobiltelefon zu geben. Dem Aloisius würde er schon noch die Suppe versalzen. Die Nummer, die er wählte, hatte er im Kopf. Während sich die Verbindung zum Gesundheitsamt aufbaute, wippte er mit seinen eisenbeschlagenen Schlangenlederstiefeln zum Takt des Hard Rock, der aus den mit künstlichen Spinnenweben eingehüllten Boxen ertönte. Noch schlimmer wirkten sich die Halbwahrheiten aus dem »B-309« jedoch auf die Gemeinde Ried aus. In Windeseile machten sie im Dorf ihre Runde und begannen, ihren Schaden anzurichten. Es waren keine fünfzehn Minuten vergangen, nachdem Klemens, Isidor und Magnus ihren Frühschoppen in den »Ochsen« verlegt hatten, als bereits das Telefon des Bürgermeisters klingelte.

Sixtus Mayer war gerade dabei, die erste feste Nahrung seit drei Tagen zu sich zu nehmen, als er ärgerlich den Löffel voll dampfendem Holdermus zurück in die Schüssel gleiten ließ, denn das Gebimmel seines Apparats hörte sich recht dringlich an. Am anderen Ende der Leitung befand sich Laurentius Talmann, auch Teer-

Talmann oder spöttisch »Der Wellenbauer« genannt, der örtliche Fachmann für den Tief- und Straßenbau.

»Sag, Sixtus, wann gibt es die Ausschreibungsdetails?!«

»Die bitte was?«

»Ja, willst du mi jetzt verarschen? Die Ausschreibungsdetails für unsere Umgehungsstraße natürlich. Oder hast du das Projekt etwa bereits unter der Hand dem Gayer versprochen?«

Welche Umgehungsstraße?, fragte sich Sixtus kurz, der dieses Thema in den vergangenen Tagen so geheim behandelt hatte, dass er es beinahe selbst vergessen hätte. Er wusste zuerst nicht, welche Empörung stärker war, die über den Vorwurf der Bestechlichkeit oder darüber, dass einer seiner Vertrauensmänner die gebotene Vorsicht über Bord geworfen und öffentlich getratscht hatte. Dabei war man doch übereingekommen, zuerst in den Jubiläumsgruppen die noch offenen Details zu klären, um dann den Rest des Marktes in einem geordneten, feierlichen Rahmen über die Ehre und das Glück des Bevorstehenden zu unterrichten.

Der Bürgermeister wusste nicht, wieso, aber es schwirrte ihm spontan der Name Aloisius durch den Kopf. Er entschuldigte sich wortreich bei Laurentius Talmann, versprach, baldmöglichst zurückzurufen, und legte den Hörer auf die Gabel – was zur Folge hatte, dass das Telefon umgehend erneut mit dem Gebimmel loslegte. Es gab einiges zu klären, aber egal, wessen Nummer er auch wählte, es war überall besetzt.

»Dann erledige ich das halt zu Fuß«, schimpfte Sixtus.

Er öffnete die Tür zu seinem Büro und schaute in das schreckensgeweitete Gesicht des Kämmerers Leitmeyer, der mit der Gesamtkoordination des Festaktes beauftragt worden war. Dicht hinter ihm gedrängt standen – ebenso aufgeregt – Bauamtsleiter Höbel, der angesichts der umgehängten Prunkkette offensichtlich auch in seiner Funktion als Vorsitzender des Schützenvereins da war, und der Tourismusdirektor Höschele. Ganz im Hintergrund schenkte gerade Margarethe Mayer sich selbst und den anwesenden Herren einen für solche Anlässe extra selbst angesetzten Baldrianschnaps ein.

Was im Anschluss von den Herren und der Dame als Vorsitzender der Landfrauen berichtet wurde, ließ nur einen Schluss zu: Das sensible dörfliche Gefüge drohte, aus dem Gleichgewicht zu geraten. Und bevor es ganz aus den Angeln krachte, beschloss man kurzerhand, am Nachmittag in der Riedhornhalle eine Bürgerversammlung abzuhalten, die für klare Verhältnisse sorgen sollte. Man musste der zu erwartenden Goldgräber- und Neidstimmung, wie sie damals zu den Zeiten des Autobahnausbaus geherrscht hatte, entgegenwirken. Und zwar schnell. Noch bevor die Unterkünfte im Ort für den vermuteten Festzeitraum plötzlich mehr kosteten als Vergleichbares zu Messezeiten in Hannover, bevor Balkonplätze an internationale TV-Sender verkauft wurden oder gar der Miet- und Bau-Quadratmeterpreis Augsburger Niveau erreichte. Es kursierten anscheinend bereits Gerüchte, dass nicht nur das Reinheitsgebot und die Jubiläen an diesem Tag gefeiert würden, sondern auch die längst überfällige Proklamation der politischen und wirtschaftlichen Loslösung Bayerns vom Rest der Bundesrepublik.

Den achtzehn Flüchtlingen, die im hinteren Teil der Riedhornhalle bereits seit dem Sommer provisorisch untergebracht waren, rauchte der Kopf. Die jungen Männer hatten in den letzten vier Monaten nichts unversucht gelassen, um der deutschen Sprache Herr zu werden, aber es gab eine schier unüberbrückbare Differenz zwischen Theorie und Praxis. Zum einen war da das Hochdeutsch in ihren Büchern sowie auf ihren CDs, und zum anderen die sprachliche Realität, die draußen vor den Toren der Mehrzweckhalle herrschte.

Sie waren dankbar für die kleine Studienunterbrechung, als sich die Türen öffneten und die Menschenmassen zu ihnen hineinströmten. Es wollte gar nicht mehr aufhören mit dem Strömen. Aber sie waren es durchaus gewohnt, für eine Weile so dicht aneinandergedrängt auszuharren. Sie spürten, dass die spontane Zusammenkunft ihrer Gastgeber nichts mit dem Brauchtum zu tun hatte, das ansonsten an diesem Ort vorgetragen oder gelebt wurde. Dafür reichte ein Blick in die angespannten Gesichter. An der Mimik der Vortragenden erkannten sie außerdem, dass die Lage ernst, aber nicht hoffnungslos war. Und es waren wie immer die Frauen, die zum Ende hin mit ihren ruhigen Worten, besänftigenden Blicken und ihrem mütterlichen Verständnis zur Entspannung der Situation beitrugen.

»Was meinst du, Sixtus, das ist gerade noch einmal gutgegangen, oder?« Margarethe hakte sich bei ihrem Mann unter. Gemeinsam schlenderten sie die leicht abschüssige birkenbewachsene Allee zum Moorsee entlang, über dem ein verbliebenes Schwalbenpärchen der letzten Mahlzeit vor ihrem entbehrungsreichen Flug in den Süden nachjagte.

Sixtus war sich nicht so sicher. Zwar hatten es die Landfrauen geschafft, die Versammlung auf einen gemeinsamen Nenner einzuschwören, aber er hatte die Befürchtung, dass es der kleinste war. Der Argwohn zeigte sich über den Köpfen der Leute wie der Rahm auf der Frischmilch. Nun galt es, ihn irgendwie abzuschöpfen. Dem Anschein nach die größte Herausforderung, vor der er jemals gestanden hatte.

Sein Mobiltelefon klingelte. Es war der Staatssekretär Erwin Stadler, der ihn, inmitten der Schönheit der Natur, zu sprechen verlangte.

»Stadler hier! Ich wollte mich nach den Stand der Dinge erkundigen. Ich hoffe, es läuft alles nach Plan!?«

Sixtus ließ seinen Blick über den glatten See schweifen, in dem sich die umliegende Bergwelt leicht verzerrt widerspiegelte. Er widerstand der Versuchung, das Vereinbarte einfach abzusagen und den Dingen ihren natürlichen Lauf wiederzugeben, und berichtete stattdessen dem Staatssekretär, was dieser hören wollte. Dann legte er auf.

Als er das Telefon zurück in seine grüne Cordhose gleiten ließ, erblickte er am Ende des Steges, der von der alten Fischerhütte aus in den See ragte, den Braumeister Aloisius Gschwend. Auch er machte keinen glücklichen und vor allem keinen nüchternen Eindruck. Und dabei hatte er sich in den letzten Tagen doch so gut gehalten, wie ihm seine Frau berichtet hatte.

»Ja, schimpft mich nur, mich liebesbedürftigen, geschwätzigen alten Mann! Aber wie sagt man so schön, die kleinen Sünden bestraft der Herrgott sofort. Das Gesundheitsamt hat sich für morgen angekündigt. Zumindest meinte das mein Spezl von der dortigen Einsatzplanung.« Aloisius hob den Blick und bot dem Bürgermeister-Ehepaar zwei Flaschen seiner »Erhellung« an. »Darf er wieder, oder zwickt der Magen noch?«

Margarethe nahm Aloisius lächelnd die zwei Bier ab, und gemeinsam setzten sie sich zu ihm auf die Holzplanken und prosteten sich zu.

»Aber nach der ist Schluss, Aloisius. Dass du mich verstanden hast, gell!«

Aloisius sah sie fragend an.

»Ja, was ist?!«, sagte sie. »Wenn sich das Gesundheitsamt angesagt hat und du dich lieber am See als daheim herumtreibst, heißt das doch, dass du dich vor dem Berg Arbeit drückst, den du eigentlich zu erledigen hast. Oder sind bei dir bereits deine drei Wichtel am Werk?«

Aloisius schüttelte den Kopf. »Nein, die trauen sich momentan nicht mehr heim.«

»Also werden wir das jetzt gemeinsam erledigen.«

Schweren Herzens stand Aloisius auf und beschaute sich zum Abschied noch einmal das Bergpanorama. Einzig den lieben Gott, so war er sich sicher, schien das alles hier nicht zu jucken. Er ließ die Sonne in einer Art und Weise hinter den Gipfeln untergehen, dass der Schein des Alpenglühens bestimmt noch in München zu sehen war.

»Das alles hab i mir ein wenig leichter vorgestellt.« Der Braumeister löste traurig den Blick von dem Naturspektakel und trottete Margarethe hinterher.

»Ich auch«, murmelte Sixtus. Er verweilte noch ein wenig, ließ die Hand durch das frische Wasser gleiten und wünschte sich für wenigstens einen kurzen Moment die gute alte Zeit zurück. Wann auch immer die gewesen war.

7

Es war kein Berg voll Arbeit, sondern ein ganzes Bergmassiv, vor dem Aloisius zum See entflohen war. Margarethe stöhnte bei dem Anblick auf. Nein, das wäre weder zu zweit noch in der Kürze der Zeit zu schaffen. Ein Anruf jedoch genügte, und keine halbe Stunde später liefen gleich mehrere Landfrauen durch die Brauereiräume und schimpften, dass es dem Aloisius nur so die Schamesröte in das Gesicht trieb.

Er hatte eigentlich im Stillen darauf gehofft, mütterlich zur Seite genommen und auf das Kanapee gesetzt zu werden, um in seiner Putzunerfahrenheit den Ablauf nicht zu stören. Aber nein, hatte ihm die etwas rundliche Vizevorsitzende der Landfrauen und Leiterin der »Bürgerwerkstatt Asyl«, Josefa Karg, erklärt. Wo denke er nur hin? Es ginge hier um Hilfe zur Selbsthilfe. Von ihren Schützlingen verlangte sie das schließlich auch. Es gelte, ein gutes Beispiel abzugeben und Integrationswillen zu zeigen, gerade für ihn als Einheimischen.

Sie grinste Aloisius schelmisch an, legte die Schürze um ihre breiten Hüften, schnürte sie fest zu und drückte ihm ein rotes Microfasertuch in die Hand. In den folgenden Stunden wurde er von ihr so eingespannt, dass er noch nicht einmal mehr zum Biertrinken kam.

Um sieben Uhr morgens hätte man meinen können, dass die Kupferkessel erst am vergangenen Abend geliefert worden wären, so funkelten sie und der Rest der Brauerei im Licht der aufgehenden Sonne. Aus Ermangelung von fester Nahrung lud Aloisius die Damen zum Dank zu einem Frühschoppen ein, den sie dankbar annahmen.

Drei Stunden später fertigte der Vertreter des Gesundheitsamts begeistert Fotografien an, um weniger akribisch handelnden Brauern den gewünschten Soll-Zustand einfach zeigen zu können, anstatt sich den Mund fusselig zu reden. Für den Herrn Gesundheitsinspektor sollte sich das noch am selben Tag als großes Glück herausstellen. Wenn er schon einmal in der Gegend war, hatte er sich gedacht, würde es sicherlich nicht schaden, im Konkurrenzunternehmen im Nachbardorf Vucking unangemeldet nach dem Rechten zu schauen. Allein schon die verstaubten Kunstspinnweben, die im Gastraum von den Musikboxen hingen, gaben dem Beamten genug Anlass, genauer hinter die Fassade zu schauen.

Der Zusammenhalt und Fleiß, der sich in Aloisius' Brauerei gezeigt hatte, strahlte auch auf den restlichen Teil des Dorfes ab. Ein wenig Wettbewerbsdenken war sicherlich auch mit dabei – wenn es schon der alte Aloisius Gschwend hinbekam, wollte man ihm nicht nachstehen. Und so rückte man wieder ein Stückchen zusammen und überbrückte die Zeit bis zur nahenden Wintersaison in emsiger Geschäftigkeit, als ob man den Bundeswettbewerb für die schönste Gemeinde Deutschlands gewinnen wollte. Wobei es den Riedern nicht um Medaillen oder Preise ging, sondern darum, ihrer Rolle als internationaler Gastgeber gerecht zu werden. Von der Eitelkeit einmal abgesehen.

Als man mit dem Herausputzen fertig war und wieder genug Zeit hatte, die Köpfe gen Himmel zu recken, bemerkte man, dass auf den umliegenden Gipfeln ein entscheidendes Detail fehlte: Es lag kein Schnee, und es roch noch nicht mal nach ihm. Das war kein Wunder, da sich die Temperatur Anfang Dezember noch im zweistelligen Bereich befand. Der kommt schon noch, so wie er noch jedes Jahr gekommen ist, sagten sich die Einheimischen. Und anstatt die Skier zu wachsen, die Pisten abzustecken und die Heuballen an die Kurven der Naturschlittenbahn zu stellen, entschied man sich dazu, schon einmal mit den Vorbereitungen für das Rahmenprogramm der Jubiläumsfeier zu beginnen, die Reden vorzuformulieren und nach einem größeren Ochsenkarren Ausschau zu halten, der Platz für alle Würdenträger bot – zur Not müsste man halt noch einen bauen.

Einzig der Tourist zeigte sich von seiner nervösen Seite. Markus Höschele führte in seinem »Gästeservicecenter« – wie die Tourismuszentralen im Landkreis nun seit drei Wochen hießen, nachdem die beauftragte Image-Consulting-Group Branding Solutions aus Wernigerode den Begriff »Tourist« zu nahe an »Terrorist« sah – kundenorientierte Servicegespräche mit potentiellen Gästen.

»Gewiss, der Herr, aber nein, von Betrug kann hier wirklich keine Rede sein, das winterlich gehaltene Bild auf der Homepage repräsentiert nicht den Ist-Zustand, sondern soll Sie auf das Mögliche einstimmen … Das kann ich Ihnen leider nicht vorhersagen, wann das Mögliche eintritt und es mit dem Schnee so weit ist … Ich soll Sie dann anrufen?!«

So ging es nun schon seit zwei Tagen, als eine große Boulevardzeitung unter Berufung auf einen aufstrebenden amerikanischen Meteorologen den Winter in den Alpen für das Jahr gänzlich abgesagt hatte.

Markus Höschele legte auf und atmete zur Beruhigung dreimal stoßweise tief ein und wieder aus. Gleichzeitig wünschte er sich die Sommersaison zurück. Denn bei Dauerregen musste man nur auf das satte Grün der Wiesen verweisen, das so beliebt bei den Touristen war und ja nicht durch Trockenheit entstehen konnte. Selbst Kleinkinder konnten dieser Logik folgen und warteten dann brav besseres Wetter ab. Aber mit der Winterklientel war es wesentlich schwieriger. Schließlich wollte diese ihr neu erworbenes Material ausprobieren und vorführen. Und das machte bei der äußerst stabilen Föhnlage wirklich keinen Sinn.

Höschele stellte die Telefone auf »Leider sind momentan alle Plätze besetzt, sobald einer unserer Mitarbeiter …« um, schenkte sich einen Kaffee ein und setzte sich in die wärmende Sonne auf die Bank, die vor dem Gästeservicecenter stand. Kaum hatte er einen Schluck getrunken, lief der Braumeister Aloisius Gschwend an ihm vorbei. Er hielt den Kopf gesenkt und schien in einem inneren Disput mit sich zu stecken.

»Wenn i des gewusst hätt, wie anstrengend das wird«, murmelte er vor sich hin. »Sieh's halt so, Aloisius, Rom wurde schließlich auch nicht an einem Tag erbaut, und die Magdalena wird's schon wert sein. Dass die aber auch gleich so gründlich haben aufräumen müssen!«

»Aloisius, wohin des Weges?«

»Wohin wohl, Rechnungen bezahlen!«, schimpfte er den neu titulierten Chef-Gästekoordinator an. »Sonst wird es nix mit der ›Erhellung‹, und mit der Magdalena obendrein nicht. Oder riechst du etwa schon den Duft der Maische, der über dem Dorf hängt?«

»Ja aber, die Bank ist doch …«

»I weiß, aber i muss zuerst zum Wertstoffhof.«

Jetzt verstand Markus Höschele gar nichts mehr.

»Zum Altpapiercontainer! Da liegt meine komplette Buchhaltung inklusive der unbezahlten Rechnungen drin. I hoff bloß, sie haben ihn noch nicht nach Marktoberdorf gebracht.«

Hätte Höschele einen Hut aufgehabt, so hätte er ihn jetzt verwundert in den Nacken geschoben.

»Im Altpapiercontainer?!«

»Frag nicht. Aber das war net i, sondern die Landfrauen. Sie dachten wohl, das ganze Papiergeraffel auf dem Esstisch sei ohne Wert. Dabei war es so schön von unten her nach dem Alter sortiert. Und jetzt hab i den Salat.«

»Salat?«

Aloisius verdrehte die Augen, schaute zum Herrgott rauf und setzte sich dann mit auf die Bank.

»Verstehst du nicht? I erklär's dir. Aber sag, hast du auch an Durst?«

Nach zwei Stunden und vier Bier war der Chef-Gästekoordinator gut angetrunken und im Bilde. Erst wenn der Aloisius Gschwend seinen umfangreichen Verbindlichkeiten bei den Lieferanten seiner Betriebsmittel nachkommen würde, könnte auch gebraut werden. So einfach war das. Nein, erneute Rechnungen würden nicht mehr ausgestellt, da man bereits genug guten Willen, Geduld und Aufschubbereitschaft gezeigt hätte. Irgendwo müssten ja schließlich die zahllosen Erinnerungsschreiben gelandet sein.

»Und wenn du einfach bei einem anderen Lieferanten auf Rechnung bestellst?«

»Ha!« Aloisius' Ausruf peitschte nur so durch die Gasse. Dann beugte er sich verschwörerisch zu Höschele. »Markus, wie sollte so etwas funktionieren? Es gilt schließlich die ›Erhellung‹ zu brauen und nicht die ›Erblindung‹. Dazu wird genau das benötigt, was benötigt wird. Und das hat einzig und allein der Heindel Siegfried in seinem Münchner Kontor auf Lager. Ansonsten funktioniert es nicht. Du bestäubst ja auch nicht unsere Gipfel und Wiesen mit Puderzucker, damit es für den Touristen recht winterlich ausschaut.«

»Weißt du was, Aloisius, das ist gar keine so dumme Idee. Wie wäre es, ich schließe schnell ab, und dann gehen wir in das ›Reh‹ und trinken gemeinsam noch einen Absacker?«

»Erst die Arbeit, dann das Vergnügen!«, hörte sich Aloisius selbst wie aus weiter Ferne sagen. Verwundert über sich selbst, stand er auf, hob zum Abschied den Hut und wollte gerade die Straße hochlaufen, als ihm aus der entgegengesetzten Richtung ein Lkw entgegenkam, der einen blauen Altpapiercontainer gesattelt hatte.

»Zefix!«, rief Aloisius, der sich dem Koloss wie David gegen Goliath todesmutig entgegenstellte und diesen zum Anhalten zwang.

Anderthalb Stunden später war es dann so weit. Unter der Zuhilfenahme der antiken Brauschaufeln hatte man den Inhalt des gesamten Containers in eine der Hallen verfrachtet. Obenauf saßen Aloisius, Isidor, Magnus und Klemens. Als Motivationsspritze hatte der Brauereichef seinen Helfern eine Flasche Bier für jede gefundene Rechnung in Aussicht gestellt. Es entbrannte eine kurze Diskussion darüber, ob sie gleich nach dem Fund getrunken werden durfte oder für später aufbewahrt werden sollte. Letzteres wurde demokratisch festgelegt, wobei Aloisius' Stimme vierfach zählte.

Freilich hätte eine kurze Nachfrage beim Lastwagenfahrer zur schnelleren Klärung des Sachverhaltes geführt, denn er war nicht, wie vom Braumeister vermutet, vom Rieder Wertstoffhof, sondern aus Weiler gekommen.

Der unwissende Aloisius war jedenfalls mit großem Einsatz und Fleiß bei der Sache, bis es nach vier Tagen und drei Stunden gewiss war: Es war der falsche Altpapiercontainer, der auf seinen Hof gekippt worden war. Keine einzige Rechnung, kein beschriebener Bierfilz, keine Notiz, noch nicht einmal ein gelber Mahnumschlag ließ sich in den fünfundzwanzig Kubikmetern finden.

Die Dinge werden sich schon irgendwie fügen, dachte Aloisius hoffnungsvoll, ohne jedoch richtig daran zu glauben. Missmutig trat er ins gleißende Licht vor der Lagerhalle. Es war zwar zwischenzeitlich empfindlich kalt geworden, jedoch fehlte von der weißen Pracht nach wie vor jede Spur. Nur das durchdringende Surren der Schneekanonen, die bis zum Heiligen Abend zumindest einen befahrbaren weißen Teppichstreifen in das Grün des Berges zaubern sollten, lief auf Hochtouren. Aloisius schüttelte verächtlich den Kopf, schlug den Kragen seines Lodenmantels hoch und ging hinunter zum »Schaaf«, um in Ruhe eine Brätknödelsuppe zu essen und eine Halbe zu trinken. Beides hatte er sich, fand er, so was von verdient.

Mit der erhofften Ruhe sollte es allerdings nichts werden. Nachdem er den ersten Löffel zum Mund geführt hatte, betrat das halbe Dorf den großen Saal. Vorneweg lief Sixtus Mayer und ein wenig hinterdrein, mit noch besorgterer Miene, Markus Höschele. Das wird ja schon zur Manie mit diesen Versammlungen!, ging es Aloisius durch den Kopf. Was war denn nun schon wieder los? Anhand der Zusammensetzung der Gruppe erkannte er, dass es sich um ein rein touristisches Problem handeln musste.

Da will ich mal weiter nicht stören, befand Aloisius und war kurz davor zu gehen, als sich der Liftbetreiber Ludwig Harms zu ihm an den Tisch gesellte und ihn mit einem starken Händedruck am Gehen hinderte.

»An deiner Stelle würde ich bleiben. Könnte interessant werden.« Es klang eher wie eine Drohung als wie ein freundlicher Hinweis. Aloisius setzte sich wieder.

Im selben Augenblick bestieg der Bürgermeister Sixtus Mayer die Bühne und klopfte gegen das Mikrophon. Er bedankte er sich überschwänglich für den großen

Eifer und unermüdlichen Einsatz bei der Vorbereitung der anstehenden Jubiläumsfeierlichkeiten. Aber da nun jeder seinen Part aus dem Effeff beherrsche, sei es an der Zeit, sich auf etwas Zukunftsnäheres zu konzentrieren: nämlich auf die Touristen. Hier intervenierte der Chef-Gästekoordinator Höschele mit einem leichten Hüsteln. Denn die *Gäste*, verbesserte sich Sixtus, würden kommen, spätestens am fünfundzwanzigsten Dezember. In welcher Anzahl, das wisse man noch nicht genau, da müsse man sich einfach überraschen lassen. Die zweiundvierzig Vertriebskanäle, über die die Hotelzimmer und Ferienwohnungen vermietet wurden, wiesen zwar die variabelsten Best-Price-Frühbucher-Aktions-Kombinations-Paket-Gebühren auf, besaßen aber im Gegenzug die nebulösesten Stornogebühren und -fristen. Quasi ein undurchdringbares Dickicht. Jedenfalls gelte es nun, die Erholungssuchenden in ihrer Enttäuschung ob der fehlenden weißen Pracht vor Ort abzuholen und ihnen im Rahmen eines gemeinsam zu entwickelnden »Schnee-Ersatzprogramms« den Jahreswechsel entsprechend zu versüßen.

Mit diesen Worten übergab er das Mikrophon an seinen Kollegen Markus Höschele.

»Hat schon jemand einen Vorschlag?«, begann dieser.

Betretenes Schweigen machte sich breit.

»Die Nachbargemeinde Vucking zum Beispiel«, fuhr Höschele fort, »stellt mit ihren Skilehrern ein nachweihnachtliches Backen auf die Beine. Die Gemeinde Weiler bietet allabendlich Fackelwanderungen mit der Liftbelegschaft an, und die Hirschegger Milchbauern melken mit ihren Gästen zusammen, wie es zu Omas

Zeiten noch Brauch war. Ferner gibt es noch schamanische Schneetänze und Ähnliches.«

Erwartungsvoll sah der Chef-Gästekoordinator sein Publikum an. Das nervöse Klicken seines Kugelschreibers hörte man noch bis in der hintersten Reihe. Nach einer endlos erscheinenden Minute machte es jedoch nicht im Kugelschreiber »klick«, sondern im Kopf vom Seidel Alfred. Der Seidel Alfred war nämlich im Spätsommer zu seinem Schwager ins Berchtesgadener Land gefahren, um eine gebrauchte Kardanwelle für seinen defekten Traktor abzuholen. Und als er mit seinem Pick-up auf den Hof gerollt war, stritten dort drei Männer mit nackten bleichen Oberkörpern darum, wer als Nächstes mit der Axt das Holz hacken dürfte.

Sein Schwager hatte ihn daraufhin zur Seite genommen und ihm den Sachverhalt schmunzelnd erklärt: Es handelte sich um drei Teilnehmer des örtlichen Antiaggressionsseminaranbieters für leitende Angestellte. Eine klassische Win-win-Situation, denn das mit dem Holzhacken sei ein Teil des Therapieprogramms, das bei den Probanden innere Spannungen abbaue, ihnen die Wertigkeit der körperlichen Arbeit aufzeige und sie mit dem direkten Ergebnis ihres Tuns belohne. Und dem Schwager wurde nicht nur die leidige Arbeit des Holzhackens erspart. Nein, obendrauf bekam er sogar noch etwas Geld für das Material und die Aufsicht.

Alfred Seidel hob seinen Arm.

»Wir könnten die Gäste ja bei uns mitarbeiten lassen«, schlug er vorsichtig vor.

»Wie meinst du das genau?«, wurde er von Herrn Höschele verwundert gefragt.

»So therapeutisch halt. Zurück zur Natur eben. Holzhacken, Ställe säubern, Tiere füttern, Wanderwege instand halten, in der Küche mitkochen. Was halt hernach alles so anfällt.«

»Seidel, das ist ja … visionär! Du meinst, der Gast als fest integriertes Mitglied der Dorfgemeinschaft. Mit allen Rechten und Pflichten. Mittendrin statt nur dabei – das Ereignisreich!« Mit dem Chef-Gästekoordinator ging der Marketinggaul durch.

»Du kannst es nennen, wie du willst, Markus«, sagte der Seidel Alfred. »Aber genau so mein ich das.«

Dann machte es auch bei den anderen »Klick«. Und so wurde es ein äußerst kreativer Nachmittag, an dem es an konstruktiven Vorschlägen nicht mangelte. Als einer der Teilnehmer laut mit dem Gedanken spielte, man könne doch eine Gastfamilie auf dem Hof anlernen und dann selbst für ein paar Tage ein wenig Urlaubsluft in wärmeren Gefilden schnuppern, beendete Markus Höschele die Diskussion. Jetzt galt es nur noch, das Gesammelte in eine entsprechende Form zu bringen.

»Am Montag werde ich die Listen mit den Vorschlägen im Gästeservicecenter aushängen. Ich bitte euch, dann einzutragen, wer was anbietet.«

Es ertönte Applaus. Beseelt schaute Markus Höschele in die nickenden Gesichter. Endlich hatte er das Gefühl, in Ried angekommen und akzeptiert worden zu sein.

Stühle wurden gerückt, Gemurmel brandete auf – dann konnten die Gäste also beruhigt kommen.

In die Zufriedenheit, die den Raum erfüllte, erschallte mit einem Mal ein mahnendes, raues Räuspern. Es war der Liftbetreiber Ludwig Harms. Mit gewichtigen

Schritten lief er zur Bühne vor, erklomm sie und nahm, ohne zu fragen, Markus Höschele das Mikrophon ab.

Es war ihm kein Vorwurf daraus zu machen, denn er war genau aus diesem Grund vor acht Jahren von der Gemeinde mit ins Boot genommen worden. Damals waren die Liftanlagen hoffnungslos veraltet gewesen, es hatte ein zukunftsfähiges, modernes Konzept gefehlt, an Know-how und an einer Vision. Vor allem aber fehlte es an Geld, und all das brachte Ludwig Harms mit. Unermüdlich vermarktete er Ried aufgrund seiner verkehrstechnischen Lage als »den am schnellsten zu erreichenden Familienwintersportort« im Voralpenland und schuf in kürzester Zeit das, woran sich die Nachbargemeinden lange die Zähne ausgebissen hatten. So war innerhalb von drei Jahren ein modernes Skiparadies mit allem erdenkbaren Chichi entstanden, das innerhalb der Branche als Maßstab für Zukünftiges bewertet wurde.

Nun hätte man getrost die Hände in den Schoß legen und die Früchte des Erfolges ernten können. Aber das ging nicht. Die Kredite mussten bedient werden, und Ludwig Harms wusste, dass eine schwache Wintersaison genügen würde, um das finanzielle Konstrukt ins Wanken zu bringen. Folglich musste er in den Sommertourismus am Riedhorn investieren, um die Risiken der Winterinvestitionen abfedern zu können.

Und so wurde dem Riedhorn ein weiteres Stück seiner Ursprünglichkeit geraubt, indem man seine touristische Attraktivität steigerte. Die längste Sommerrodelbahn der Region wurde in die sanfteren Flanken des Berges gehauen, der Weg zum Gipfel verbreitert, planiert und geteert, damit auch Kinderwagen und Akkufahrräder den Weg hinauf fanden. War man oben angelangt, so konnte man sich die Mühe des Abstieges ersparen, indem man mit einer Art Tarzanseilbahn gen Tal hinuntersauste. Ferner gab es nun zwei Event-Gastronomiebetriebe, die zu jeder vollen Stunde ihre Folkloregruppen auf die Gäste losließen, einen Kletterseilgarten sowie einen Outlet-Store für Funktionsbekleidung am Fuße des Berges. Kurz: das reinste Investitions-Perpetuum-mobile. Man blieb dadurch in der Branche im Gespräch, die Eventveranstalter gaben sich die Klinke in die Hand und das Privatfernsehen sowie das dritte Programm sich die Ehre, und der Tourist kam sich vor wie in einem Vergnügungspark, der ihm jedes Jahr eine neue Attraktion bot.

War eine Investition getätigt, schielte schon die nächste um die Ecke, damit die erste weiterhin finanziert werden konnte. Es ließ sich beliebig potenzieren, und ehe man sich's versah, steckte man inmitten eines Konstrukts, in dem man schnell die Übersicht verlor und vor allem in ungewollte Abhängigkeiten geraten konnte.

Um diesem Strudel endgültig entgehen zu können, musste Ludwig Harms, auch wenn es sich im ersten Moment paradox anhörte, genau noch eine Investition tätigen. Die Wintersaison interessierte ihn schon lange nicht mehr. Sie war viel zu unberechenbar, zu aufwendig, zu einem Auslaufmodell geworden, das Mittel band, die anderswo besser investiert waren. Um das Vorhaben endlich umsetzen zu können, benötigte er nur eine Sache: einen milden, schneearmen Winter als Argumentationsgrundlage. Dann würde er sein teilüberdachtes Bergprojekt durchsetzen können, sein wetterunabhängiges »Allgäu-EreignisReich«, das er zusammen mit seinen Investoren ausgeheckt hatte.

Was Harms nicht brauchte, war eine spontan zusammenrückende Gemeinde, die mit enttäuschten Touristen Ringelpiez mit Anfassen spielen wollte. Eine saubere Existenzangst, das war es, was er benötigte. Und die wollte er nun säen, damit in den Köpfen der fremdenverkehrsabhängigen Rieder ein Schreckensszenario erblühte, von dem er sie erst im Frühjahr durch die Präsentation seiner revolutionären Idee unter stürmischem Beifall befreien würde: endlich winterunabhängig zu sein.

Als sich der Letzte der Anwesenden wieder gesetzt hatte, wollte Harms mit seinen finanzmathematischen Einwänden, die eine kalte, nüchterne, emotionslose Sprache sprachen, beginnen. Er kam jedoch nicht dazu.

»Ob ihr es glaubt oder nicht, es schneit!«, rief auf einmal der Aloisius mit lauter Stimme von seinem Tisch in die erwartungsgefüllte Stille des Saales hinein. Es war zwar eine glatte Lüge, aber manchmal heiligte der Zweck eben die Mittel. Der Braumeister fand, dass man sich die nette Stimmung, die sich die Versammlung in den letzten zwei Stunden erarbeitet hatte, nicht von den betriebswirtschaftlichen Drohgebärden eines Harms verderben lassen sollte. Denn nichts anderes konnte man von ihm erwarten, das war dorfbekannt. Außerdem war er schon immer ein Depp gewesen, fand der Aloisius und freute sich, ihm eins ausgewischt zu haben.

Das Stühlerücken begann erneut, nur etwas geschäftiger. Die Versammelten strömten eilig hinaus, legten ihre Köpfe in den Nacken und ließen sich ihre erhitzten Gesichter von den feinen Eiskristallen kühlen, die der Wind aus Harms' Schneekanonen zu ihnen herwehte. Voller Tatendrang gingen die Rieder heim und überlegten dabei, was sie gemeinsam noch so alles mit den Gästen anstellen könnten.

Nur der Aloisius und der Ludwig Harms blieben im hinteren Saal der Wirtschaft zurück. Sie standen sich im Halbdunkel auf den Eichendielen gegenüber und taxierten sich feindselig.

Harms, du Depp!, dachte sich der Aloisius und konnte sich kaum noch das Augenzwinkern verkneifen.

In Ludwig Harms' Kopf ging es ein wenig komplexer zu. Verächtlich betrachtete er das dörfliche Artefakt, das seit langem dabei war, sich seine eigene Grube zu graben, nein eher zu trinken. Und die war schon recht tief. Dass er es jedoch gewagt hatte, ihn öffentlich vor den Riedern vorzuführen, war ein Fehler gewesen – ein schwerer. Eigentlich hatte er, sei es aus einer Sentimentalität heraus, vorgehabt, mit der Durchführung seines Plans bis nach dem Jubiläumsfest zu warten.

Der Liftbetreiber legte seinen Kopf schief und wog die Für und Wider gegeneinander ab. Dann lächelte er. Es sprach eigentlich nichts dagegen, dem Aloisius bereits jetzt schon ein wenig Sand in das morsche Getriebe seiner Unternehmung zu streuen. Ganz im Gegenteil, das würde die Dinge sogar hilfreich beschleunigen.

Ludwig Harms zwinkerte als Erster, nahm seinen Hut und verließ den Saal.

Obwohl es äußerlich wie ein Sieg aussah, fühlte es sich innerlich nicht so an, dachte Aloisius beklommen. Dabei brandete in ihm die Ahnung auf, dass das letzte Wörtchen in dieser Angelegenheit wohl noch nicht gesprochen war.

Er sollte recht behalten.

8

Josef Zöllner hatte in seiner sechsundzwanzigjährigen Tätigkeit als Finanzbeamter schon so einiges erlebt, aber so etwas noch nie. Mit offenem Mund stand er in der klinisch sauberen Brauereihalle und starrte seinen zu überprüfenden Kunden verständnislos an.

»Was sagten Sie, wo soll ich Ihre Buchführung finden können?«

»I hab es jetzt doch schon dreimal gesagt: in Marktoberdorf auf dem Wertstoffhof, in der Müllverbrennungsanlage, oder sie wird gerade zu Eierkartons recycelt.«

»Und Sie haben keinen einzigen Ihrer Geschäftsvorgänge auf dem Computer gesichert?«

»Wie soll i denn bitte schön den ganzen Papierkram in so einen kleinen Computer hineinbekommen?« Aloisius zuckte mit den Schultern, öffnete sich ein Bier und bot dem Beamten auch eins an.

»Wollen Sie mich etwa bestechen?«

»Auch recht, dann bleibt mir mehr!«, stänkerte der Braumeister zurück, dem es so langsam an Aufregungen reichte. Erst das Gesundheitsamt, dann die Lieferanten, die ihm die Pistole auf die Brust setzten, und nun auch noch das Finanzamt. Er wollte doch einfach nur brauen, bei dem Fest im April oben auf dem Ochsenwagen die Peitsche schwingen, so seine Magdalena zurückerobern und dann vielleicht sogar gemeinsam mit ihr nach München zu ihrem Sohn Eusebius oder gar nach Hamburg zu ihrer Tochter Maria reisen.

»Und jetzt schleich dich«, grummelte er weiter. »I hab keine weitere Zeit mehr zu verplempern, die Fässer müssen auch noch mindestens für drei Monate im Eiskeller ruhen. Sonst wird es keine ›Erhellung‹, sondern etwas, das diesen Namen nicht verdient hat.«

»Herr Gschwend, das ist mir alles einerlei. Von mir aus können Sie Ihre Fässer auf dem Mond lagern, solange Sie mir endlich zeigen können, was ich zu sehen wünsche. Ansonsten …«

Mit dem Aloisius und der Droherei verhielt es sich so wie mit dem Stier und dem roten Tuch.

»Auf den Mond willst du, sagst du? Das lässt sich machen, du Bazi!«

Es war den akribischen Landfrauen zu verdanken, dass der Aloisius auf die Schnelle nichts zu fassen bekam, mit dem er den Finanzbeamten ernsthaft hätte verletzen können. Er hielt zwar die Bierflasche in den Händen, aber damit zuzuschlagen wäre ein Frevel gewesen, zumal sie halb voll war.

»Ich schick Ihnen meine Chefin, die Brunswick, auf den Hals. Aber dann wird es nicht so angenehm für Sie verlaufen, glauben Sie mir!«

Schon wieder eine Drohung, doch manche Leute lernten es halt nie. Erzürnt jagte Aloisius den Beamten die letzten Meter vom Hof und schloss barsch das drei

Meter hohe Doppeltor, das er mit einem Querbalken verriegelte.

Mit klopfendem Herzen lehnte sich der arme Braumeister an das Holz. Seine Knie zitterten ihm dermaßen vor Aufregung, dass sie nachgaben und er am Tor hinunterrutschte. Sein Atem ging wie der eines gehetzten Hundes, und irgendwie konnte er sich kaum wieder beruhigen. Fast hatte er das Gefühl, der Schlag würde ihn gleich treffen.

Nach einer halben Stunde hatte sich sein Puls wieder beruhigt, und die Panik war von ihm gewichen. Aber es reichte Aloisius derart, dass er beschloss, sich bis ans Ende seiner Tage in seinen Hallen zu verschanzen wie ein Eremit. Komme, was wolle. Und sollten die da draußen machen, was sie wollten, es würde ihn nichts mehr angehen. »Und die Liebe und der Romantikquatsch sind eh überbewertet«, murmelte er bockig.

Aloisius nahm einen kräftigen Schluck und betrachtete das Etikett seiner »Erhellung«. Es zeigte einen Kupferstich aus dem Jahre 1816, der die Brauereigebäude, umrahmt von einem kunstvollen Wolkenkranz, aus der Vogelperspektive darstellen sollte. Beinahe hätte man meinen können, dass es der liebe Gott persönlich gestaltet hätte. Er seufzte und streichelte mit seinem rissigen Daumen darüber, als ob es sein einzig treuer Begleiter im Leben wäre. Zum Glück hatte er noch reichlich von dem Bier.

Aloisius hatte es in der vergangenen Nacht, in der er kaum geschlafen hatte, als ob er die Krise bereits geahnt hätte, aus purer Langeweile ausgerechnet: Der Biervorrat würde zumindest noch für ein knappes Jahr reichen.

Magnus, Isidor und Klemens waren in dieser groben Bestandsaufnahme allerdings nicht berücksichtigt. Warum auch?! Waren nicht sie es gewesen, die im Café »B-309« den Mund so voll genommen hatten, dass mit ihrer Geschwätzigkeit die Probleme erst angefangen hatten? Und letztendlich würde es ihn auch nicht wundern, wenn er dem nichtsnutzigen Brüdertrio den Besuch des Finanzamtes zu verdanken gehabt hätte. Außerdem gab es für sie hier nun nichts mehr zu tun.

Schnaubend rappelte sich Aloisius auf und klopfte sich den Staub von seiner Lederhose, wie ein Cowboy, der vom Pferd gestürzt war. Er wusste nun, was er noch zu erledigen hatte.

Wie es der Zufall wollte, saßen seine drei Gehilfen gebannt vor dem Fernseher und fieberten mit John Wayne mit, der gerade wie wild aus einer Wagenburg auf die ihn umkreisenden Indianer schoss, als ihnen ihr Chef den Stecker zog. Protestierend schauten sie über ihre Bierflaschenhälse zu ihrem Arbeitgeber hoch.

»Was glotzt ihr so!? Feierabend ist. In Pension geh i ab jetzt. Aus gesundheitlichen Gründen, damit ihr das auch wisst. Sonst trifft mich noch der Schlag. Also, ab heut ist die Brauerei geschlossen, und ihr gehts jetzt! Schleichts euch. Es wird eh höchste Zeit, dass ihr mal auf eigenen Beinen steht! Und sehen will i auch keinen mehr. Weder euch noch sonst jemanden. Und das könnt ihr Tratschweiber auch den anderen Riedern gleich brühwarm erzählen.«

Zuerst dachten die drei, es würde sich um einen Scherz handeln, doch als sie die Entschlossenheit in

Aloisius' Gesicht erkannten, die sie an die ehemalige Chefin erinnerte, trollten sie sich, packten ihre Sachen und standen keine halbe Stunde später belämmert wie drei verstoßene Söhne vor dem geschlossenen Tor.

»Ja mei, was habt ihr denn schon wieder ausgefressen?« Es war Margarethe Mayer, die ihnen vom Rathaus her entgegenkam. Vielleicht lag es an der besorgten, mütterlichen Art und Weise, wie sie sie ansah. Auf jeden Fall flossen bei den Männern die Tränen.

Margarethe hatte ihre liebe Mühe, die wichtigen Informationen von den eher unwichtigen zu trennen. Aber als sie es geschafft hatte, sackte sie innerlich zusammen. Nein, nicht schon wieder ein Problem, dachte sie flehentlich. Um auf Nummer sicher zu gehen, fasste sie das Schockierende noch einmal kurz zusammen.

»Der Aloisius will nicht mehr, hat er gesagt? Überhaupt nicht mehr?!«

Die drei nickten.

»Richtig. Pensionist sei er jetzt, aus gesundheitlichen Gründen. Weder brauen will er, noch jemanden sehen. Nicht uns, und auch keine andere Seele aus dem Dorf, und schon gar nicht mehr jemanden vom Finanzamt. Und sprechen, glaub ich, will er auch nicht mehr! Das sei jetzt sein ›Fort Apache‹, hat er uns noch hinterhergeschrien, als er das Tor verriegelt hat.«

»Das Finanzamt?« Margarethe dünkte, was geschehen war. »Nicht mehr brauen? Oh Gott, oh Gott!« Ihr schwindelte.

»Ja, das ist ja das Schlimmste an unserer Verbannung. Es würde zwar noch für ein knappes Jahr reichen, das Bier, das hat der Aloisius noch gesagt. Aber halt nur für ihn allein. Und was ist das denn überhaupt für ein Leben, ohne die ›Erhellung‹? Ein ganz ein armes. Da macht es auch nichts aus, dass wir ab nun kein Dach mehr über dem Kopf haben!«

Mitleidig betrachtete Margarethe Isidor, Klemens und Magnus. Nein, dachte sie, auf der Straße könnten sie bei diesen Temperaturen bestimmt nicht bleiben, auch wenn es tagsüber recht sonnig war. Sie überlegte kurz, dann zückte sie ihr Mobiltelefon und rief ihre Stellvertreterin Josefa Karg an.

Diese steckte gerade mit ihren erst am Mittag eingetroffenen Feriengästen in der Riedhornhalle bei den zu betreuenden Flüchtlingen. Denn bei den Angekommenen handelte es sich um ein pensioniertes Deutschlehrer-Ehepaar aus Hannover, und wer wäre prädestinierter dafür, den jungen Männern in puncto Aussprache ein wenig unter die Arme zu greifen? Josefa hörte Margarethe genau zu. Das, was sie zu hören bekam, schmeckte ihr überhaupt nicht. Isidor, Klemens und Magnus!

»Ist das denn wirklich nötig?«, fragte sie. »Die drei geben keine guten Vorbilder für meine Buben ab, und sie machen sich doch gerade so gut … Ja … Ja freilich weiß ich, dass es kalt ist … Doch, es sind noch zwei Stockbetten frei. Nun gut, aber bei dem ersten Vergehen setze ich sie persönlich wieder auf die Straße, sag ihnen das!«

Margarethe legte zufrieden auf und schaute in die leicht aufgedunsenen Gesichter.

»Ihr bekommt fürs Erste Asyl bei unseren Flüchtlingen. Aber dass ihr euch ja benehmt, habt ihr mich verstanden? Ihr kennt die Regeln, ihr kennt Frau Karg und sie vor allem euch.«

Vom Regen in die Traufe, schimpfte Isidor im Stillen vor sich hin. Dennoch hob er sein Bündel vom Boden auf und trottete seinen beiden Kumpanen hinterher.

Am Gesichtsausdruck seiner Frau konnte Sixtus Mayer erkennen, dass schon wieder etwas geschehen sein musste, und vor allem nichts Erfreuliches. Margarethe setzte sich ihm gegenüber, schenkte ihnen einen Baldrianschnaps ein und schüttelte sich, als sie ihn heruntergeschluckt hatte. Dann begann sie zu berichten.

»Ach, Sixtus, was sollen wir nur machen?«, schloss sie seufzend.

Ja, was sollte man da machen? Klein und bescheiden bleiben, dann wird man von solchen Problemen noch nicht einmal angeschaut, ging es dem Bürgermeister als Erstes durch den Kopf. Er verfluchte den Tag, an dem der Ministerpräsident ihm gegenübergesessen hatte. Hätte er die Möglichkeit gehabt, so hätte er gerne die Zeit zurückgedreht und dem Landesvater statt eines Ja ein freundliches, aber bestimmtes Nein zu seinem Vorschlag entgegnet. Doch es nutzte alles nichts.

»Als ob wir die Büchse der Pandora geöffnet hätten!« Sixtus schüttelte resigniert den Kopf.

»Aber ist der Sage nach neben all dem Übel nicht auch die Hoffnung mit aus dem Gefäß entwichen?« Margarethe stand auf, strich ihren bodenlangen Rock glatt und schaute ihrem Mann tief in die Augen. »Sixtus, wir werden nicht aufgeben. Noch nicht! Wenn es etwas werden soll mit dem Fest, dem Bier, dem internationalen Brimborium und vor allem mit der Umgehungsstraße, dann müssen wir den Aloisius zur Räson bringen!«

»Zu gerne, wenn du mir nur verraten könntest, wie du das anstellen möchtest, liebe Frau.«

Frau, genau! Das war es! Wie hatte sie das nur vergessen können. Margarethe küsste ihren Mann über den Schreibtisch hinweg auf die Stirn.

»Wir bringen dem Aloisius seine Magdalena zurück!«, sagte sie. »Dann wird es sich schon wieder ausgehen mit den beiden und der Brauerei. Jetzt entschuldige mich. Ich muss los, die Josefa und die Antonia zusammentrommeln und packen. Wir müssen am Abend noch den Nachtzug nach Hamburg erwischen!«

Margarethe drehte sich um und war bereits aus der Amtsstube entschwunden, ehe ihr Mann auch nur verdattert »Hamburg?« sagen konnte. Doch dann verstand er, warum die drei Landfrauen diesen Umweg nehmen mussten.

Eigentlich hatten es die Landfrauen nie so mit der Magdalena gehabt. Eifersucht war das bestimmende Thema, ob beim Sixtus, dem Mann von der Josefa, dem Alfons Karg, oder dem Kämmerer Blasius Leitmeyer. Denn in den sechziger Jahren des vergangenen Jahrhunderts waren auch sie alle einmal jung gewesen. Die Erinnerungen an den Krieg waren nur noch ein Schatten, der Amerikaner hatte den Rock'n' Roll dagelassen, und die Zukunft schien eine leichtere, lohnenswerte zu sein. Ein idealer Nährboden, um sich persönlich auszuleben und entdecken zu können. Und da gefiel es den jungen Männern des Marktes eben, dass sie in der Magdalena ein weibliches Pendant gefunden hatten. Was nicht hieß, dass sie sich leichtfertig zur Verfügung stellte. Ganz im Gegenteil, auch sie wollte erobert werden.

Dennoch: Ihre Lebenslust, Geselligkeit und vor allem ihre Figur stellten alles andere Weibliche des Dorfes in den Schatten. Und das auch noch, nachdem sie dem Aloisius das zweite Kind auf die Welt gebracht hatte. Dass man sich so keine Freundinnen machen konnte, war nachvollziehbar, und so hatten die Damen des Dorfes, insbesondere die Landfrauen als moralische Instanz, sie schon immer mit Nichtbeachtung gestraft und geschnitten. Als Magdalena dann noch in den roten Sportwagen dieses schmissigen Italieners Frederico gestiegen war, um der Begrenztheit des Dorfes Lebewohl zu sagen, war die Empörung darüber genauso groß wie bei einigen der Neid.

Also mussten die drei Landfrauen den Umweg über Hamburg in Kauf nehmen. Es galt, Maria zu bitten, mit ihnen nach Ried zu kommen. Vielleicht konnte sie ja bei der Zusammenführung helfen. Und wenn nicht, so hatten sie es zumindest versucht.

Wären die Landfrauen in ihrer Tracht am Gardasee aufgetaucht, so hätte Magdalena noch nicht einmal ihren Strohhalm zur Begrüßung aus dem Mund genommen. Deshalb also Hamburg.

Kurz nachdem Margarethe das Rathaus verlassen hatte, machte sich eine gewisse Betriebsamkeit im Dorf breit. Es wurde für die Männer – und auch für den Aloisius – vorgekocht, damit diese in ihrer Abwesenheit nicht vom

Fleisch fielen und bei Laune blieben. Reisekoffer wurden gepackt und wieder umgepackt, der Piccolo-Bestand aus dem örtlichen Supermarkt aufgekauft, Haare kunstvoll geflochten, Erledigungslisten geschrieben, die Tracht, gleich einer Uniform, angelegt und – man konnte ja nie wissen – ein Präsentkorb bestückt.

Um achtzehn Uhr war es dann so weit. Man traf sich am örtlichen Bahnhof und wartete ungeduldig auf den Regionalexpress, der die Landfrauen zuerst nach Kempten und dann zum Nachtzug nach Ulm bringen sollte. Selten waren am Rieder Bahnsteig so viele Menschen versammelt wie an diesem Abend. Der Grund der Reise hatte die Runde gemacht. Schließlich ging es um etwas, und da wollte man den Damen den wohlverdienten Respekt zollen und viel Glück wünschen. Selbst die Musikanten des Blasorchesters »Die Riedner« waren gekommen und spielten zum Abschied »Muss i denn zum Städtele hinaus«.

Als der Zug eingefahren war und sich die Türen zischend öffneten, bildete man zuerst eine Gasse für die aussteigenden Touristen, denen man, wenn man schon einmal da war, selbstverständlich das Gepäck abnahm. Die Ankömmlinge interpretierten die musikalische Darbietung und den Menschenauflauf gerührt als hiesige Willkommensgeste. So waren sie noch nirgends empfangen worden. Beseelt zückten sie ihre Mobiltelefone und nahmen das Geschehen auf, um es am Abend mit dem Kommentar »So wird man in Ried als Gast willkommen geheißen – wie ein König« mit ihren digitalen Freunden teilen zu können.

Keine zwei Minuten später ertönte der Pfiff des

Schaffners, und der Zug fuhr ruckelnd an. Taschentücher wurden geschwenkt und Finger gekreuzt. Nachdem der letzte Waggon hinter den Holundersträuchern, die die Bankette säumten, verschwunden war, löste sich die Menschenmasse auf. Einzig der Bürgermeister, der Kämmerer Blasius Leitmeyer und Alfons Karg blickten ihren Frauen noch länger hinterher.

Als sie sich zum Gehen wandten, standen, wie aus dem Nichts erschienen, Magnus, Isidor und Klemens vor ihnen. In den Händen hielten sie die letzten drei Flaschen »Erhellung«, die sich noch im Dorf hatten auftreiben lassen, sowie Bündel mit ihren Habseligkeiten. Dabei machten sie, so komisch es auch aussah, einen recht offiziellen Eindruck.

»Herr Bürgermeister, Herr Kämmerer, Alfons. Wir dachten uns nur, da es ja wie verhext ist mit dem Aloisius und der Braugeschichte, dass wir drei uns sicherheitshalber auf den Weg nach München machen und nach dem Eusebius suchen. Nur für den Fall, dass die Maria nicht mitkommen sollte oder sie bei ihrer Mutter nichts ausrichten kann. Man darf schließlich nichts unversucht lassen, und es wäre ja ein Jammer, wenn es so abrupt aus wäre mit dem guten Bier und der Geselligkeit.«

Da fiel dem Sixtus ein, dass keiner der drei überhaupt jemals Ried verlassen hatte – glaubte er zumindest. Als Bürgermeister hatte er ja schließlich eine Fürsorgepflicht seinen Einwohnern gegenüber, also fragte er: »Sagt einmal, wie wollt ihr das denn anstellen, nach München zu fahren und dort den Eusebius zu finden? Ihr wart doch noch nie fort aus Ried!«

»Doch, in Weiler!«, kam es von dem Trio wie aus der Pistole geschossen.

In dem Moment fuhr der Zug nach Kaufbeuren ein. Munter wie drei Schüler auf ihrer ersten Klassenfahrt, stiegen Magnus, Isidor und Klemens ein. Bevor sie ganz im Großraumabteil verschwunden waren, drehte sich Isidor noch einmal zu ihnen um.

»Den ›Monaco Franze‹ haben wir immer gesehen, vielleicht hilft uns das weiter.«

»Ja, vielleicht«, sagte Sixtus skeptisch und wünschte ihnen viel Erfolg.

Ihm war ganz einsam ums Herz, als er zu Hause ankam und die Tür aufschloss. Zum Glück war sein Sohn bereits daheim. Mit dem von seiner Frau vorbereiteten Kartoffelsalat setzte er sich zu ihm auf das Sofa, und gemeinsam schauten sie in einer ohrenbetäubenden Lautstärke den vierten Teil dieses Piratenepos, in dem locker der Aloisius hätte mitspielen können.

Nicht minder leise, jedoch weitaus lustiger ging es dagegen im Nachtzug nach Hamburg zu. Nachdem die Landfrauen das lästige Umsteigen in Ulm hinter sich gebracht hatten, schraubte man die Piccolos auf und ließ der Phantasie mit geröteten Wangen freien Lauf. Schließlich kannte man sie hier nicht.

Um vierundzwanzig Uhr kam man auf den Gedanken, dass die Maria vielleicht nicht nur aus dem hohen Norden mit heimkommen solle, um dem Aloisius seine Magdalena wiederzubringen. Nein, sie sollte am besten das Brauereigeschäft selbst übernehmen und führen. Generationenwechsel sozusagen, ein wenig frischen

Wind in die Segel lassen. Das würde nie schaden, erklärte Josefa Karg angeheitert, deren Sohn Martin seit Jahresbeginn die Familienschreinerei führte – und zum Leidwesen seines Vaters auch noch wesentlich wirtschaftlicher, als er es vermocht hatte.

Allein der Gedanke, im männerdominierten Berufsfeld des Brauereiwesens und noch dazu im eigenen Dorf eine Frau an der Spitze zu haben, wühlte die Landfrauen derartig auf, dass bis ein Uhr nachts an Schlaf überhaupt nicht zu denken war. Schließlich durfte man doch, fern der Heimat, von solchen Dingen einmal laut träumen.

Als die Zugbegleiterin sie zum dritten Mal aufgefordert hatte, nun endlich aus Rücksicht auf die Mitreisenden das Reden einzustellen, stimmten sie stattdessen ein mehrstimmiges Volkslied an. Doch auch das wurde ihnen nach zwei Minuten verwehrt.

»Aber essen darf man hier ja wohl noch!«, schimpfte Josefa und begann, den Präsentkorb geräuschvoll vom Zellophanpapier zu befreien.

Und während eine Dame nach der anderen in einen unruhigen Schlaf fiel und Sixtus bereits fest mit seinem Sohn und der Kartoffelsalatschüssel auf dem Sofa schnarchte, entriegelte Aloisius das Tor und öffnete es einen Spalt, um das davor deponierte Brotzeitpaket in den Hof zu ziehen. Denn bei allem, was man dem Bier auch an Nährstoffen nachsagte: Es gab doch nichts Besseres als eine anständige Jausenplatte. Doch die wollte ihm, so allein am Tisch sitzend, nicht recht schmecken – was er sich natürlich nicht eingestehen wollte.

Dennoch verschwendete er beim Salzen des Rettichs, beim Schneiden des Specks oder beim Belegen der Brotscheiben hie und da einen Gedanken an seine drei nichtsnutzigen Gehilfen. Was diese wohl jetzt ohne ihn so machten? Und das bei der Kälte!

Isidor, Klemens und Magnus hingegen verschwendeten keinen einzigen Gedanken an ihren ehemaligen Arbeitgeber. Sie waren in München, inmitten der Weltstadt mit Herz. Was keine abgedroschene Phrase, sondern Realität war, wie sie in den vergangenen Stunden am eigenen Leib hatten erfahren dürfen. Ja, es war dort beinahe als paradiesisch zu bezeichnen.

Kaum hatten sie am Hauptbahnhof den Zug verlassen, bot ihnen eine Gruppe ausgelassener Landjugendlicher aus dem Oberbayerischen von dem Bier an, das sie in Kästen mit sich herumtrugen. Überhaupt schien hier jeder Dritte zu dieser späten Stunde mit einer Flasche Bier in der Hand herumzulaufen. Dem nicht genug: Ob ihres urtümlichen Aussehens wurden sie auf ihrem Weg aus dem Bahnhofsgebäude viermal von Touristen angehalten und abgelichtet. Und ehe sie es sich versahen, hatten sie, ohne sich groß dafür anstrengen zu müssen, bereits zwanzig Euro verdient.

Auf dem Vorplatz ging es weiter mit der Aufmerksamkeit, die ihre Tracht erregte. Mehrere in Dirndl verkleidete Südkoreanerinnen versuchten, sie dauerkichernd dazu zu bewegen, sie als schmückendes Beiwerk ins Hofbräuhaus zu begleiten. Ein durchaus verlockender Vorschlag, dem Isidor und Magnus beinahe erlegen wären, hätte Klemens sie nicht an das Schicksal des Alois

Hingerl, des Münchener Dienstboten Nummer 172, erinnert, der dort im altehrwürdigen Gemäuer über dem Bier seinen himmlischen Auftrag vergessen hatte. Man wolle doch den Eusebius nach Hause bringen und nicht versumpfen.

Und so begannen sie, sich bei den Einheimischen nach der Kultur zu erkundigen, was erstaunlich gut klappte. Kurze Zeit später standen sie beeindruckt vor der pompösen Akademie der Bildenden Künste, in deren Innerem allem Anschein nach ein Fest gefeiert wurde. Psychedelisches Licht strahlte ihnen aus den deckenhohen Fenstern entgegen, Nebelschwaden entfleuchten den geöffneten Balkontüren, und disharmonische Klänge, getragen von einem wummernden Bass, umhüllten die ganze Szenerie. Nein, fürwahr, so etwas Unbayerisches wie in gleichem Maße Anziehendes hatten die drei noch nie in ihrem Leben zu Gesicht bekommen.

»Wollt ihr auch mit hinein?« Es waren drei junge Frauen, die in fledermausartigen Oberteilen steckten, mit großen Hornbrillen auf ihren Nasen und einem ordentlich zusammengerafften Haardutt, wie ihn die Landfrauen in ihren Küchen trugen, oben auf dem Kopf.

Sprachlos hakten Isidor, Klemens und Magnus sich unter und betraten die altehrwürdigen Hallen. Aber anstatt dass sie sich weiter an ihren Bierflaschen festhielten oder sich gar neue beschafften, wurden sie von den ausgestellten Exponaten in ihren Bann gezogen. Dass es so etwas überhaupt gab auf der Welt, dachten sie wie hypnotisiert.

Und so kam es, dass sie dann doch den eigentlichen

Grund ihrer Reise vergaßen und von dem Künstlerischen wie von einem lichtdurchdrungenen mysteriösen wie verheißungsvollen Strudel aufgesogen wurden.

9

Maria wurde von einer kalten, feuchten Hundeschnauze geweckt, die sich immer wieder sanft, aber beharrlich in ihre linke Wange drückte. Kurz bevor sie sich gähnend die Seidendecke über den Kopf ziehen wollte, schleckte Pongo sie auch noch ab. Maria stupste Jan an, der laut grunzte und sich dann demonstrativ von ihr wegdrehte.

»Aber du hast ihn doch gekauft!«

Na ja, jetzt bin ich eh schon wach, dachte Maria entnervt. Sie nahm den einjährigen Dalmatinerrüden beiseite, der sofort wie wild mit dem Schwanz wedelte und vor Freude, dass ihm jemand seine Aufmerksamkeit schenkte, einen kleinen See auf dem Läufer vor dem Bett hinterließ.

»Mensch, Jan, jetzt hat er schon wieder reingepinkelt!«

»Dann geh doch endlich mit ihm in die Hundeschule. Und könnte ich jetzt bitte weiterschlafen? Du weißt doch, dass ich heute meinen besonderen Tag habe. Da muss ich ausgeruht sein!«

»Besonderer Tag, dass ich nicht lache«, maulte Maria.

Seit Jan zum vollwertigen Ratsmitglied der Kaufmannsgilde »Hanseata Veritas« geworden war, reihten sich die »besonderen Tage« wie die Perlen einer Kette aneinander. Er benahm sich, als ob er zum Repräsentanten eines Königshauses bestellt worden wäre. An diesem »besonderen Tag« stand zum Beispiel die Teilnahme an einem Kamingespräch an der Privathochschule »Elbmanufaktur«, an der Jan studiert hatte und die er finanziell großzügig unterstützte, auf dem Programm. Als Gast, nicht als Redner. Insofern hatte Maria noch nicht einmal eine kleine Ansprache für ihn vorbereiten müssen.

Sie tätschelte Pongo den Kopf und verließ mit ihm das Schlafzimmer, um ihre Laufkleidung anzuziehen.

»Zumindest werden wir heute etwas an Gewicht verlieren, anstatt wie dein Herrchen zuzulegen. Was meinst du, mein Süßer, wollen wir?«

Es war kein gutes Zeichen für den Zustand einer Ehe, wenn man für sein Haustier nettere Worte fand als für seinen Partner. Maria klippte sich die Kopfhörer hinter die Ohren, zog ihren Pferdeschwanz straff, nahm Pongo an den Hüftgurt und öffnete die Tür.

Der Weg führte sie über den knirschenden Kies, an den Rhododendronbüschen vorbei, hinunter bis zum schmiedeeisernen Tor, das sich wie von Geisterhand öffnete und hinter ihr wieder schloss. Leicht trabend überquerte Maria die Elbchaussee, verschwand im eiskalten Nebel und lief die Stufen hinunter zur Elbe. Anstatt wie gewohnt nach links in Richtung Innenstadt abzubiegen, wandte sie sich nach rechts, in die Richtung, in der knapp einhundert Kilometer weiter flussabwärts die Nordsee lag. Ihre Füße liefen im Takt der Musik durch die Pfützen, die wie kleine Quecksilberseen auf dem brüchigen Asphalt der Flusspromenade lagen. Ab und zu hörte sie die Nebelhörner der gespenstisch an ihr vorbeigleitenden Containerschiffe und Frachter. Es roch nach Fisch, Salz und Feuchtigkeit. Es war vor allem diese kalte, durchdringende Feuchtigkeit, die Maria im Winter so zu schaffen machte. Weder Fisch noch Fleisch, dachte sie und zog ihre tropfende Nase hoch.

Kurz hinter Teufelsbrück blieb Pongo auf einmal an einem Busch stehen. Aufgeregt scharrte er mit den Pfoten im Dreck und ließ sich auch nicht durch das Zerren an der Leine darin beirren, zwischen den Zweigen verschwinden zu wollen.

Ach, soll er doch, dachte Maria und machte den Rüden los. Erst jetzt bemerkte sie, wo sie sich befand. Es war die Stelle, an der sie mit Jan vor zwei Monaten in der Nacht gesessen, ihm den Rücken gestreichelt und über ihr gemeinsames Leben nachgedacht hatte. Außer Atem setzte sie sich auf eine der roten Bänke, strich sich eine verschwitzte Strähne aus der Stirn und schaute nachdenklich in den wabernden Nebel, der sich nicht von der Flussoberfläche trennen konnte – oder wollte. Da war sich Maria nicht so sicher. »Genauso ergeht es mir auch«, sagte sie leise.

Was hatte sie in den letzten acht Wochen, nach dem eher unfreiwilligen Besuch des Miniaturwunderlands, nicht noch alles unternommen, damit sie sich wieder frisch ineinander verlieben konnten. Oder um zumindest über den Zustand der platonischen Vertrautheit hinauszukommen. Tangoabende, Partnermassage im türkischen Hamam, romantisches Candle-Light-Dinner beim rustikalen Edelitaliener, eine zweisame Hafenrundfahrt bei Nacht, Picknick auf der Merinowolldecke vor dem heimischen Kaminfeuer – all das hatte nichts geholfen.

Aber schließlich habe ich ja noch das As im Ärmel, die Weihnachtsüberraschung für Jan, den Luxuskurztrip nach Venedig, hatte sie sich noch letzten Montag selbst Mut zugesprochen. Und am selben Abend tauchte Jan mit Pongo zu Hause auf. Er hatte ihn günstig von den Hansens übernehmen können, denen der Hund zu lebhaft gewesen war. Zumindest könnte man es nun mit einem ausgedehnten romantischen Abendspaziergang versuchen, hoffte Maria, jedoch vertrug sich das feuchte Schmuddelwetter nicht mit den maßangefertigten Lederschuhen ihres Mannes. Es war wie verhext!

Und dort auf der Bank beschlich Maria nun das Gefühl, dass Jan den Hund nicht für sich, sondern für sie angeschafft hatte: damit für ihn alles so bleiben konnte wie zuvor, als sie sich noch um die Kinder gekümmert hatte.

Wo war das Vieh eigentlich? Als ob er die Gedanken seines Frauchen hätte hören können, kam Pongo um die Bank gesprungen. Mit seinen schlammigen Pfoten stieg er auf ihre hellgraue Laufhose und ließ schwanzwedelnd seine Beute, die er aus dem Gebüsch herausgezerrt hatte, auf Marias Schoß fallen.

Es dauerte einen kleinen Moment, bis Maria gewahr wurde, was ihr Hund da als eine Art Liebesbeweis apportiert hatte: Es war die schwarze, leicht aufgerissene Hundekottüte, die ihr Mann damals betrunken mit seinen »Hinterlassenschaften« gefüllt und offensichtlich zur Entsorgung in das Gebüsch geworfen hatte.

Schreiend sprang sie auf und schüttelte angeekelt den Plastiksack von sich. Pongo hingegen interpretierte diese Geste als klare Aufforderung zu einem Spiel. Und je schneller sein Frauchen vor ihm weglief, desto begeisterter hetzte er ihr mit der Spucktüte zwischen den Lefzen hinterher. Er schien ganz vernarrt in den Beutel zu sein.

Als Maria notgedrungen an der stark befahrenen Elbchaussee anhalten musste, holte Pongo sie ein. Am liebsten hätte sie dem Tier die Tüte aus dem Maul gerissen und in einem weiten Bogen in die Elbe geworfen in der Hoffnung, dass der Hund ihr hinterherstob. Stattdessen kraulte sie ihn hinter dem Kiefergelenk. Das entspannte Pongo so sehr, dass er seinen Schatz losließ, Sitz machte und Maria mit aufgerissenen Augen und heraushängender Zunge anhechelte. »Na, wenigstens einer, der mich anhimmelt«, sagte sie und wartete ungeduldig, bis die Ampelanlage endlich auf Grün umsprang. Sie wollte zurück ins Haus und ab unter die Dusche. Die Kälte war ihr bereits bis in die Knochen gedrungen.

Zuerst dachte Maria, es würde sich um eine Diebesbande handeln, die sich bei den diffusen Sichtverhältnissen auf einen ihrer Raubzüge vorbereitete. Doch bei näherem Hinsehen erkannte sie durch den Nebel eine Gruppe von Frauen in langen Mänteln, die über einen Plan gebeugt vor dem Eingangstor ihres Grundstücks standen. Als eine der Damen ihren Kopf reckte, um sich zu orientieren, erkannte Maria sofort das rundliche, warme Profil von Josefa Karg. Dahinter machte sie die große, schlaksige Ehefrau des Bürgermeisters aus, Margarethe, und daneben stand, unsicher wie immer, die kleine Antonia Leitmeyer mit einem halb geplünderten Präsentkorb zu ihren Füßen.

Maria rutschte das Herz in die Hose. Die Anwesenheit der Landfrauen konnte nur eines bedeuten: Ihr trunksüchtiger Vater musste das Zeitliche gesegnet haben, oder es war ein anderes Unglück in ihrer Familie geschehen. Und zu der Kälte, die schon seit Wochen an ihr nagte, gesellte sich auf einmal ein Gefühl der Haltlosigkeit, als ob sie ihre Heimat verloren hätte.

»Ist … ist jemand gestorben?«, fragte sie mit brüchiger Stimme, als sie die Frauen erreicht hatte.

Die Landfrauen sahen überrascht von ihrem aufgeweichten Stadtplan auf.

»Maria, bist du es?!«, rief Margarethe aus. »Endlich haben wir dich gefunden! Wir haben schon eine Odyssee hinter uns. Es versteht uns hier ja keiner in der Stadt. Und nein, es ist niemand gestorben, es ist noch viel schlimmer!«

Entsetzt riss Maria ihre Augen auf. Was konnte denn noch schlimmer sein als der Tod?

»Stell dir nur vor, er will nicht mehr brauen, der Aloisius. Und dabei hat sich doch die ganze Welt in Ried für den April angesagt. Selbst der Landesvater will kommen! Was für eine Blamage.«

»Nicht mehr brauen?! Blamage?« Noch bevor Maria weiterfragen konnte, musste sie siebenmal niesen, und Pongo machte auch nicht gerade den Eindruck, als ob er es gemütlich fände. Mit zitternden Beinen schnappte er sich sein Beutelchen vom Boden und schaute schwanzwedelnd in die Runde. Den Landfrauen in ihren Lodenmänteln schien die Witterung nichts anhaben zu können, dennoch nahmen sie dankbar die Einladung an, erst einmal mit hineinzukommen.

Beinahe synchron fuhren sie die Griffe ihrer Rollkoffer aus und folgten Maria staunend über die Kiesauffahrt hinauf, vorbei an den üppigen Rhododendronbüschen, zum Jansen'schen Anwesen. Beim Anblick der weitläufigen weißen Villa kamen sie sich vor wie Hauptfiguren in einer Rosamunde-Pilcher-Verfilmung, in denen die Damen zum Schluss genau das erhielten, wonach sie sich das ganze Leben lang gesehnt hatten. Josefa Karg wurde noch röter im Gesicht, und Margarethe konnte es sich nicht verkneifen, die Nase ein wenig höher als sonst zu tragen. Selbst Antonia schien etwas an Selbstsicherheit gewonnen zu haben, so erhaben ging es für sie auf einmal zu. Nicht dass die Landfrauen vor der Eingangstür eine Haushälterin erwartet hatten, aber abgerundet hätte es das Gesamtbild schon.

Maria führte sie in das Haus, nahm ihnen die Mäntel ab, ging voraus in die große Wohnküche, holte das Teeservice aus dem Schrank und schaltete den Wasserkocher ein. Durchnässt und verdreckt, wie sie war, drehte sie sich zu ihren Gästen um. Die waren damit beschäftigt, ihre Frisuren zu richten, die von der Nacht im Zug und der Feuchtigkeit des Morgens in Mitleidenschaft gezogen worden waren.

Bei dem geschäftigen Anblick, der sich ihr darbot, musste Maria unweigerlich schmunzeln. Wie stolz und elegant sie selbst noch in einem derartig zerzausten Zustand waren, ging es ihr durch den Kopf, und sie musste unweigerlich an Berenike Sievers denken, die sich von dieser Natürlichkeit eine gehörige Portion abschauen könnte. Eigentlich hatte Maria vorgehabt, sich ein wenig frisch zu machen, aber wie aus dem Ei gepellt war sie die letzten zwanzig Jahre gewesen, da konnte das Duschen getrost warten. Und ein wenig Dreck hatte bisher noch niemandem geschadet. Zudem war sie neugierig und wollte erfahren, was ihren störrischen Vater dazu veranlasst hatte, den Braubetrieb einzustellen, und warum das Dorf dadurch derartig in Aufruhr versetzt wurde. Ach, Papa! Zum ersten Mal seit zwanzig Jahren dachte sie versöhnlich und sogar ein wenig stolz an ihn.

Margarethe schaute auf und schenkte Maria ein zartes Lächeln, das so viel Wärme ausstrahlte, dass sich die Kälte aus ihrem Körper verzog.

Schwungvoll nahm Maria drei Löffel der exklusiven Ostfriesenteemischung statt der von Jan ständig proklamierten zwei Löffel und wartete nicht, bis sich das Teewasser auf neunzig Grad heruntergekühlt hatte, sondern entließ es kochend in die Kanne. Nachdem sie sich alle an den Esstisch gesetzt hatten, schenkte sie ein, trank einen Schluck und musste befriedigt feststellen, dass der Tee genauso wie immer schmeckte. Sie schlug die Beine übereinander.

»So, jetzt erzählt mal genau«, sagte sie. »Wo drückt denn der Schuh?«

Das ließen sich die drei Damen nicht zweimal sagen, wobei es mit dem »genau« nicht ganz so schnell ging. Denn packte man im Norden gerne schnell »Butter bei die Fische«, ging es im Süden eher ein wenig blumiger und ausführlicher zu. Abwechselnd berichteten die Landfrauen gestenreich von dem unverhofften Besuch des Ministerpräsidenten, den anstehenden Gemeindejubiläen, der Idee, alles im Rahmen der Feierlichkeiten anlässlich des fünfhundertjährigen Bestehens des Reinheitsgebotes sogar international miteinander zu verknüpfen, und einer untertunnelten Umgehungsstraße als Lohn für ihre Bemühungen, sich derartig urbayerisch der Weltgemeinschaft darzustellen.

Als sie bei den umfangreichen Festvorbereitungen angelangt waren, knurrte allen vieren laut der Magen. Neugierig, was sich in Hamburg so in den Kühlschränken befand, begleiteten die drei Landfrauen Maria zur Küchenzeile. Wäre es ein Steckerlfisch gewesen statt der Makrele, oder ein kalter Braten mit Knödeln vom Vortag anstatt des undefinierbaren roten Fladens, den Maria lachend als Labskaus bezeichnete, wäre es Antonia überhaupt nicht aufgefallen: Vor aller Aufregung hatte sie den Präsentkorb draußen auf dem Bürgersteig stehen lassen. Sie eilte rasch hinaus, und zu ihrer Erleichterung befand sich der Weidenkorb noch an Ort und Stelle. Aber wahrscheinlich hätten die Bewohner der Elbchaussee eher noch einen weiteren dazugestellt, als zugelassen, dass etwas gestohlen worden wäre.

Mit geübten Handgriffen zauberten Margarethe, Antonia und Josefa aus dem Mitgebrachten eine üppige Brotzeitplatte mit allem, was dazugehörte: luftgetrockneter Hirschschinken, selbstgemachte Salami, würziger, zwölf Monate gereifter Berg- und Bockshornkleekäse, Radieschen und ein aufgedrehter Radi, frisch geriebener Meerrettich, selbst eingelegte Gurken und erst gestern frisch gebackenes Sauerteigbrot. Neben die Platte stellte Margarethe vier Flaschen von Aloisius' »Erhellung«

auf den Tisch und als kleines Schmankerl, zur Unterstützung des Verdauungsprozesses, eine Flasche Enzianschnaps.

Maria lief das Wasser im Munde zusammen. Andächtig nahm sie ein Stück Bergkäse zwischen die Finger, schloss die Augen und roch daran. Es war ihr, als ob ein ganzer Bergsommer sich in ihrer Nase entfaltete. Und mit den Gerüchen, dem munteren Mundartgeplauder ihrer Gäste und der Bodenständigkeit, die sie ausstrahlten, kehrten auch ihre Erinnerungen an die Zeit in Ried zurück. Die kam Maria jetzt, mit dem nötigen Abstand, gar nicht mehr als so beengend vor, wie sie sie früher empfunden hatte. Dankbar öffnete sie wieder ihre Augen und betrachtete die Damen, die ihr mit ihrem unverhofften Auftauchen ein Stück der eigenen Identität wiedergebracht hatten. Zwar hatte sie immer noch keine Ahnung, wo genau der Schuh drückte, aber das würde sie spätestens am Abend schon noch erfahren. Maria öffnete ihre Bierflasche, prostete den Landfrauen zu und schaute dabei jeder von ihnen tief in die Augen.

»Es ist und bleibt ein Wunder, wie der Aloisius das jedes Mal so hinbekommt«, geriet Antonia ins Schwärmen, wischte sich den Mund ab und stellte die Flasche auf die Teakholzplatte zurück.

Fast schon andächtig betrachteten Margarethe und Josefa das leicht überschäumende Bier. Sie seufzten und begannen, den Grund ihres Kommens zu erläutern. Als Erstes berichteten sie, dass jemand dem Aloisius verleumderischerweise das Gesundheitsamt auf den Hals gehetzt hatte. Dann von der daraus resultierenden Putzaktion, bei der im Eifer des Gefechtes sämtliche

Betriebsunterlagen entsorgt worden waren. Leider hätten sich auch die längst überfälligen, noch offenen Rechnungen darunter befunden. Anschließend folgte der Bericht über Aloisius' heldenhaften Einsatz, diesen Fauxpas wieder auszubügeln, indem er sich todesmutig dem – leider falschen – Altpapierlaster entgegenstellte.

Aber letztendlich sei es das Ansinnen eines Menschen, das bewertet werden sollte, und nicht das Ergebnis, wandte Josefa mahnend ein, die für diesen fast schon philosophischen Ansatz einen weiteren Enzianschnaps eingeschenkt bekam. Und da man nicht allein trinken sollte, schlossen sich die restlichen Damen gerne an.

In wohlweislicher Voraussicht, dass man nun zum schrecklichen Höhepunkt und Kern der ganzen Angelegenheit kommen würde, füllte Margarethe erneut die Schnapsgläser.

»Kaum hatte sich der Aloisius wieder einigermaßen gefangen gehabt, da hat man ihn auch noch beim Finanzamt angeschwärzt!« Wer nun wieder dafür verantwortlich gewesen war, wusste Margarethe leider auch nicht.

Maria wagte kaum zu atmen. Sie konnte sich bildhaft vorstellen, wie ihr Vater den Beamten vom Hof gejagt hatte. In ihrer Jugend hatte sie einmal eine ähnliche Situation mit eigenen Augen beobachtet. Damals hatte unangekündigt ein Kontrolleur vor der Tür gestanden, der überprüfen wollte, ob das Reinheitsgebot eingehalten wurde. Aloisius hatte auch in diesem Fall nicht lange gefackelte, und so war der schneeweiße Kittel des Herrn schnell dreckig geworden.

»Und dann? Aber sagt nicht, dass er jetzt im Gefängnis sitzt!« Maria griff nach dem Schnapsglas, trank es in einem Zug aus und hielt es Margarethe auffordernd hin.

»Eigentlich nicht, aber dann wieder doch. Zuerst hat er noch Isidor, Klemens und Magnus weggejagt und sich dann im Hof verschanzt. Mit der Brauerei sei es jetzt aus, nach all dem Ärger, hat man ihn über das Holztor rufen hören, und überhaupt, das sei jetzt sein ›Fort Apache‹!«

Dann ist es schlimmer als gedacht, ging es Maria durch den Kopf. Wenn ihr Vater einmal derart schwarzsah und sich wie in einem Westernfilm gebärdete, ja, dann hatte eigentlich nur noch eine Person eine Chance, an ihn heranzukommen: ihre Mutter. Aber die Zeiten, in denen sich Magdalena alles von ihm hatte gefallen lassen, waren ja bekanntlich vorbei.

»Und nun wird es nichts mit dem Brauen, dem Bier, der Ehre, der Umgehungsstraße und überhaupt. Das ganze Dorf ist in Aufruhr, und der Schnee will auch nicht mehr fallen. Wo soll das denn alles noch hinführen?!«

Josefa legte Antonia sanft den Arm um die Schulter und bot ihr zur Beruhigung einen Schnaps an.

Maria dämmerte, was die Landfrauen von ihr wollten: Sie sollte die Damen nach Ried begleiten und versuchen, ihren Vater wieder in die Spur zu bringen. Nachdenklich nippte sie an dem Enzianschnaps und überlegte, welche Gemeinsamkeiten sie mit ihrem Vater noch haben könnte und ob er sie überhaupt sehen wollte. In den zwanzig Jahren ihrer Abwesenheit hatte sie kein einziges Lebenszeichen von ihm bekommen. Natürlich hatte sie ihm geschrieben, Fotos von den Enkeln geschickt. Aber irgendwann einmal wurde es weniger, und schließlich verebbte ihr Bemühen, mit ihm in Kontakt zu bleiben, vollends.

»Ihr seid also gekommen, damit …«

Die drei Damen nickten bestätigend. Vor Glück konnte Josefa nicht mehr an sich halten und versuchte, den Satz für Maria zu beenden.

»… du zum Gardasee fährst und deine Mutter dazu überredest, zum Aloisius zurückzukehren! Er vermisst sie doch so! Mit der Versöhnung wird dann sicherlich auch seine Lust am Brauen wiederkommen. Und dann ist alles wieder an seinem angestammten Platz, und wird gut!« Josefas Backen glühten nun förmlich.

Maria konnte sich das laute Auflachen einfach nicht verkneifen. Dazu war sie in den letzten Jahren viel zu sehr zur analytischen Kaufmannsfrau geworden. Konsterniert nahmen die Landfrauen eine steifere Haltung an.

Maria nahm sich ein wenig zusammen, schenkte nach und beugte sich gerührt zu ihnen vor.

»Schaut, es ist eine wunderbare, romantische Idee von euch. Die Liebe vermag viel, sofern sie erwidert wird. Aber ich fürchte, so wie ihr mir den Sachverhalt geschildert habt, ist es eine weitaus komplexere Angelegenheit mit vielen Unbekannten. Und wenn einem das Finanzamt an der Hacke klebt, bekommt man es so schnell nicht mehr los. Wie Kaugummi. Egal, ob in Hamburg oder in Ried. Glaubt mir, ich spreche da aus eigener Erfahrung.«

Margarethe beugte sich interessiert vor.

»Und hast du es … von der Hacke bekommen, wie ihr hier sagt?«

»Ja freilich! Es war zwar ein wenig kompliziert, Ordnung und Struktur in die Buchhaltung meines Mannes zu bringen. Aber letztendlich, mit dem angelesenen Know-how und ein wenig Fingerspitzengefühl, mit weiblicher Intuition und Charme hat es funktioniert.« Dabei verfiel Maria stolz ins Allgäuerische. Es war aber auch eine echte Sisyphusarbeit gewesen, bei der ihre wirtschaftliche Existenz auf der Kippe gestanden hatte.

Die Erleichterung war Margarethe förmlich in das Gesicht geschrieben. Vielleicht musste Maria gar nicht Aloisius' Frau aus Italien zurückholen. Eventuell reichte es, wenn sie ihrem Vater ein wenig familiären Halt gab und Ordnung in sein Leben brachte. Voller Hoffnung schenkte sie eine weitere Runde ein.

»Gut, dann ist ja Hopfen und Malz noch nicht verloren«, sagte sie und setzte hinzu: »Sei so gut, Maria, hilf uns, und schenk uns zumindest eine Woche deiner Zeit. Ja?«

Es war eine Mischung aus mehreren Faktoren, die ihr das Herz höherschlagen ließ und für ihre Entscheidung ausschlaggebend war: endlich wieder einmal gebraucht zu werden, die Aussicht, einen Teil der Familie nach all den Jahren wiederzusehen und für eine Weile in ihre alte Heimat zurückzukehren. Erst jetzt bemerkte Maria, wie sehr sie das alles vermisst hatte. Kurz verschwendete sie einen Gedanken an ihren Mann. Ach was soll's, dachte sie. Jan wird schon über die Weihnachtsfeiertage allein zurechtkommen. Es war ja nur für ein paar Tage, und dann würde man weitersehen. Nur müsste sie noch im

Reisebüro anrufen und nachfragen, ob man die Reise auch um eine oder zwei Wochen verschieben konnte. Mit feuchten Augen hob Maria ihr Glas. »Abgemacht, eine Woche! Und dann schauen wir weiter.«

Daraufhin entstand ein kleiner Tumult, jede wollte die Erste sein, die Maria drücken und zu ihrer Entscheidung beglückwünschen durfte. Als sich die Damen wieder beruhigt und gesetzt hatten, goss Josefa noch einmal nach. Sie tupfte sich die Tränen der Erleichterung aus den Augenwinkeln und sah Maria neugierig an.

»Was ich mich schon die ganzen Jahre über gefragt habe, Maria: Was hatte dein Mann damals denn so Besonderes an sich, dass du so mir nichts, dir nichts in seinen Wagen gestiegen und mit ihm nach Hamburg gefahren bist?«

In dem Moment fing Pongo unter dem Tisch mit einem Knurren an, das sich im Handumdrehen zu einem rüden Gebell steigerte. Maria wollte ihn schon schimpfen, als die Tür zur Küche aufging und Jan in den Raum gestürmt kam. Verständnislos schaute er sich um.

»Was ist denn hier los, Maria? Kostümprobe, oder was? Das Oktoberfest haben wir doch bei den Knutsens in der Reithalle schon ausgiebig gefeiert. Und jetzt beruhige doch endlich den Hund!«

Nicht nur den Landfrauen stockte der Atem. Es wäre niemals Marias Art gewesen, ihren Mann vor den eigenen Gästen zu düpieren. Innerlich zerbrach etwas in ihr, das schwerlich wieder zu flicken war.

»Das sind die Landfrauen aus Ried, Jan. Sie haben sich extra auf die weite Reise zu uns begeben, da sie vor einem Problem stehen, das sie nicht selbst lösen können.«

Jan lachte kurz auf. »Das ist ja alles schön und gut mit der Folklore und eurem, eurem … Vesper.«

Als sie die schwäbische Bezeichnung dessen hörten, was bei ihnen immer schon »Brotzeit« geheißen hatte, zuckten die Landfrauen unwillkürlich zusammen.

»*Ich* habe hier das Problem, das gelöst werden muss«, sagte Jan. »Und zwar sofort. Der Redner der Marketingveranstaltung in der ›Elbmanufaktur‹ ist erkrankt, und nun soll ich, als Mann der Praxis, die Rede zum ›Datengetriebenen Marketing‹ halten.«

Dabei vermittelte Jan Jansen den Damen nicht gerade den Eindruck, als ob er wüsste, über was er da genau sprach beziehungsweise später zu referieren hatte. Aber das machte nichts, denn Margarethe kannte sich als Bürgermeistersekretärin mit Vorträgen und Reden bestens aus. Und sie war es gewöhnt, dass es den Männern mal wieder pressierte. Wie es der Zufall wollte, hatte sie den Radi in die Kunstpreislaudatio von vor drei Jahren eingewickelt, bevor sie ihn zu den restlichen Leckereien in den Korb gelegt hatte. Mit einem ehrerbietigen Gesichtsausdruck strich sie die bedruckten Blätter glatt und übergab sie Herrn Jansen.

»Ich glaube, ich habe hier genau das Passende für Sie. Auf den ersten Blick mag Ihnen der Inhalt etwas kryptisch vorkommen, jedoch erschließt sich einem der Sinn recht schnell mit jeder weiteren vorgetragenen Zeile. Vertrauen Sie mir einfach, bei unserem Bürgermeister hat die Rede Begeisterungsstürme ausgelöst. Und bei einem gestandenen Mannsbild wie Ihnen mache ich mir da auch überhaupt keine Sorgen.«

»Soso. Bürgermeister, Begeisterungsstürme …«, murmelte Jan Jansen geschmeichelt vor sich hin. Er vertiefte sich in den Text, verließ lesend die Küche und dann das Haus.

»Wie auch immer, Maria«, sagte Margarethe dann, »wir hatten damals alle unsere guten Gründe, uns für den Mann zu entscheiden, für den wir uns entschieden haben. Was meint ihr, wollen wir uns die Zeit, bis der Nachtzug abfährt, noch ein wenig mit Sightseeing vertreiben? Ich würde furchtbar gerne eine Hafenrundfahrt machen.«

Eine halbe Stunde später hatte Maria ihre Sachen gepackt. Bereits im Mantel steckend, hinterließ sie ihrem Mann ein paar nüchterne Zeilen und legte ihm wütend den Reisegutschein für Venedig obendrauf, ohne noch mit dem Reisebüro gesprochen zu haben. »Soll er doch allein fahren!«, schnaubte sie dabei.

»Du kannst es dir gerne noch einmal überlegen, Maria. Ich glaube, es reicht auch, wenn du erst nach den Feiertagen nach Ried kommst, um uns zu helfen.«

Energisch schüttelte sie den Kopf.

»Nein, eine kleine Luftveränderung wird allen Beteiligten guttun. Und ich will endlich mal nicht auf einen Turm steigen müssen, um die Aussicht um mich herum zu genießen, sondern auf einen Berg!«

Selbstbewusst nahm sie ihren Koffer, pfiff nach Pongo, der gerade dabei war, die schwarze Tüte geruchsthematisch passend in einer der maßgefertigten Stiefeletten seines Herrchens zu deponieren, und gemeinsam verließen sie das Haus. Als sie es sich im Taxi bequem gemacht hatten und über die nebelige Elbchaussee in

Richtung Landungsbrücken fuhren, drehte sich Maria neugierig zu den Landfrauen um.

»Was ich euch schon die ganze Zeit fragen wollte: Wie habt ihr mich hier denn eigentlich gefunden?«

Antonia errötete leicht und kramte aus ihrer Handtasche ein altes Rechnungsduplikat heraus. Dass sie das überhaupt hatte vergessen können.

»Hier, der Hofnagel Armin von der Kfz-Werkstatt hat uns gebeten, dir das auszuhändigen, wenn wir dich antreffen sollten. Er meinte, die Mahnzinsen würde er dir erlassen. Du bist ja schließlich eine Hiesige.«

Verdutzt nahm Maria den vergilbten Zettel entgegen. Sie brauchte einen Moment, um zu erkennen, was es genau war. Für den Werkstattbesitzer war es die unbezahlte Rechnung einer Kotflügelreparatur eines Hamburger Durchreisenden, für Maria hingegen eine Art Zeitdokument, das ihren Weggang aus Ried taggenau festgehalten hatte. Mit ihrem Zeigefinger strich sie gedankenversunken über das Rechnungsdatum. Es war der fünfte Januar 1996. Der Tag, an dem das große Schneetreiben durch Ried fegte. Armin Hofnagel verdiente sich – wie bei einer solchen Witterung üblich – eine goldene Nase, indem er den Niederländern Schneeketten verkaufte.

Und vor allem war es der Tag, an dem Jan Jansen, der sich auf der Rückreise von einem der sagenumwobenen Skigebiete in Österreich befand, mit dem weißen Jaguar seines verblichenen Vaters in eine Schneewechte vor Aloisius' Brauerei gefahren war. Maria hatte ihm damals lachend dabei geholfen, den Wagen von der Straße zu schieben. Aus dem Autoradio war Wham's »Last

Christmas« erklungen. Jan hatte sie mit einem strahlenden Lächeln bedacht, das seine blendend weißen Zähne zeigte, und der Glanz, der in seinen blauen Augen lag, versprach ihr wortlos das, wonach sie sich schon immer gesehnt hatte: Harmonie, Liebe und Anerkennung.

Ja, er war der Prinz auf dem weißen Pferd gewesen, der sie aus all dem Gezänk, das ihre Familie umgab, errettet hatte. Und wieso hätte sie die verheißungsvolle hübsche Hand, die er ihr damals gereicht hatte, ausschlagen sollen? Vielleicht hätte ich es ja getan, dachte Maria, wenn da nicht Maximilian gewesen wäre, der ihr zu diesem Zeitpunkt bereits zum zweiten Mal das Herz gebrochen hatte. Und Ried war definitiv zu beengt und zu klein, als dass man sich schmerzfrei aus dem Weg hätte gehen können.

Das Zugbegleiter-Team war das gleiche wie bei der Hinfahrt. Anfänglich hatte man sich Sorgen gemacht, dass die Damen wieder so einen Radau bis tief in die Nacht veranstalten würden, vor allem, da die Fahrgäste nun zu viert und offensichtlich angetrunken waren. Aber die Befürchtungen verflüchtigten sich recht schnell. Die Damen waren durch die große Hafenrundfahrt bis ins Mark durchgefroren und vom üppig an Bord konsumierten Tee mit Rum erschöpft.

Bereits nach dem Dammtorbahnhof schnarchten drei von ihnen friedlich vor sich hin, während der Neuzugang gedankenversunken die an der Scheibe hinunterrinnenden Regentropfen verfolgte.

10

Es war einer der schönsten Tagesanbrüche, die Maria je hatte erleben dürfen. Hatte der Nebel sie noch bis weit hinter Ulm mit seinem undurchdringlichen dunklen Grau umhüllt, so wurde er nun mit jedem Kilometer lichter, bis er fast gänzlich aufbrach. Bevor er das jedoch tat, verdichtete er sich nochmals, als ob er, seiner eigenen Dramaturgie folgend, den Höhepunkt hinauszögern wollte. Und dann war es so weit: Die durch die von den Bergen herabströmende Kälte zu reflektierenden Eiskristallen gefrorenen Nebeltropfen wurden vom Fahrtwind des Zuges auseinandergetrieben und gaben den Blick auf die Landschaft frei. Ehrfürchtig und geblendet schauten die Damen aus dem Fenster: Von einem zarten Teppich aus Raureif bedeckt, lagen die Hügel und Täler des Allgäus vor ihnen. Dahinter standen die Berge mit ihren funkelnden Gipfeln in einer Klarheit, als ob man dort draußen in der Natur Gottes Wirken erkennen könnte. Sogar das weit entfernte Zugspitzmassiv schien zum Greifen nahe zu sein.

Maria wagte kaum zu atmen. Es war noch weitaus schöner, als sie es in Erinnerung hatte. Ja, befand sie, hier schien die Zeit wirklich stehengeblieben zu sein. Aber was war schon der Wimpernschlag eines Lebens im Vergleich zu der Zeit, die es gebraucht hatte, um so etwas Einzigartiges hervorzubringen.

Eine Viertelstunde später musste Maria über ihre eigene Naivität schmunzeln. Natürlich war auch in Ried die Zeit nicht stehengeblieben. Warum sollte sie auch? Maria stieg die zwei Stufen aus dem Zug hinunter, sog genüsslich die frische Luft ein, die hier eine gänzlich andere zu sein schien, und schaute sich neugierig um. Das ehemalige kleine, aber schmucke Bahnhofsgebäude mit dem angegliederten Kiosk, an dem sie immer ihre Süßigkeiten gekauft hatte, wurde anscheinend seit längerem nicht mehr benötigt und war sich selbst überlassen worden. Anstatt der geschwungenen hölzernen Wartebänke gab es nun witterungsbeständigere aus Eisen, und auf dem bröckelnden Bahnsteig thronte ein klobiger Fahrkartenautomat wie ein futuristischer Fremdkörper, der das allmählich Verfallende nur noch unterstrich.

Maria drehte sich zu den Landfrauen um. Matt und ausgelaugt, ihrer anstrengenden Aufgabe entledigt, standen sie vor ihr. Sie trugen jedoch nach wie vor ihre Dankbarkeit in den Blicken, die Maria zugleich Kraft für das Bevorstehende schenken sollten. Der Worte waren in den letzten Stunden genug gewechselt worden, und so erfolgte der Abschied still, mit einer kurzen, innigen Umarmung. Während die Damen bereits ihres Weges gingen, schaute Maria zum Riedhorn hinauf, dessen Anblick Teil ihrer ersten Kindheitserinnerungen war.

Sie musste die Augen mehrmals zusammenkneifen, um die Veränderung, die sie an der flach abfallenden Seite des Gipfels wahrnahm, einordnen zu können. Wie eine vertikal geschlagene Narbe führte ein Stahlseil von einem riesigen Podest durch das gerodete Teilstück des Waldes hinunter bis zur … Ja, was war nun das schon wieder?! Anscheinend die nun stark vergrößerte Mittelstation, an der nicht wie früher eine Einer- sondern eine Sechser-Sesselbahn endete. Allem Anschein nach war sie nun auch Ausgangspunkt für eine Art Sommerrodelbahn geworden.

Überrascht ließ Maria ihren Blick weiter über die Nordflanke des Berges schweifen. Sie entdeckte drei neue Forstwege, die sich wie Schlangen am Berg entlangwanden, dazu eine weitläufige Sprungschanzenanlage östlich der Hauptpiste, die in dem ganzen Grün recht unnatürlich aussah, und zwei Stadel, die in ihrer großzügigen Dimensionierung unmöglich dazu dienen konnten, Heu oder Holz zu lagern, eher Touristen. Das war ja der reinste Jahrmarkt geworden, dachte Maria empört und schämte sich sogleich für ihren Gedanken. Kopfschüttelnd beugte sie sich zu Pongo hinunter und kraulte ihn hinter dem Ohr.

»Furchtbar, ich höre mich schon genauso borniert an wie Berenike«, erklärte sie ihm, »die erwartet, dass man ihr geliebtes St. Lucia so lange konserviert, bis es sie gelüstet wiederzukehren. Lass uns lieber gehen.«

Maria richtete sich auf. Es wurde ihr auf einmal ganz schwer ums Herz. Bis hierher war es für sie recht einfach gewesen, aber was nun folgte, war wie eine Fahrt ins Ungewisse. Würde ihr Vater sich überhaupt freuen, sie zu sehen? Oder sie einfach vom Hof jagen? Durfte sie sich nach so langer Zeit überhaupt in die Belange zwischen ihm und den Riedern einmischen? Und vor allem, wie würde er darauf reagieren? Wie er wohl aussehen mochte, nach all den Jahren? Am liebsten hätte sie jetzt eine der Landfrauen bei sich gehabt.

Pongos ungeduldiges Bellen holte sie wieder in die Realität zurück. Maria schluckte, schlug den Kragen ihres beigen Mantels hoch, nahm den Lederkoffer auf, überquerte die Bahngleise und folgte dem kleinen Pfad hinunter zum Kurpark. Wenigstens dort befand sich alles noch an seinem Platz, wie sie es aus ihrer Jugend kannte. Den nierenförmigen Brunnen mit Wasserfontäne, das moosige Kneipp-Tretbecken, das vom Riedbach gespeist wurde, der alte Spielplatz mit dem Klettergerüst, von dem der Lack abblätterte, und die quietschenden Kettenschaukeln. Einzig die laublosen Eichen, die die kleine Veranstaltungsmuschel wie stumme Wächter umgaben, erschienen ihr wesentlich größer. Als sie am Ausgang des Parks beim Maibaum ankam, fiel Maria auf, dass sie noch keiner einzigen Menschenseele über den Weg gelaufen war. Fast hätte man meinen können, niemand wolle sie von ihrer eigentlichen Aufgabe abhalten.

Sie wechselte die Straßenseite und den Koffer in die andere Hand und lief nach rechts, am alten Tante-Emma-Laden vorbei, der nun die naturheilkundliche Praxis von Frau Hofnagel beherbergte, und erreichte hinter der alles überragenden Barockkirche die Hauptstraße. Überraschenderweise befand sich dort nicht mehr das alte Hotel »Zum Riedhorn«, sondern ein großzügiger Platz mit einem kleinen Pavillon. Und vor dem Pavillon, der vis-à-vis vom Café »B-309« lag, stand ein Mann im Janker und rotweiß-karierten Oberhemd.

Als Maria ihn passierte, legte er gerade zufrieden einen Schraubenschlüssel beiseite, trat einen Schritt zurück und betrachtete nickend die knapp dreißig in unterschiedlichste Richtungen zeigenden Wegweiser, die er an einer Edelstahlstange befestigt hatte. Es war das neue »Richtungskonzept«, eine Art Schilderwald, das den Gästen die Orientierung im Ort leichter machen sollte.

»Verzeihen Sie, wenn ich mich einmische, aber Sie wissen, dass der Fahrenschon eine Metzgerei hat und keine Physiotherapiepraxis?«

Der Mann drehte sich irritiert zu Maria um.

»Und wenn wir schon dabei sind: Der Hornmüller ist keine Pizzeria, sondern vertreibt Nähbedarf. Na, da sind ja die Piktogramme zu den Geschäften gehörig durcheinandergewürfelt worden, was?«

»Wie bitte?!«

»Sehen Sie das nicht? Neben dem Firmennamen ›Hornmüller‹ ist eine dampfende Pizza abgebildet. Und dem Wollknäuel mit den darunterliegenden Stricknadeln wurde der Name des Kfz-Betriebes Hofnagel zugeordnet. Wo haben Sie die Schilder denn machen lassen? Aus Kostengründen in Portugal?«

Der Chef-Gästekoordinator Markus Höschele ließ seinen irritierten Blick von der aparten Erscheinung, die wie aus dem Nichts hinter ihm erschienen war, und dem frisch angebrachten Schilderwald hin- und herwandern. Es war nicht Portugal, sondern eine Schildermanufaktur aus dem slowenischen Ljubljana gewesen, die er im Internet ausfindig gemacht und die mit europäischer Bestpreisgarantie geworben hatte.

»Noch nicht einmal der Brauereiwegweiser zu meinem Vater stimmt. Sehen Sie, das Piktogramm zeigt eine Kirche. Gottlob hat er sich daheim verkrochen. Stellen Sie sich nur vor, er hätte vor mir diesen Pfusch entdeckt. Aber bitte entschuldigen Sie mich jetzt, ich muss weiter.«

Völlig aus dem Konzept gebracht, beobachtete Herr Höschele, mit offenem Mund leicht debil dastehend, wie Maria die Straße überquerte. Seit einer Ewigkeit war er keiner Frau mehr begegnet, deren Chic gänzlich ohne eine wasserabweisende Membran, atmungsaktives Funktionsgewebe oder ähnlichen Outdoor-Schnickschnack auskam. Wie aus einem Modekatalog für Städter entsprungen, ging es dem Gästeexperten fast schon ein wenig verliebt durch den Kopf.

Auch die Gäste und die Belegschaft des »B-309« begleiteten Maria wohlwollend mit ihren Blicken, als ob sie die Einzige wäre, die in Ried wieder eine gewisse Ordnung herstellen konnte.

Fünf Minuten später stand Maria mit klopfendem Herzen vor dem Tor der Brauerei. Sie setzte den Koffer ab, nahm ihren Mut zusammen und ließ den Messing-Türklopfer zweimal auf den abgeblätterten Lack aufschlagen. Als sich nach einer halben Ewigkeit nichts getan hatte, drückte sie mit ihrem linken Lederstiefel leicht gegen das Tor. Es öffnete sich quietschend einen Spalt.

»Von wegen ›Fort Apache‹!« Maria nahm den Koffer wieder auf und schlüpfte hindurch. Als ob Pongo bereits Aloisius' Launenhaftigkeit wittern könnte, hielt er sich lieber hinter seinem Frauchen.

»Papa, ich bin es, die Maria!«, rief sie in den Hof hinein. Zögerlich tastete sie sich weiter vor, passierte den alten Brauereilaster und ließ dabei ihre freie Hand gedankenversunken über den roten Lack des geschwungenen Kotflügels gleiten.

Dass es den noch gibt!, dachte sie. Was war das in den Sommerferien immer für eine Freude gewesen, die »Erhellung« in die umliegenden Ortschaften mit ausliefern zu dürfen. Und wenn Papa dazu keine Zeit gehabt hatte, dann war sie mit dem jungen Isidor oder einem seiner beiden älteren Brüder gefahren. Wie hießen sie noch einmal? Klemens und Magnus, genau! Ob sie nach wie vor bei ihrem Papa im Dienst standen?

Maria ging an dem Oldtimer vorbei und schaute sich im Hof um. Zwar schien das grobe Kopfsteinpflaster erst vor ein paar Tagen akribisch gefegt worden zu sein, jedoch waren die von ihrer Mutter großzügig angelegten Blumenbeete sowie die üppigen Rosenstöcke, die an den Rankhilfen bis fast unter das Dach gereicht hatten, verschwunden. Das einzige Grün, das geblieben war, war der wilde Efeu, der bereits bis unter die Schindeln gewuchert war.

Sie rief noch einmal den Namen ihres Vaters. Und als sie wiederum keine Antwort erhielt, schritt sie weiter bis zum Brauereigebäude. Unschlüssig schaute Maria durch die milchige Glastür, ob sie dahinter vielleicht einen Schatten ausmachen könnte. Als sie nichts erspähte, drückte sie die abgewetzte Klinke hinunter und betrat das Geschäfts- und Brauhaus, in dem sie die meiste Zeit ihrer Kindheit und Jugend verbracht hatte.

Allein der Geruch aus Maische, altem Holz, Heu und Latschenkiefer, der ihr entgegenschlug, weckte in ihr so viele warme Erinnerungen, dass sie sich am liebsten hingesetzt und in ihnen geschwelgt hätte. Ja, so roch ihr Zuhause. Doch irgendwie kam es ihr spanisch vor, dass von ihrem Vater weder etwas zu hören noch zu sehen war.

Weder im holzgetäfelten Gang noch im Büro oder den Nebenräumen war etwas von ihm zu entdecken. Es wird ihm doch nichts … Aber weiter wollte sie diesen Gedanken nicht spinnen. Immer schneller rannte sie durch die Brauerei, an den blankgewienerten Kupferkesseln vorüber, durch das akkurat aufgeräumte Leergutlager und an der Abfüllanlage vorbei, bis sie atemlos in die Lagerhalle stürzte und vor Erleichterung laut aufatmete.

Inmitten des Raumes befand sich ein riesiger Haufen Altpapier, der durch das Oberlicht wie von einem Scheinwerfer beschienen wurde. Oben auf diesem Berg lag schnarchend Aloisius Gschwend, umringt von drei Brotkörben, flankiert von einer Kiste seines eigenen Gebräus, und schlief selig seinen Rausch aus.

Zuerst dachte Maria, Pongo würde ihre Erleichterung teilen und deshalb winselnd mit dem Schwanz auf den Boden schlagen. Aber dann erkannte sie, dass der Hund vor Freude einen kleinen See hinterlassen hatte und schon dabei war, das Papier hinaufzuklettern, um den Schlafenden wach zu schlecken.

»Zefix! So ein Sauhund!«, schallte es lallend herunter.

Maria musste schmunzeln, denn die ersten Wörter, die sie von ihrem Vater seit über zwanzig Jahren zu hören bekam, deckten sich haargenau mit denen, die er ihr damals hinterhergerufen hatte, als sie in Jan

Jansens Jaguar gestiegen war. Und so schloss sich der Kreis für sie. Maria wusste auch nicht, wieso, aber alle Befürchtungen, was sie in Ried und von ihrem Vater zu erwarten hätte, fielen in diesem Moment von ihr ab. Sie war heimgekommen und würde so oder so, egal, wie die Geschichte hier ausging, endlich ihren familiären Frieden schließen können. Da war sich Maria sicher.

In diesem Moment klingelte ihr Mobiltelefon. Es war ihr Mann, der sie erbost fragte, wie lange sie dort im Süden Entwicklungshilfe leisten wollte, und vor allem, mit wem er jetzt bitte schön auf den Fundraising-Ball der Elbchausseefrauen gehen sollte. Es wäre doch eine Blamage, als Mitglied der »Hanseata Veritas« allein und ohne Begleitung bei einem solch bedeutenden Ereignis auftauchen zu müssen.

»Frag doch Frau Holbein!« Maria klappte das Telefon zu und war selbst erstaunt, wie souverän sie geklungen hatte.

»Wartet nur, euch Einbrechern werd i's zeigen!«, grunzte Aloisius von oben herab.

Mühsam schon er den Hund von seinem Gesicht, rappelte sich auf und schlitterte mit den Armen rudernd auf einer Pizzaschachtel den Papierhang hinunter. Als er rücklings eine halbe Drehung gemacht hatte und zum Halten kam, lag er genau vor seiner Tochter. Aloisius musste seine Augen erst mehrere Male reiben, bevor er verschwommen erkennen konnte, wer da über ihm im Halbdunkeln stand. Und selbst dann war er sich nicht sicher.

Unmöglich! Vielleicht hab i ja auch eine Marienerscheinung wie mein Vorfahr, oder gar schon das

Zeitliche gesegnet, ging es ihm durch seinen promillegeschwängerten Kopf. Ans Aufstehen war nicht zu denken. Das Hochglanzwerbepapier, von dem er hochzukommen versuchte, gab ihm keinen Halt, weder dem Leder seiner speckigen Hose noch den Sohlen der Haferlschuhe.

Maria hatte mit vielem gerechnet. Aber ihren eigenen Vater in einer solch surrealen Umgebung und derartig derangiert anzutreffen, ließ ihr die Tränen die Wangen herunterströmen. Und dabei war er doch einmal solch ein stolzer Mann gewesen. Am liebsten hätte sie ihn mit der Kneifzange gepackt, ihn in einen der Holzzuber gesteckt, gründlich mit Kernseife und der groben Schweineborstenbürste abgeschrubbt, ihn rasiert, wie ein Bierfass ausgeschwefelt und in saubere Kleidung gesteckt.

Aber das wäre nur die halbe Miete gewesen. Nichts als ein wenig Kosmetik, erkannte Maria, als sie in seine verschwommenen, früher so ausdrucksstarken Augen schaute. Wie würde sie aus ihm nur wieder den hinbekommen, der er einmal gewesen war? Instinktiv wusste sie, dass dieser Aufgabe eigentlich nur ihre Mutter gewachsen war. Aber da diese in Malcesine am Gardasee weilte und Aloisius in der losen Korrespondenz mit ihrer Tochter noch nicht einmal im Ansatz erwähnt hatte – geschweige denn, dass sie ein Wort des Heimwehs oder Bedauerns geäußert hätte –, würde Maria es wohl selbst anpacken müssen. Und das nahm sie sich fest vor. Nicht, damit er dem Dorf sein Bier braute. Nein! Sondern seinetwegen. Und auch ihretwegen. Sie wollte ihren alten Vater zurück, auch wenn er damals eher schwer zugänglich gewesen war. Aber war sie das damals nicht auch irgendwie gewesen? Egal, alles war besser, als ihn in dieser Verfassung zu lassen.

»Ach, Papa, was ist nur mit dir geschehen?!«

Aloisius wollte etwas erwidern, da er zwischenzeitlich bemerkt hatte, dass er zum einem noch auf Erden weilte und es sich zum anderen wirklich um Maria, also nicht die göttliche, sondern seine Tochter, handelte, die da wie ein Wunder zu ihm zurückgekommen war. Aber das mit dem Erwidern funktionierte nicht so wie gewollt. Es war eher ein Genuschle, das seine aufgesprungenen Lippen verließ.

»Ach, Papa!«, wiederholte Maria, bückte sich, nahm ihn an seinen Händen und half ihm mühsam auf. Und als sie ihn so nahe bei sich roch, gab es nur eine einzige Option für sie: Sie musste ihn zuerst nach draußen zum Auslüften bringen. Nicht nur für einige Minuten, sondern für eine ganze Weile.

Zuerst schämte sich Maria für ihren Gedanken, doch dann begann sie, Gefallen an ihm zu finden. Warum auch nicht?! Denn diese Ausnüchterungsmaßnahme stammte ja schließlich von ihm selbst. Als Maria nach einem Faschingsball ihren ersten Rausch mit nach Hause gebracht hatte, war es ihr Vater gewesen, der sie am nächsten Morgen um acht Uhr aus dem Bett holte und mit auf den Gipfel des Riedhorns schleifte. Eine harte, aber lohnenswerte Maßnahme, denn selten hatte sich Maria nach einer solchen Strapaze so gut gefühlt.

»Papa, wir machen jetzt erst einmal einen kleinen Spaziergang. Wo ist denn dein Filzhut?«

Es war Pongo, der ihn im Maul trug. Maria nahm dem Dalmatiner die Kopfbedeckung ab, setzte ihn ein wenig schräg auf Aloisius' Kopf, so wie er ihn früher immer zu tragen pflegte, und band ihm die Hundeleine um die Hüfte. Ein wenig Unterstützung konnte nicht schaden.

Marias Urgroßvater hatte seinerzeit den Weg hinter dem Eiskeller angelegt. Der Pfad erlaubte ihm damals, schnellstmöglich und ungesehen durch den steilen Aufstieg im dahinterliegenden Laubwald zu verschwinden. Denn damals galt das Bergwandern aus purer Lust und Freude heraus als eine eher befremdliche und sogar gotteslästerliche Angelegenheit. Besonders, wenn man es sonntags statt des Kirchgangs zu tun pflegte.

Maria schob, Pongo zog, und so hatte man mit vereinten Kräften die erste Hürde bald gemeistert. Die frische Luft schien sich zwar nicht positiv auf Aloisius' Sprachzentrum auszuwirken, weckte aber zumindest seine Lebensgeister. Als ob er die Herausforderung annehmen wollte, ging er mit immer sicherer und fester werdendem Schritt den kleinen Pfad entlang, bis sie zehn Minuten später auf einen öffentlichen Wanderweg stießen. Trotz des Bilderbuchwetters war dort keine Menschenseele anzutreffen – was daran lag, dass er weder an der Riedhornbahn noch an einem der gastronomischen Betriebe vorbeiführte und somit auch nicht in das neue Wanderwegekonzept aufgenommen worden war. Was so gesehen auch von Vorteil sein konnte.

Konzentriert nahmen sie Meter um Meter des laubbedeckten Weges und stiegen hinauf zu dem kleinen Wasserfall, an dem eine in den Fels geschlagene Treppe weiter hoch zur Höllenschlucht führte. In dieser Scharte schaute die Sonne zu dieser Jahreszeit nur für eine halbe Stunde vorbei, und so war alles noch mit mattsilbrigem Raureif bedeckt. Ihre Atemluft kondensierte zu kleinen weißen Wölkchen, die träge aufstiegen und selbst nachdem sie die Schlucht bereits verlassen hatten, wie kleine Ballone in der Luft hingen.

Es war eigentlich nicht die Art der Familie Gschwend, halbe Sachen zu machen, doch nachdem sie aus der frostigen Schlucht auf eine sonnenbeschienene, aber stark ansteigende Grasflanke traten, wurden ihre Schritte immer kürzer und schwerer. Nach zwanzig weiteren Minuten und nur dreißig überwundenen Höhenmetern reichte ein kurzer Blickkontakt zwischen Vater und Tochter. So setzte man sich völlig außer Atem auf eine Bank, die vom Rieder Trachtenverein »Die Riedhorner« für ebensolche Zwecke gesponsert worden war, in die Sonne und musste erst einmal eine Viertelstunde gehörig durchschnaufen. Was aber auch kein Wunder war, bedachte man, dass Maria sich die letzten zwanzig Jahre hauptsächlich in der Ebene fortbewegt hatte. Über Aloisius' sportliche Aktivitäten gab es für denselben Zeitraum rein gar nichts zu berichten.

Unter ihnen, im Glanz der Sonne, lag Ried wie eine Spielzeugstadt. Von den Schornsteinen stieg der Rauch in den wolkenlosen Himmel auf, Autos fuhren wie ferngesteuert durch die kleinen Straßen, und auf den schmalen Bürgersteigen bewegten sich stecknadelkopfgroße Menschen, emsig wie Ameisen, durch die verwinkelten Pfade der Gemeinde.

Aloisius grübelte bei dem Anblick darüber nach, wie

er nun am besten ein Gespräch mit seiner geliebten Tochter beginnen sollte. Aus Erfahrung wusste er, dass nur ein einziges unbedacht geäußertes Wort reichte, um mehr Schaden als Nutzen anzurichten. Und es gab da so einiges, was er ihr behutsam zu erklären hatte.

Ach, wäre doch schon meine Magdalena zurückgekehrt oder hätt i ein Bier zur Hand, dann würde es schon leichter gehen mit dem Sich-Erklären, dachte er und wusste zugleich, dass es dringend an der Zeit für ihn war, aus eigener Kraft seinen Mann zu stehen. Aloisius räusperte sich.

»Der Schnee kommt heuer spät, oder was meinst du?«

Maria schaute über die grüne Landschaft, nickte stumm und legte aufmunternd ihre Hand auf den Oberarm ihres Vaters.

»Aber gekommen ist er allerweil noch jeden Winter«, führte sie den Austausch der Belanglosigkeiten nach fünf Minuten der gemeinsamen Stille weiter fort. Den Gefallen würde sie ihm nicht tun, diesmal müsste er über seinen Schatten springen.

»Ja, ja«, sagte er. »Es riecht aber noch nicht danach.«

»Papa! Mach nur so weiter, wenn du willst, dass ich am Abend wieder den Nachtzug nach Hamburg nehme.«

»Zefix, i weiß aber net, wie i anfangen soll, ohne dass i hernach wieder vor einem Scherbenhaufen steh! I weiß nur, dass das theoretisch wurscht ist, da ja eh schon alles futsch ist. Verstehst?«

Maria schüttelte den Kopf.

»Das liegt doch auf der Hand. Schau, den Eusebius hab i in seiner Sensibilität nie ernst genommen. A Brauer sollte er werden, wie alle Gschwends zuvor, und kein kreativer Luftikus. Und was hat mein ständiges Genörgel und Gezeter gebracht? Eben, nach München ist er, auf und davon, um das daheim Erlittene künstlerisch verarbeiten zu können. Und wem hab i die Schuld dafür gegeben? Der Magdalena. Und konnte sie was dafür? Nein. Aber sie war für mich ja eh an allem schuld. Dich hat sie zu sehr behütet, zu den Gästen war sie zu aufreizend, zu den Lieferanten zu zuvorkommend, sie war zu geschäftig, zu einlenkend, zu eifersüchtig, zu einnehmend, mir gegenüber zu rigoros. Vor allem war sie eine viel zu selbstbewusste und intelligente Frau für einen wie mich!«

Erstaunt schauten Maria und Pongo den Braumeister an. Aloisius war aufgestanden und fuchtelte mit seinen Händen gestenreich umher, als ob es galt, mit einer politischen Brandrede die Zuhörerschaft endlich aus ihrem naiven Dornröschenschlaf aufzurütteln. Nur an wen genau sich die Rede richtete, war Maria nicht ganz klar. Sie kam jedoch nicht dazu, darüber nachzudenken, denn ihr Vater polterte bereits weiter.

»Und dann bist du zu diesem Lackaffen in den Wagen gestiegen, um dich endlich aus meiner Leibeigenschaft zu befreien. Aber glaub nicht, dass i di verstanden hätte. Ganz im Gegenteil, Maria, krumm hab i dir's genommen, und wie! Weil die Magdalena es dir sogleich nachmachen musste und mit diesem Italiener und dem roten Sportflitzer über den Brenner verschwunden ist, ehe ich es überhaupt gemerkt hab. Mit einem, der Frederico hieß, eine schmalzige Haartolle trug und in Eisdielenbedarf machte! Und das einem gestandenen Mannsbild wie mir! Ganz allein habt ihr mich gelassen und zum Gespött des Dorfs gemacht. Aber i hab es nicht anders verdient gehabt!«

Aloisius holte ein großes Schnupftuch aus der Hosentasche und schnäuzte sich umständlich. Maria war sich sicher, dass das umständliche Prozedere einzig und allein den Tränen galt, die ihrem Vater über die furchigen Wangen rannen. Sie wollte schon etwas sagen, um ihn zu trösten, als er abwehrend die Hand hob.

»Und damit du es nur weißt: zu holen ist auch nichts mehr bei mir. Nachdem i euch vom Hof getrieben hatte, ging es an den Besitz. Die Schankwirtschaft ist weg, das Hotel hab i an den Strobel Hermann verscherbelt, das Geld dafür ist sonst wo hingeflossen, versickert, sozusagen, und dass i überhaupt noch das Brauereigeschäft führe, liegt daran, dass mich das Dorf schützt, wo es nur geht! Aber denk jetzt bloß nicht, dass die das wegen mir und meinem Charakter machen. Weit gefehlt! Sie sind von Natur aus ein wenig nostalgisch veranlagt, mit ihren ganzen Vereinen und dem Brauchtum, und da möchten sie die ›Erhellung‹ selbstverständlich nicht missen. Aber damit ist jetzt Schluss! Denn weißt du nämlich, wer an der ganzen Misere die Schuld trägt? Genau, diese vermaledeite ›Erhellung‹! Das sagt fei schon der Name. Nix von wegen HELL und Licht. HELL wie Hölle! Verstehst du?! A Säufer bin i durch sie geworden, a nixnutziger Säufer, der alles verspielt hat, was ihm wichtig war im Leben. So schaut's aus und nicht anders.«

Jetzt hätte man sagen können, dass die Selbsterkenntnis der erste Schritt zur Besserung sei. Aber da hätte man dem Aloisius, der zitternd und mit geballten Fäusten den emotionalsten Moment seines sechzigjährigen Lebens hinter sich gebracht hatte, ob der Eindimensionalität seiner Betrachtungsweise unrecht getan. Denn wie immer im Leben gab es mehrere Involvierte, auf denen die Last der Schuld verteilt lag. Und diese in familiären Dingen auseinanderzudividieren war eine heikle Angelegenheit, bei der die Experten der Familienaufstellung regelmäßig ihre Grenzen aufgewiesen bekamen. Da war es schon ratsamer, gemeinsam eine neue Suppe aufzusetzen und in die Zukunft zu schauen, als die alte wieder aufzuwärmen.

Dennoch befand Maria, dass ihr Vater ruhig noch eine Weile sein Büßergewand tragen sollte. Es stand ihm nicht schlecht und zeigte ihr eine Seite an ihm, die sie noch nie gesehen hatte. Und sie empfand diese nicht als Schwäche, sondern als das, was sie war: eine Stärke.

»Das war alles mein Versagen, Maria. Meins! Aber jetzt ist es zu spät. Den Schaden hab i schon angerichtet. Schluss nun mit allem! Dem Brauen, der Sauferei und überhaupt!«

Es ging ja fast schon zu wie beim katholischen Schuldbekenntnis zur Osterliturgie, fand Maria.

Aloisius setzte sich, atmete viermal kräftig durch und begann zu verstehen, was seine Magdalena immer mit diesem esoterischen Gerede gemeint hatte, von wegen, er solle sich doch endlich einmal öffnen, darüber sprechen und nicht allerweil die Dinge in sich hineinfressen, bevor sie noch Schlimmeres in ihm anrichteten.

Unschlüssig schaute sich Aloisius um. Es war ihm ein wenig peinlich, aber er hatte von dem ganzen Gerede einen unglaublich trockenen Mund bekommen, und einen rechten Durst hatte er noch obendrauf. Dann fiel es ihm auf einmal wie Schuppen von den Augen. Es war schon wieder einmal nur um ihn gegangen. Zwar ein wenig reflektierter als sonst, aber dennoch. Dabei hatte er seine Tochter noch nicht einmal gefragt, warum sie überhaupt nach Ried gekommen war. Vielleicht wollte sie ja nur ihren Erbpflichtteil einfordern und dann wieder in den hohen Norden verschwinden, hatte eine Ehekrise und war heimgekehrt, um … Nein, dann wäre sie eher woandershin und nicht zu ihm gefahren.

Er drehte sich gerade zu ihr um, als aus der Höllenschlucht ein dumpfes Trommeln und rhythmisches Klatschen zu vernehmen war, das immer lauter und eindringlicher zu ihnen hinaufdrang. Fragend schauten Vater und Tochter einander an und dann den serpentinenartigen Weg hinunter.

Jetzt kommt der Teufel höchstpersönlich und holt mich. Aber das ist nicht schlimm, zumindest sterbe ich nicht allein in der Brauerei, sondern draußen in der Natur neben meiner Tochter, wie es sich gehört, war Aloisius' erster Gedanke, als er eine rabenschwarze Gestalt ausmachte, die einen rauchenden Tontopf schwenkend vor sich hertrug. Dahinter, leicht versetzt, stiegen ebenso düster gewandete Gehilfen empor. Und ja, tatsächlich, die bigotte Karg Josefa hatten sie auch schon für ihre Höllenfahrt mit eingesackt. Aber es schien ihr nichts auszumachen. Sie lächelte, drehte sich um und wechselte ein paar höfliche Worte mit einer Gruppe Touristen. Nun hätte der Aloisius doch gerne eine Flasche seines Bieres dabeigehabt, denn wenn er schon jetzt durch den Entzug derart zu halluzinieren anfing, wie würde es dann erst am Abend werden? Voller Ehrfurcht verharrte er regungslos, bis der Gevatter Tod mit der qualmenden Schüssel und seinen musikalischen Schergen vorbeigezogen war.

Josefa Karg war stehen geblieben. Erklärend beugte sie sich zu Maria hinunter: »Das sind meine senegalesischen Flüchtlinge und ihr ›Baunan‹, das ist ein indigener Regentanz. Wollt ihr euch nicht anschließen?«

»Aber mir brauchen doch einen Schnee!«, mischte sich Aloisius ein, erleichtert darüber, dass auch dieser Schrecken eine irdische Erklärung hatte.

Hinterher wusste Josefa auch nicht, warum sie so barsch mit dem Braumeister umgegangen war. Vielleicht waren es noch die Nachwehen der langen Reise, das Fehlen ihrer drei neuen Schützlinge Klemens, Isidor und Magnus, oder es lag am Ärger darüber, dass ihr Mann Alfons in ihrer Abwesenheit mal wieder keinen Finger im Haushalt gerührt hatte, obwohl er doch wusste, wie sehr sie in der Bürgerwerkstatt Asyl eingespannt war.

»Brau du uns lieber pünktlich dein süffiges Bier, Aloisius. Um den Rest kümmern wir uns dann schon, und die Maria wird dir als Dank für deine Dienste noch früh genug deine Magdalena nach Hause führen!«

Aloisius nickte ehrerbietig. Nicht aus Zustimmung heraus, sondern da er sich in seiner Sicht auf die Dinge bestätigt fühlte.

»Siehst du, das ist genau das, was ich meine, Maria. Es geht ihnen einzig um das Bier!« Dann wandte er sich an die Landfrau. »Wie gesagt, gar nichts brau i mehr.

Ein anderer werd i, das ist es, was i jetzt machen werd! Und wenn i wieder vorzeigbar bin, kümmere ich mich selbst um die Magdalena. Dazu brauch i keine Tochter, die mir dabei hilft, und schon gar nicht ein Festbrimborium, bei dem i mi stolz vor aller Welt wie ein Zuchthengst präsentiere! Habe die Ehre!«

Noch ehe Maria und Josefa sich's versahen, hatte Aloisius zum Abschied den Hut gehoben, war aufgesprungen und trat entschlossen, gefolgt von dem schwanzwedelnden Pongo, den Heimweg an.

Josefa schaute in gleichem Maße entsetzt wie entschuldigend Maria an.

»Ach, Josefa, dabei ist bisher alles so gut verlaufen!« Ohne ein weiteres Wort zu verlieren, stand Maria auf und versuchte, ihren Vater stolpernd einzuholen.

Die Landfrau hätte sich am liebsten selbst in ihren Allerwertesten gebissen. Aber das musste noch bis zum Abend warten, zuerst musste sie weiter bergauf eilen, damit sie den Anschluss an die heidnische Naturgruppe nicht verlor.

Maria hatte große Mühe, mit ihren glatten Lederstiefeln den Halt auf dem lehmigen Weg zu bewahren. Mehrere Male rutschte sie aus, schlitterte ein Stück auf ihrem Faltenrock die Grasnarbe entlang und krallte sich an den knorrigen Latschenkiefern fest. Beinahe wäre sie den Abhang hinunter- und direkt durch das Tor der Höllenschlucht gerutscht, hätte ihr Vater sie nicht im letzten Augenblick am Handgelenk erwischt.

»Sag, bist du wirklich nur deswegen hergekommen, um mich zum Bierbrauen zu überreden? Indem du mir versprichst, die Magdalena wieder heimzuführen?«

In Aloisius' zorniger Stimme schwang auch ein wenig Hoffnung mit, dass es sich doch anders verhalten würde.

Maria schaute ihren Vater unverhohlen in die Augen. »Nein, Papa. Ich bin wieder nach Hause gekommen, um Ordnung in unser Leben zu bringen. In deins und in meins! Halt zu finden. Und wenn es dazu dienlich ist, dich zum Brauen zu überreden, Mama wieder herzubringen oder sonst irgendetwas anderes zu tun, dann soll es eben so sein. Aber könntest du bitte mich jetzt wieder auf den Weg ziehen? Ansonsten musst du dich um deine Enkel kümmern, mein Mann würde das nicht hinbekommen. Du weißt ja, dass du welche hast, oder?!«

Mit einem kräftigen Ruck zog Aloisius seine Tochter zu sich zurück.

»Ja, glaubst du etwa, dass i deine Briefe nicht bekommen hab? Jeden einzelnen habe ich gelesen und nach Datum in den Sekretär eingeordnet. Und damit du es gleich weißt: Geantwortet hab i nur deshalb nicht, weil ich mich geschämt hab. Wer geht schon gerne mit dem eigenen Unvermögen bei der Familie hausieren? Ihr saht doch so glücklich auf den Fotografien aus, du und deine herausgeputzten Mini-Matrosen.«

Und da der Aloisius in diesem Moment den Pongo mit der einen Hand an der Leine führte und mit der anderen die Hand seiner Tochter fest umschlossen hielt, konnte er diesmal seine Tränen nicht hinter dem großen Schnupftuch verstecken – was ihm jetzt jedoch nichts mehr ausmachte.

Maria wartete geduldig und streichelte ihrem Vater den Rücken.

»Aber jetzt lass uns bitte von diesem Berg heruntersteigen. Es ist kalt, und einen Durst hab i, aber so etwas von einem Durst, ich kann es dir kaum sagen!«

»Wolltest du nicht Schluss mit allem machen, Papa, und der Mama ein besserer Mensch werden?«

»Hab i des gesagt?! Ich, ehrlich?«, gab er schelmisch zurück.

»Ja!«

»Na, wenn das so ist …«

Als sie anderthalb Stunden später gemütlich in der Stube am knisternden Kachelofen beieinandersaßen, pustete Maria in ihren Kräutertee, den sie hinter den ganzen Fleischkonserven im Küchenschrank gefunden hatte. Auch Aloisius blies in seine dampfende Tasse. Er überlegte gerade, ob er nicht noch ein, zwei Scheite nachlegen sollte, als ein ohrenbetäubendes Gedonner vom Berg herkam. Fast hätte man meinen können, die ganzen Erdraumbewegungen der letzten Jahre hätten dem Riedhorn so zugesetzt, dass es nun einfach zu Tal gerauscht wäre. Aber dann setzte der Regen ein, der wuchtig auf das alte Schindeldach des Brauereihauses prasselte.

»I hab es der Josefa doch gesagt! Einen Schnee brauchen wir und keinen Regen. Schau, jetzt haben sie es doch vermasselt, mit ihrem senegalesischen Regentanz!«

Der Braumeister zwinkerte vergnügt seiner Tochter zu, öffnete die Ofentür und ließ das Holz hineinsausen, dass die Funken nur so hochstoben. Und genauso leicht und übermütig, wie ihm die glühenden Holzspäne vorkamen, fühlte auch er sich. Glücklich wie seit Ewigkeiten nicht mehr.

Aloisius gesellte sich wieder zu seiner Tochter auf die Bank, schlüpfte mit unter die Wolldecke, und gemeinsam hörten sie dem draußen tobenden Unwetter zu, bis ihnen die Augen zufielen.

11

Die Außenstelle Vucking des Finanzamts Kaufbeuren war fast wie der liebe Gott. Sie schien nie zu schlafen und sah, warum auch immer, alles. Im Gegensatz zum Himmelsvater griff sie jedoch rigoros durch, wenn die Dinge nicht in ihrem Sinne liefen. Auch am Tag vor Heiligabend.

Es regnete nach wie vor, als Maria von einem lauten Klopfen aus ihrem festen Schlaf geweckt wurde. Sie musste sich erst orientieren, wo sie sich befand. Schlaftrunken öffnete sie die Augen und blickte auf die holzgetäfelte Decke der Wohnstube. Verwundert darüber, dass sie nun auf der gepolsterten Bank lag und sorgsam zugedeckt worden war, reckte sie sich genüsslich. Daheim, ging es ihr wohlig durch den Kopf.

Neugierig schlüpfte sie aus ihrem improvisierten Bett und lief an das Fenster. Im Dauerregen machte Maria eine offiziell wirkende Frau aus, die den Kragen ihres Mantels hochgeschlagen hatte, eine Aktentasche als Regenschutz über ihr Haupt hielt und erneut ungeduldig an die Haustür klopfte. Maria steckte schnell ihr zerzaustes Haar hoch, strich sich den zerknitterten und verschmutzten Faltenrock glatt und eilte in den Gang hinaus. Unverhofft stieß sie dort auf ihren Vater, der einen recht nüchternen und wachen Eindruck auf sie machte. Bedeutungsvoll legte er seinen Zeigefinger auf seine Lippen und mahnte zur Stille. Selbst Pongo verkniff sich das Freudenwinseln, als er auf Maria zulief. Stattdessen pinkelte er einen größeren Freudensee als sonst auf die Holzdielen.

»Das ist die Brunswick Angela«, flüsterte Aloisius kaum hörbar seiner Tochter zu, »die Oberste vom Finanzamt in Vucking. Ein harter Knochen! Nicht so ein Drimsler wie ihr Mitarbeiter, der neulich da war. Ich sag's dir, wir tun lieber so, als wenn wir gar nicht da wären!«

»Schuldest du denen etwas, Papa?!« Es war eher eine rhetorische Frage, denn wenn bei so einem Sauwetter, an so einem Datum und zu dieser frühen Uhrzeit die leitende Amtsperson persönlich vor der Tür stand, bedeutete dies zum einen: Ja, man schuldete dem Staat etwas, und zum anderen: Obacht, dies ist die letzte Chance, die Hosen herunterzulassen und bedingungslos zu kooperieren. Marie kannte das bereits aus der wirtschaftlichen Vergangenheit ihres Mannes.

Aloisius hingegen zuckte mit den Schultern. »Ich habe keine Ahnung. Mit denen hab i seit Jahren nichts mehr am Hut.« Als ob sie es nicht geahnt hätte. Aber jetzt war Schluss mit dem Versteckspiel!

Maria lief um ihren Vater herum, atmete kurz durch und öffnete die Tür, bemüht, dem unerwarteten Besuch ein gewinnendes Lächeln entgegenzubringen. Im Fall von Angela Brunswick war das allerdings vergebene Mühe. Sie war eine Person, die sich an Fakten hielt und nicht an Höflichkeitsfloskeln.

»Das wurde aber auch Zeit!«, begrüßte sie ihre Schuldner mit rauchiger Stimme, trat ein, zog ihren Mantel aus und schüttelte den Regen von ihm ab. Pongo wollte schon zu knurren beginnen, aber ein kurzer Seitenblick der Brunswick reichte aus, um ihn winselnd in den hinteren Teil des Gebäudes zu vertreiben.

»Ich nehme an, Sie sind die Tochter.«

Maria nickte.

»Gut! Wo wollen wir die Dinge besprechen?« Angela Brunswick reichte Aloisius ihren Mantel.

So viel Menschenkenntnis besaß der Braumeister, dass er begriff, dass seine Dienste nicht weiter gebraucht wurden. Wie auch, die komplette Buchführung hatte ihren Aggregatszustand bereits geändert, und die Brunswick war bekannt dafür, dass sie wie ein Hund witterte, wer einen hilfreichen Beitrag leisten konnte und wer nicht. Um in der Zwischenzeit nicht ganz untätig zu sein und aus der Schusslinie zu gelangen, entschied sich Aloisius dazu, mit Pongo ein wenig Gassi zu gehen. Denn eins war sicher: Gemütlich würde es hier in den nächsten Stunden nicht. Außerdem quälte ihn seit dem Aufstehen bereits ein schier unstillbarer Durst, von dem er sich gerne ablenken wollte.

Wenn Maria eines in der Geschäftswelt ihres Mannes gelernt hatte, dann, sich beizeiten kleiner und vor allem dümmer zu machen, als man in Wirklichkeit war. Und so tat sie, als wüsste sie von gar nichts.

»Bitte, wo sollen die kompletten Geschäftsunterlagen meines Vaters sein?!«

»Wo sie momentan sind, wissen wir nicht, und das

ist auch nicht unser Problem, sondern das Ihres Vaters. Aber ich habe die Richtigkeit der diesbezüglichen Aussage selbstverständlich überprüft«, sagte Frau Brunswick in fast schon hanseatischer Nüchternheit. »Die Damen Mayer, Karg und Höbel von den hiesigen Landfrauen haben es mir bestätigt. Zuerst waren sie im Altpapiercontainer im Wertstoffhof von Ried und wurden dann, laut dem Schichtführer der Wiederverwertungsanlage Marktoberdorf, ordnungsgemäß entsorgt. Ist Ihnen bewusst, dass Ihr Vater somit gleich gegen mehrere Steuergesetze verstoßen hat? Vor allem aber steht er nach wie vor in der Bringschuld. Auf diesem Auge ist das Finanzamt blind!«

»Und was kann man da tun?«, fragte Maria entsetzt. Sie begann zu begreifen, wie brenzlig die Situation war.

»Ich fürchte, wir müssen den Betrieb Ihres Vaters für die letzten vier Jahre zwangsveranlagen, wenn Sie mir keine schlüssigen Betriebsunterlagen vorweisen können.«

Was das im Umkehrschluss bedeutete, war Maria sofort klar. Sie glaubte nicht daran, dass ihr Vater in den letzten Jahren irgendwelche Rücklagen geschaffen hatte, geschweige denn, dass es noch etwas Lohnenswertes zu veräußern gab. Aber der Staat nahm, was er bekommen konnte, dass wusste sie, und er war nicht gerade wählerisch dabei. Sorgenvoll schaute sie sich in der Wohnstube um. Für sie selbst war der Brauereikomplex bis zum gestrigen Morgen nichts anderes als ein Artefakt aus längst vergangenen Zeiten gewesen. Eine Erinnerung. Aber nach nur vierundzwanzig Stunden, die sie in ihrem alten Elternhaus verbracht hatte, betrachtete Maria die Dinge in einem gänzlich anderen Licht. Es war der Ort ihrer Herkunft, der ihr nach all den Jahren der Absenz Halt, eine Heimat und somit eine eigene Identität fern von Hamburg gab. Ihr Zuhause, das Zuhause ihres Vaters und ihrer Mutter, ihrer Groß- und Urgroßeltern. Und dieses konnte man nicht so einfach aus der Hand geben – vor allem nicht an Fremde.

»Aber wie es der Zufall so will, habe ich gestern ein Angebot von einem Gönner Ihres Vaters erhalten, der sich bereit erklärt hat, für die anfallenden Beträge aufzukommen. Im Gegenzug würde er gerne das Brauereianwesen übernehmen. Übrigens liegt sein Angebot weit über dem Marktwert, wie mir zwei unabhängige Immobilienfachwirte bereits bestätigt haben.«

Zufall, Gönner Ihres Vaters, unabhängige Immobilienfachwirte! Gleich drei Lügen, die mir da unverfroren aufgetischt werden, dachte Maria hellhörig. Ihre Mimik verriet jedoch nichts von dem Argwohn, den sie hegte.

»Ein Gönner?«, sagte sie. »Das ist ja eine wundervolle Nachricht. Und Sie sind sich da ganz sicher: über dem Marktwert?«

Frau Brunswick entspannte sich, soweit ihr Naturell dies zuließ, und nickte. »Aber an Ihrer Stelle würde ich das so schnell wie möglich mit Ihrem Vater besprechen. Wer weiß, wie lange das Angebot noch aufrechterhalten wird.«

»Das werde ich!«, versprach Maria devot. In ihr war nun endgültig der Gschwend'sche Kampfgeist entfacht worden.

Sie geleitete Frau Brunswick zur Tür, versprach mehrmals, positiv auf ihren Vater einwirken zu wollen und sich bis spätestens Anfang Januar mit einer Entscheidung bei ihr zu melden. Maria wartete, bis die Leiterin der Außenstelle Vucking vom Hof gefahren war. Dann erstarb ihr Lächeln. »Warte nur ab, so haben wir nicht gewettet!«

Sie schob die Ärmel ihrer Bluse hoch, drehte sich um und kehrte in die Wärme der Stube zurück. Dort setzte sie sich an den Eichentisch und massierte sich konzentriert die Schläfen. Sie musste unbedingt eine Lösung finden.

»Zum einen haben wir eine nicht existente Buchhaltung«, überlegte sie laut. »Aber es muss sicherlich Lieferanten und Abnehmer geben, die uns da weiterhelfen können, mit Lieferscheinen, Rechnungsduplikaten, Bestellscheinen und Vergleichbarem. Das ist eine gehörige Laufarbeit, aber bestimmt zu schaffen.«

Da nichts anderes in ihrer Nähe greifbar war, nahm Maria einen Bierfilz vom Tisch und notierte sich den ersten Punkt.

»Nun zum Nächsten. Wir benötigen unbedingt kurzfristig liquide Mittel, um beim Finanzamt zumindest eine Anzahlung hinterlegen zu können, als eine Art Schuldeingeständnis und Zeichen unseres guten Willens. Aber wo sollen wir diese nur hernehmen?«

Maria kaute gedankenversunken auf dem Kugelschreiber herum. Als sich bereits die ersten Plastikstückchen vom Schaft lösten, ließ sie ihren Blick aus dem Fenster schweifen. Er fiel auf den alten feuerroten Brauereiwagen, Typ Henschel HS 100, Baujahr 1954.

»Natürlich! Bleibt nur zu hoffen, dass noch ein gewisser Bierbestand vorhanden ist.«

Die Ausliefertour kannte sie noch von ihrer Kindheit und Jugend her. Voller Tatendrang sprang sie auf, zog sich den Trenchcoat über und rannte aus dem Brauereigebäude, durch den strömenden Regen und über den aufgeweichten Innenhof, bis sie die alte Lagerhalle erreichte. Geschäftig orientierte sie sich im Halbdunkel. Dank der Vorarbeit der Landfrauen musste Maria nicht allzu lange nach dem verbliebenen Vollgut suchen. Mühsam stapelte sie alle Kisten und Fässer vor dem Rolltor, wischte sich eine verschwitzte Haarsträhne aus dem Gesicht und zählte den Bestand ab. Es war zwar nur ein wenig mehr als der berühmte Tropfen auf den heißen Stein, aber zumindest war es ein Anfang. Und Maria kannte den Ruf, den das Bier ihres Vaters in der näheren Umgebung genoss. Mit ein wenig mehr Geschäftssinn und dem entsprechenden Marketing wäre sicher noch der eine oder andere Euro mehr aus der »Erhellung« herauszubekommen. Selbstbewusst stemmte Maria die Hände in ihre Hüften.

»Dann müssen wir eben wieder brauen!«, sagte sie entschlossen.

»Für uns?«

Erschrocken drehte sie sich um und schaute dem Bürgermeister direkt in seine hoffnungsvollen Augen.

Vor zehn Minuten hatte Sixtus Mayer im Café »B-309« noch etwas gänzlich anderes zur Thematik erzählt bekommen: keine übliche Mundpropaganda, sondern eine Information aus erster Hand. Von Aloisius höchstpersönlich, der mit einem Dalmatiner und einem Früchtetee am Tresen saß und genüsslich von seinem Pensionistendasein und der Abstinenz geschwärmt hatte.

»Nein, nicht für euch, sondern für uns, Sixtus!«

Maria schob das Rolltor beiseite und lief zu dem alten Brauereiwagen. Der Zündschlüssel steckte wie eh und je hinter der Sonnenblende. Nachdem der Motor vorgeglüht hatte, drehte sie den Schlüssel um. Ruckelnd und sprotzend sprang der alte Diesel an und hüllte den begriffsstutzigen Bürgermeister in eine gehörige Abgaswolke. Während er noch hustete, setzte Maria den Wagen vorsichtig bis an das Tor zurück, stieg vom Führerhaus herab und raffte die Seitenplane beiseite.

»Jetzt steh da nicht so untätig herum, Sixtus, sondern hilf mir lieber beim Aufladen!«

Nachdem die Kisten und Fässer gesichert auf der Pritsche standen, drehte sich Maria zum Bürgermeister um. Dass ihr das noch gar nicht in den Sinn gekommen war!

»Was hast du mit meinem Vater eigentlich ausgemacht?«

Sixtus verstand nicht gleich. »Was ausgemacht?«

»Na, der Preis für das Festbier!«

Aha, daher weht der Wind, dachte Sixtus.

»Er hat es uns zum Selbstkostenpreis angeboten. Und Gott ist mein Zeuge: Als wir vor ein paar Wochen genau hier in der Sonne gesessen haben, hat der Aloisius gesagt, dass es ihm noch nie um das Geld gegangen wäre. Und das stimmt ja auch.«

Maria nickte und zog lächelnd die Plane zu. Dann trat sie zu Sixtus unter das schützende Vordach.

»Soso, um das Geld ist es ihm also nie gegangen.

Aber du weißt ja sicher, dass du als Amtsperson und besonders im Rahmen einer solch internationalen Feier mit Politprominenz auch eine gewisse Fürsorgepflicht hast. Ich meine, besonders in Bezug auf die Kosten und deren Transparenz.«

Sixtus kratzte sich verlegen hinter dem Ohr.

»Compliance«, fuhr Maria ungerührt fort. »Noch nie gehört? Regelkonformität unter Berücksichtigung der Einhaltung von Gesetzen und Richtlinien. Das sollte doch gerade auch in Bayern ein aktuelles Thema sein. Und lass dir gesagt sein, in diesem Zusammenhang stoßen Schlagwörter wie ›Selbstkostenpreis‹ besonders übel auf.«

Der Bürgermeister musste schlucken und kratzte sich hinter dem anderen Ohr.

»Du meinst …«

»Genau! Und eine Anzahlung benötigen wir auch, in bar bis zum Nachmittag. Ich muss nun los, ausliefern. Sonst wird das mit eurem Fest und dem Bier gar nichts mehr! Weißt du, wo mein Vater steckt?«

»Im ›B-309‹.«

»Herrschaft, er wird doch nicht …?!«

»Keine Angst, er trinkt Früchtetee.«

Als Maria holpernd vom Hof gefahren war, stand Sixtus Mayer noch lange unter dem Vordach und grübelte über diese neumodische Compliance-Geschichte nach. Beinhaltete diese Regelkonformität auch, dass weder die Landfrauen aus Dank für ihr Engagement nach Berlin zu ihrem Musical fahren, noch die Herren des Trachtenvereins und der anderen Gruppierungen auf Kosten des Marktes nach Mallorca reisen durften? Wahrscheinlich schon, dachte er. Den Männern wäre dies unter der Nennung der entsprechenden Paragraphen sicherlich beizubringen. Die Damen ließen sich mit so etwas Profanem wie der deutschen Gesetzgebung jedoch nicht so leicht abspeisen. Aber wenn sie privat zusammenlegten, würde es zumindest dafür reichen.

Aloisius brauchte sich nicht einmal umzudrehen, um zu wissen, wer da vor dem Café »B-309« holpernd zum Stehen gekommen war. Es war sein geliebter Bierlaster. Das Geklirr voller Bierflaschen ließ ihn sich neugierig umdrehen, aber er sah nichts, da das halbe Dorf neugierig an den Fensterscheiben hing. Die Türglocke erklang, die Gäste traten zur Seite und gaben Maria den Weg zu ihrem Vater frei. Als ob sie allein im Lokal wären, setzte sie sich neben ihn an den Tresen, bestellte einen doppelten Espresso, tätschelte Pongo den Kopf und wartete geduldig, bis ihr das Getränk serviert wurde. Selbst die Reisegruppe aus der Kurpfalz, die sich nach der geführten Mitmachaktion »Für ein sauberes Ostallgäu« triefend vor Nässe vom Müllsammeln am Berg bei einem Grog erholte, hielt den Atem an, um nichts zu verpassen.

Maria ließ den Zucker in die Tasse rieseln, rührte gewissenhaft um und trank einen Schluck. Nun konnte es der Aloisius nicht mehr aushalten.

»Jetzt sag schon, Maria. Wie ist es ausgegangen mit der Brunswick?«

»Nicht so gut, Papa. Wir müssen uns echt ins Zeug legen.«

Aloisius blickte sich im Café um und seufzte.

»Wirklich, so schlimm? Ja da verreckst, dann wird es doch nichts mit dem Rentnerdasein. Macht nichts, es ist eh fad, den ganzen Tag so allein vor dem Tee am Tresen herumzusitzen.«

»Wieso, du hast doch Pongo.«

Aloisius stupste Maria in die Seite.

»Aber sag, hattest du es so eilig«, fragte er, »oder warum bist du mit dem Wagen hergefahren? Verkaufen tust du mir den aber nicht!«

»Den? Gewiss nicht! Den brauchen wir noch.«

Aloisius atmete erleichtert auf.

»Damit müssen wir doch den Rest der ›Erhellung‹, den ich aufgeladen habe, ausliefern.«

»Bitte was?! Das ist doch die letzte Charge, die i hab. Und die reicht gerade für mich, für ein Jahr, höchstens!«

»Du bist doch jetzt Abstinenzler, Papa! Und wir müssen eh neu brauen! Ansonsten …«

»Für uns?!« Es war fast das ganze Café, das diese Frage mit einer gewissen Erleichterung und Hoffnung formulierte. Maria und Aloisius drehten sich irritiert um.

»Nein, für uns!«, entgegnete ihnen Maria abwinkend und wandte sich wieder an ihren Vater. »Wenn wir nicht schnell zu Geld kommen, werden wir alles verlieren. Die Brauerei, unser Zuhause mit den gesamten Nebengebäuden. Laut Frau Brunswick gibt es sogar schon einen Interessenten, einen sogenannten Gönner von dir, der sich für das Grundstück …«

Weiter kam Maria nicht. Aloisius hatte schon einen Fünfeuroschein auf den Tresen geworfen und war auf dem halben Weg zur Tür. Dann drehte er sich ungeduldig um.

»Ja, Maria was ist? Kommst du jetzt endlich? Wir haben doch zu tun. Und du fährst, nüchtern trau i mir das nicht mehr zu. Einen Gönner, dass ich nicht lache. Woher soll der denn kommen, wie der Hase aus dem Zylinder?!«

Es dauerte einen Moment, bis Maria den ersten Gang eingelegt hatte, dann holperten sie, begleitet von den vielen Augenpaaren, die ihnen aus dem Café »B-309« hoffnungsvoll hinterherschauten, auf die Straße.

»Stimmt's, wir fangen beim ›Schaaf‹ an, oder Papa? Ist der Heiler Korbinian eigentlich immer noch so schmierig?«

»Und ob.« Aloisius setzte seinen Filzhut schräg auf den Kopf und lehnte sich zurück.

»Gut, dann wird das die Sache für uns einfacher machen!«

Als sie zwei Minuten später vor dem »Schaaf« abrupt zum Stehen kamen, stand dort bereits der Wirt, der eigentlich mit dem Förster gerechnet hatte, der ihm am Vormittag das frische Wild liefern wollte. Dennoch rieb er sich die Hände, aus zweierlei Gründen: erstens, da er erst gestern das letzte Fass der bei der Kundschaft so beliebten »Erhellung« herausgerollt und wehmütig gedacht hatte, es wäre das letzte, das er in seinem Leben zu Gesicht bekommen würde. Und zweitens, da er nun den weitaus teureren und minder schmackhaften Ersatz aus Vucking getrost wieder abbestellen konnte.

Er löste sich vom Eingang und war freudig überrascht, statt des Aloisius eine Frau hinter dem Steuer auszumachen. Eitel strich er sich über seinen schmalen

Oberlippenbart, ging, ein wenig breitbeiniger als sonst, durch den Regen auf die Fahrertür zu und öffnete sie mit einem ebenso breiten Grinsen.

»Servus, schöne Frau! Ja, gibt's denn so etwas! Das bist ja du, Maria. Besser hättest du dich wahrlich nicht halten können.«

Maria setzte ein strahlendes Lächeln auf, stieg vom Fahrersitz hinunter und schmiss voller Verve die Tür zu.

»Schön, dass du mich noch erkennst, Korbinian! Du schaust ja immer noch so kräftig aus wie früher, du gestandenes Mannsbild! Sag, bist du so lieb und hilfst mir mit den Fässern?« Dabei warf Maria ihm augenzwinkernd die ledernen Arbeitshandschuhe zu.

Derart gebauchpinselt, ließ sich das der Heiler Korbinian nicht zweimal sagen, obwohl er erst vor drei Wochen aus der stationären Schmerztherapie vom Klinikum Enzensberg heimgekommen war. Rückenschule hin oder her, wie sähe das denn bitte schön aus, wenn er in die Hocke ginge und beim lautmalerischen Ausatmen das Fass in Angriff nehmen würde. Und das noch vor einer Frau.

Eines musste man ihm jedoch schon lassen, den Schmerz, der ihn wie ein Blitz vom Ischias bis hinunter in die linke Fußsohle durchfuhr, ließ er sich kaum anmerken. Und da er gelernt hatte, dass die Bewegung das A und O zur Schmerzregulierung bei Rückenbeschwerden war, war er dankbar, dass er Maria ganze sechs Fässer abnehmen durfte. Als er das letzte durch die Öffnung, die in das Getränkelager im Keller führte, bugsiert hatte, richtete er sich mit schmerzverzerrtem

Gesicht auf, ließ die schwere Eisenluke geräuschvoll zufallen und reichte Maria, die typische Rückenschonhaltung einnehmend, die Hand zum Abschied.

»Also, dank dir und servus, Maria. Bis zum neuen Jahr!«

»Ja wie, Korbinian, wo bleibt denn deine alte Gastfreundschaft? Ansonsten hast du mich doch auch immer gerne noch reingebeten, auf eine Limo oder einen Lolli. Und außerdem haben wir noch etwas Geschäftliches zu besprechen.« Jegliche Zuvorkommenheit war aus Marias Gesicht gewichen.

Kurz vergaß der Heiler Korbinian seinen Schmerz, da er wusste, dass es nun an sein Geld gehen würde, das heißt, eigentlich an Aloisius' Geld. Er hatte den Braumeister immer wieder unter Zuhilfenahme seiner sagenumwobenen Brätknödelsuppe und einer frisch gezapften Halbe Bier auf das nächste Mal vertrösten können. Aber nun waren anscheinend andere Zeiten angebrochen. Wehmütig versuchte er, durch die Windschutzscheibe des Bierlasters mit Aloisius Blickkontakt aufzunehmen.

»Mein Vater nützt dir jetzt auch nichts mehr, der ist seit heute in Pension. Außerdem muss er auf seinen Hund aufpassen. Wollen wir, oder schleppst du mir die Fässer lieber wieder hoch?« Maria deutete mit der Hand auf die Eingangstür.

Zähneknirschend ging der Wirt voran.

Es hatte auch sein Gutes, dass weder Isidor noch Klemens oder Magnus über einen sonderlich hohen Intelligenzquotienten verfügt hatten. Ansonsten wäre es ein wenig problematisch mit der Verbrauchsrecherche bezüglich der »Erhellung« und dem Korbinian geworden. Aber ohne eine akkurat ausgefüllte Bestellanforderung hatte selbst der Aloisius sie nicht mit ruhigem Gewissen losschicken können. Und die quittierten Duplikate lagen, fein säuberlich nach Datum und Jahr sortiert, im Aufwandsordner der Schaafschen Buchhaltung. Zwar hatte der Heiler Korbinian die Fässer nicht bezahlt, jedoch beim Finanzamt bereits als Betriebsausgabe geltend gemacht – zumindest drei Viertel davon, das andere Viertel hatte er so unter der Hand verkauft.

»Du bist mir ja einer!«

Der Wirt wusste nicht, ob er dies als Kompliment aufzufassen hatte oder nicht. Die Rechnung aber bekam er von Maria sogleich auf dem Fuß geliefert.

»Den Vorteil, den du dir dadurch ergaunert hast, teilen wir uns. Und damit du Bescheid weißt, ab dem kommenden Jahr kostet das Fünfzig-Liter-Fass das Doppelte! Das sind ja alles noch D-Mark-Preise!«

»Ja, braut ihr denn wieder für uns?«

»Nein, für uns! Und nun her mit dem Geld, ich muss noch vor dem Mittagsläuten beim ›Neuschwanstein‹, dem ›Specht‹ und dem ›Wolf‹ gewesen sein.«

Korbinian Heiler kam sich wie eine seiner ausgenommenen Weihnachtsgänse vor, die, zum Marinieren bereit, in der Küche auf ihn warteten. Drei Viertel seiner Schwarzkasse hatte er der Maria geben müssen, seine halbe Buchhaltung zum Kopieren obendrein, und außerdem hatte sie ihm mit ihrer berechnenden Koketiererei noch seinen mühsam hergerichteten Rücken ruiniert. Dennoch winkte er ihr zum Abschied durch den Nieselregen anerkennend hinterher. Ja, mit einer solchen Frau an der Seite konnte man Pferde stehlen gehen, dachte er.

»Diese beiden Raffzähne! Ich habe die anderen Wirte vorsichtshalber schon einmal informiert. Aber jetzt komm endlich, Korbinian, der Jäger wartet, und die Kutteln müssen abgeseiht werden!«

Es war seine Frau, die aus dem Küchenfenster lehnte und voller Eifersucht nach ihm verlangte.

Aloisius nahm Maria juchzend das Geld ab, faltete die Scheine, legte sie aufeinander und fächerte sie auf. Dann schob er das Bündel wie einen Gamsbart zwischen seinen Filzhut und die ausgeblichene Banderole.

»Ja, was war denn da los? Ganz verklärt hat er dir nachgeschaut, der liebestolle Kerl! Aber ein wenig schief stand er da, findest du nicht?« Aloisius wurde es ganz warm ums Herz. Seine Maria und er, gemeinsam im Brauereiwagen! Ohne Streit, ohne einen Vorwurf, kein Argwohn lag in der Luft. Hatte es das denn schon überhaupt einmal gegeben? Egal, dachte er und streichelte ihr über die Wange.

»Zum ›Neuschwanstein‹?«, fragte sie.

»Ganz recht!«

Maria schaute glücklich zu ihrem Vater hinüber, beschleunigte und schaltete mit Zwischengas mutig in den vierten Gang.

Das Hotel und Wirtshaus »Neuschwanstein« lag zwei Kilometer außerhalb von Ried, auf einer kleinen Anhöhe mit Sicht auf und in Hörweite der Autobahn. Zwischen dem Hotel und dem Märchenschloss König Ludwigs II. lagen Luftlinie zwanzig Kilometer Hügelland, vier Seen und etliche Weiler und Dörfer. Es war also nicht direkt um die Ecke, wie es der Name vermuten ließ. Aber die machte nichts, denn die vornehmlich asiatische Klientel hatte innerhalb Europas schon ganz andere Distanzen in kürzester Zeit und Abfolge hinter sich gebracht. Und solange am Abend der dampfende Knödel, der krosse Schweinebraten und das schäumende Bier von einer Frau in Tracht serviert wurden, war für sie die Welt in Ordnung. Aber eines musste man den Besitzern, dem Reisinger Fredl und seiner Frau Anna, lassen. In puncto Inneneinrichtung hatten sie sich bemüht, den romantischen Stil des Märchenschlosses in ihrem eigenen Haus umzusetzen.

Auf der Kieseinfahrt stand ein abfahrbereiter Reisebus, dessen futuristisches Design es unmöglich machte herauszufinden, wo vorne und wo hinten war. Maria entschied, dass vor ihr der hintere Teil war, stellte den Motor ab und schielte zu ihrem Vater hinüber, dem der Schweiß von der Stirn lief.

»Ist dir nicht gut?!«

»I weiß auch nicht, einen rechten Schwindel hab i plötzlich. Aber i glaub, ein wenig frische Luft und Bewegung täten mir gut.«

Besorgt schaute Maria Aloisius beim Aussteigen zu. Dann verließ auch sie den Brauereiwagen, öffnete die Seitenklappe und stapelte die ersten vier Kisten auf die Sackkarre.

»Nach dir, Maria!« Aber das Lächeln ihres Vaters wirkte gequält.

Als Maria mit der »Erhellung« in die Lobby des Hotels gefahren kam, tat der Reisinger Fredl so, als ob er nicht da wäre. Er hatte kurz zuvor mit der Frau des Heiler Korbinian gesprochen und wusste schon, zu welch durchtriebenem Weibsstück die Maria in Hamburg mutiert war. Aber sein Versteckspiel war schon ein wenig albern, das musste der Fredl selbst zugeben, da er allein schon wegen seiner Physiognomie aus der asiatischen Reisegruppe herausragte, die sich in der hellgelb getünchten Halle mit den unechten Stuckverzierungen versammelt hatte. Da half es ihm auch nicht, bewegungslos mit dem Rücken zum Eingang zu stehen.

Ein plötzlicher Schlag, gefolgt von einem besorgten Raunen und Hundegebell, weckte sein Interesse. Vorsichtig lugte er über seine Schulter. Inmitten der Lobby, direkt unter dem überdimensionierten Plastikkronleuchter, lag der Gschwend Aloisius auf dem königsblauen Rundteppich, den ein weißer Schwan zierte, und machte keinen Mucks mehr.

Der wird mir doch hier nicht einfach wegsterben …, dachte sich der Reisinger. Nicht aus Sorge um den Braumeister, wahrhaftig nicht, sondern aus Sorge um seinen Ruf und den Rattenschwanz, den ein solcher Todesfall im eigenen Hause nach sich ziehen würde. Der Rettungsdienst, der Bestatter, die Presse und dann noch die Polizei, die womöglich aus Langeweile heraus nach Dingen wie Fluchtwegen, Arbeitserlaubnissen und den Sozialversicherungsausweisen der Belegschaft fragen würde. Ganz zu schweigen von diesem Feng-Shui-Ding, das durch so einen Todesfall bestimmt gehörig durcheinandergewirbelt wurde. Da waren die Asiaten empfindlich, das wusste der Reisinger bereits aus der eigenen Erfahrung heraus.

Spontan entschied er sich, doch anwesend zu sein. Aber es brauchte ihn anscheinend niemand. Maria hatte sich bereits neben Aloisius gekniet und einer der Gäste ihm die Fototasche unter den Kopf gelegt. Eine ältere Asiatin blies dem Braumeister mit ihrem batteriebetriebenen Ventilator Luft zu, während eine jüngere ihm sorgsam den Schweiß mit einem Ingwer-Erfrischungstuch von der Stirn tupfte. Erleichtert darüber, dass der Aloisius bei Bewusstsein und nicht tot war, stellte sich der Fredl kopfschüttelnd neben Maria.

»Gott sei Dank, der alte Trunkenbold lebt noch! Aber jetzt schaut bitte, dass ihr aus dem ›Neuschwanstein‹ herauskommt, bevor mir noch jemand die Polizei auf den Hals schickt. Und für die Zukunft: Der Lieferanteneingang befindet sich hinter dem Haus!«

Maria trieb es schon die Zornesröte ins Gesicht, als ihr auffiel, dass in dem Gerede doch etwas Verwertbares zu finden war. Zum einen konnte hinter der offen zur Schau getragenen Erleichterung nur eins stecken: Der Reisinger hatte, warum auch immer, Angst vor den Offiziellen. Und zweitens benötigte ihr Vater dringend ein Bier. Wie hatte sie nur so naiv davon ausgehen können, dass Aloisius' Körper einen so abrupten Entzug einfach so hinnehmen würde? Eilig nahm sie eine Flasche »Erhellung« aus einer der Kisten, öffnete den Bügelverschluss und flößte ihrem Vater langsam ein paar Schlucke des Gerstensaftes ein.

Fast hätte man meinen können, dass man sich inmitten einer abgekarteten Medizinvorführung bei den Scharlatanen im Wilden Westen befand. Kaum hatte Aloisius das Bier in seinen Bauch bekommen, fühlte er sich sogleich wesentlich wohler. Mit noch wackeligen Beinen stand er auf, hielt sich an der Sackkarre fest und lupfte, peinlich berührt ob des kurzen Schwächeanfalls, seinen Filzhut.

Aus Freude über die Spontangenesung seines Herrchens pinkelte Pongo erst einmal einen gehörigen See auf den Schwanenteppich. Dann brandete Applaus auf, die Fotoapparate wurden gezückt, Blitzlichtgewitter erfüllte den Raum, als ob Ludwig II. persönlich wiederauferstanden wäre, und hinter Maria bildete sich eine geordnete Reihe brav anstehender Asiaten, die, koste es, was es wolle, eine Flasche des Zauberbieres erstehen wollten, inklusive Erinnerungsfoto mit dem geretteten Einheimischen. Es war dem Fredl zwar ein Rätsel, denn Maria hätte gut und gerne zehn Euro für die Flasche verlangen können, aber sie gab sie den Menschen als Dank für ihre Hilfe umsonst mit.

Egal, mein Schaden soll es nicht sein, dachte er sich, hielt geschäftstüchtig, wie er nun einmal war, ein großes Hausprospekt vor seine Brust und stellte sich vermarktungswirksam neben den dauerabfotografierten Gschwend Aloisius.

Als die letzte Flasche ausgegeben und das letzte Foto geschossen worden war, verließ die Reisegruppe in ihrem futuristischen Gefährt den Hof in Richtung Rothenburg ob der Tauber.

»Hast du noch eine Minute, Fredl?«

»Wieso?«, fragte der Hotelier Maria verwundert. Er stand winkend neben einem der beiden bronzenen Hirsche, die den Hoteleingang flankierten.

»Irgendjemand muss doch für das Bier aufkommen.

Aber sieh es so, eine kostengünstigere Werbung für dich und dein Hotel kann dir keine Agentur der Welt ersinnen. Und dann noch die zu erwartende Mundpropaganda. Was hältst du von zehn Euro die Flasche?«

Der Reisinger wurde fast so dunkelrosa im Gesicht wie die Außenfassade seines Hotels. Doch bevor er einen Tobsuchtsanfall bekommen konnte, fasste Maria ihn sanft am Arm.

»Schau, Fredl, es geht hier doch ums Leben und Leben-lassen. Als ich vorhin beim Heiler Korbinian war, musste ich feststellen, dass er ein Viertel des Bieres unter der Hand verkauft und meinem Vater noch nicht einmal die komplette Ware bezahlt hatte. Und jetzt kommst du auch noch daher! Oder soll ich lieber einmal nachfragen, warum du so Angst hast, dass dir jemand die Polizei auf den Hals hetzt? Wegen eines zusammengebrochenen Brauers in der Hotelhalle sicherlich nicht. So, jetzt brauch ich noch unsere Lieferscheine der vergangenen vier Jahre, und dann muss ich meinen Vater nach Hause ins Bett bringen.«

Der Reisinger musste zwar schlucken, aber wo die Maria recht hatte, hatte sie recht.

»Abgemacht. Und zu guter Letzt erhöhst du mir nun bestimmt auch den Bierpreis auf das Doppelte!«

»Sag, woher weißt du das? Hast du etwa schon mit dem Korbinian telefoniert?«

»Nein, mit seiner Frau.«

Aloisius verhielt sich wie ein kleines Kind, das partout nicht zum Mittagsschlaf ins Bett gehen wollte. Es dauerte seine Zeit, bis Maria ihn mit geduldigen Worten in die kleine Gästekammer, die er seit dem Weggang seiner Frau aus Trotz bewohnte, bugsiert hatte. Dort wurde er von seiner Tochter ins Bett verfrachtet, bekam von ihr die karierte Daunendecke bis unter das Kinn gezogen, eine Wärmflasche an die Füße gelegt, und auf den kleinen Nachttisch stellte sie ihm statt einer warmen Milch eine Flasche der »Erhellung«.

»Nur für den Fall der Fälle, Papa!«

Aloisius betrachtete wehmütig die Flasche. »I weiß nicht recht, Maria, ob das eine so gute Idee ist. Das schmeckt einfach zu gut. Vielleicht sollt i lieber ein anders Bier zum Runtertrinken nehmen? Ah, jetzt hab i's. Kannst du mir vielleicht auf dem Heimweg zwei, drei Flaschen von diesem ›Vucking HELL‹ mitbringen? Und eine Suppe täte mir am Abend auch gut, glaub i!«

»Ich werde es dir mitbringen, versprochen! Aber jetzt schlaf dich erst einmal richtig aus.«

Sie küsste ihren Vater, der fast schon eingeschlummert war, auf die Stirn und verließ das Zimmer auf Zehenspitzen. Sie konnte ihn unmöglich allein zu Hause lassen, ging es ihr durch den Kopf, als sie die Holztreppe hinunterstieg. Aber wer hatte am Tag vor Heiligabend Zeit, um auf einen alten, kranken Mann aufzupassen? Vielleicht wusste ja Antonia Rat.

»Eine Suppe will er auch haben?! Das trifft sich sogar sehr gut. Ich bin gerade dabei, mit unseren Gastkindern ein Huhn auszunehmen, die kennen so etwas nur in Stücken und paniert. Die Suppe können wir ruhig auch bei euch kochen. Sag, hat der Aloisius noch seinen alten Herd in der Küche stehen, den man mit Holz befeuert?«

»Ja, der ist noch da.«

»Super, da werden die Kleinen aber staunen. Endlich dürfen sie mal in einer Wohnung herumzündeln!«

Dankbar legte Maria auf. Am liebsten hätte sie sich zu ihrem Vater ins Bett gelegt und so lange geschlafen, bis sie der Duft von Antonias kraftspendender Hühnersuppe im Schlafzimmer geweckt hätte, so ausgelaugt fühlte sie sich bereits schon am frühen Mittag. Zumindest für eine halbe Stunde, dachte sie sehnsüchtig. Aber es nutzte alles nichts.

Gähnend bestieg sie ihren Laster und holte den Vorschuss für das noch nicht einmal angesetzte Festbier im Rathaus ab. Mit schlechtem Gewissen quittierte sie der vor Glück beinahe überschäumenden Margarethe den Erhalt der Summe. Dabei hatte sie noch nicht einmal die Zutaten für den Brauvorgang besorgt. Aber dies war eine Angelegenheit, um die sie sich morgen früh als Allererstes kümmern würde. Denn eines war so sicher wie das Amen in der Kirche: Komme, was da wolle, die Rieder hatten ihr Festbier nun angezahlt, und sie würden es auch pünktlich im April erhalten, sofern sie nun endlich innerhalb dieser Woche noch mit dem Brauen loslegen würden.

Es wird schon alles, sprach Maria sich Mut zu und lief eilig die Holztreppen des Rathauses hinab. Noch nie in ihrem Leben hatte sie sich einer Sache so verpflichtet gefühlt wie dieser. Als ob ihre persönliche Zukunft am Ausgang der Sache hängen würde. Ja, fast hätte man meinen können, es wäre ihre eigene Brauerei, die dort am seidenen Faden hing, und sie hätte das ganze Risiko zu tragen.

Abrupt blieb sie bei diesem Gedanken am unteren

Treppenabsatz stehen und spann ihn weiter. Egal, was sie bisher gemacht hatte, das finanzielle Polster, auf das sie gefallen wäre, wäre immer ein weiches gewesen – und vor allem nicht das ihre, sondern das ihres Mannes. Eine monetäre Abhängigkeit, die mit dem Flüggewerden der Kinder für Maria plötzlich abgegolten zu sein schien. Die sie auch so nicht mehr wollte, da sie allem Anschein nach nicht mehr durch eine bedingungslose Liebe zueinander getragen wurde. Nein, es war höchste Zeit, sich zu emanzipieren, auch wenn dieser Schritt unter den gegebenen Umständen eher einem Himmelfahrtskommando glich. Aber wenn man nie im Leben stürzte, konnte man auch nicht wie ein Phönix aus der Asche als erfahrener und gereifterer Mensch aufstehen, um das eigene Leben klüger in Angriff zu nehmen.

Aus dieser Komfortzone würde sie sich jetzt endlich befreien. Es war allerhöchste Zeit, selbst für die Dinge geradezustehen und die Verantwortung zu übernehmen. Und zwar als eigenständige Frau! Und warum sollte dies nicht implizieren, dass sie Eusebius' angedachten Weg einschlagen und Brauerin werden sollte. Ein Versuch war es allemal wert. Sie konnte sich nicht vorstellen, dass ihr Vater etwas dagegen einzuwenden hätte. In ihm hatte sie einen der erfahrensten Meister der Branche, und hatte ihr nicht Agathe angeraten, eine Beschäftigung für sich selbst zu suchen, die sie erfüllen würde?!

Maria stampfte wütend auf, griff in ihre Rocktasche und wählte die Kurzwahltaste drei. Sie erreichte nur die Mailbox. Und irgendwie war sie auch ganz froh darüber, dass sie ihrem Mann erst am nächsten Tag ihre

Entscheidung verkünden konnte – egal, dass es der Weihnachtstag war. Es galt nun, Wichtigeres zu erledigen. Entschlossen verließ Maria das alte Rathaus und bestieg den Bierlaster.

Weder im »Specht« noch im »Wolf« oder in einer anderen Wirtschaft, die sie auf ihrer Tour ansteuerte, gab es weitere Probleme. Ganz im Gegenteil. Die Nachricht über die resolute, aber faire Brauereitochter, die den Familienbetrieb wieder in Schwung bringen wollte, hatte sich unter den Gastronomen in Windeseile verbreitet – und auch die frohe Kunde, dass die Braukessel angeblich bald wieder angefeuert werden würden. Und so erwartete man Maria bereits mit dem vor der Tür aufgestapelten Leergut und den Dokumenten für ihre Buchhaltung und überreichte ihr, kurz bevor sie die Plane der Ladefläche wieder festzurrte, unaufgefordert einen weißen Umschlag mit den noch offenen Beträgen.

Es war bereits stockdunkel, als Maria mit ihrem Laster den »Reiher«, der idyllisch oberhalb des Rieder Moorsees auf einer kleinen Ebene lag, verließ. In dem Moment, in dem sie die nasse Kieseinfahrt hinabfuhr, hörte der Dauerregen ebenso plötzlich auf, wie er vierundzwanzig Stunden zuvor seinen Anfang genommen hatte. Sie kurbelte das Fenster herunter und ließ die Abendluft herein, die so frisch, gereinigt und klar war, dass man sie getrost hätte einfangen, in Dosen abfüllen und zum Höchstpreis an Städter verkaufen können. Und außerdem roch sie endlich nach Schnee.

Ein eisiger Ostwind fegte die letzten Wolkenfetzen beiseite und gab den Weg für das Sternen- und Mondlicht frei. Maria kam es so vor, als ob der liebe Gott persönlich in diesem Moment sein Zauberlicht angeschaltet hätte – extra für sie. Um dieses wundervolle Schauspiel nicht zu stören, machte sie das Scheinwerferlicht aus und ließ den Wagen im Schneckentempo die langgezogene Auffahrt herunterrollen.

Wie ein mystischer Quecksilbersee funkelte ihr das unruhige Moorwasser entgegen. Die Nässe, die auf der vom Wind bewegten Vegetation lag, reflektierte das Mondlicht und zerlegte es dabei, wie Tausende von kleinen Prismen, in alle erdenkbaren Grautöne. Am pechschwarzen Firmament strahlten die Sterne um die Wette und gaben die Umrisse der Bergwelt preis, die wie ein überdimensionaler Schattenriss vor Maria stand.

Beinahe hätte sie inmitten all der Schönheit das Atmen vergessen. Mit einem tiefen Zug sog sie den Sauerstoff ein, und all die Anstrengungen des hinter ihr liegenden Tages waren wie weggeblasen. Nur einen gehörigen Hunger hatte sie.

Wieder auf der Ebene angelangt, startete sie den Motor, schaltete das Licht ein und fuhr schneller, als es die Polizei erlaubte, gen Heimat. Dabei hatte sie Angst, dass die letzte verbliebene Kiste der »Erhellung«, die sie extra für ihren Vater abgezweigt hatte, noch von der Ladefläche hüpfen könnte. Wer sollte auch schon ein Bier trinken müssen – auch wenn es zur Alkoholentwöhnung gedacht war –, das »Vucking HELL« hieß.

Als Maria die Brauerei erreichte, lag sie vom Mondlicht beschienen da. Irgendjemand hatte die Außenbeleuchtung ausgeschaltet. Schwungvoll fuhr sie auf den Hof, stellte den Motor ab und tätschelte dankbar das Lenkrad. Ganz erfüllt von ihrem harten Tagwerk sammelte Maria die Umschläge vom Beifahrersitz und ging zur Eingangstür, hinter deren Milchglas jemand eine flackernde Kerze aufgestellt hatte. Ach ja, die zündelnden Stadtkinder, erinnerte sich Maria und öffnete die Tür mit einem Lächeln im Gesicht.

»Dem Opa hat's geschmeckt, aber der schläft schon wieder!«, wurde sie im Gang von einem Jungen in breitem Berlinerisch begrüßt. Seine Mutter war wohl die amtierende deutsche Handarbeitsmeisterin: Selbst die Unterhose, die dem Jungen aus der gefilzten Hose herausragte, war feinmaschig gehäkelt.

»Das tut dem Opa bestimmt gut!«, begrüßte sie ihren kleinen Gast, wuschelte ihm die Haare und folgte ihm in die Küche. Im Kerzenschein saßen brav, wie die Hühner auf der Stange, acht Kinder auf der Eckbank und sahen strahlend von ihren Suppentellern auf, als Maria den warmen Raum betrat.

»Die Antonia hat das Huhn mit dem Beil geköpft!«

»Ja, und stell dir nur vor, das ist dann noch rumgelaufen, so etwa.« Das blasse Mädchen rutschte von der Bank, schloss die Augen und lief unter dem Gejohle der restlichen Kinder wie ein Zombie in der Küche umher. Fast wäre es noch an den heißen Herd gestoßen, auf dem nach wie vor die Hühnersuppe siedete.

»Wusstest du eigentlich, dass die Knochen von Hühnern ganz hohl sind?«, fragte ein anderes Mädchen in einem lila Kapuzenshirt.

Maria nickte lachend, schöpfte sich einen Teller voll und gesellte sich zu ihren kleinen Gästen.

»Und die haben so viel Glibberzeugs in sich drin. Puähhh!«

Ein Junge, der die Schwanzfedern des Huhns als eine Art Kopfschmuck trug, hob schnippend die Hand. »Der Marc-Anton durfte alles rausholen«, berichtete er, »dem hat das nichts ausgemacht. Und die Anna-Sophie durfte sogar das Herz in die Hand nehmen. Die Antonia hat es dann extra für uns in einer kleinen Pfanne gebraten und in kleine Stücke geschnitten. Schmeckt viel besser als Pastinaken!«

»Wo ist sie denn eigentlich, die Antonia?« Maria schaute sich suchend in der Küche um.

»Der Jean-Luca hat sich beim Zündeln die Hand verbrannt, und jetzt sind sie draußen an der Zauberquelle beim Kühlen.«

»Ja, dann. Möchte noch jemand einen Nachschlag?«

Das ließen sich die Kinder nicht zweimal fragen und streckten ihr ihre Teller entgegen.

»Ach, was war das für eine tolle Idee von der Maria, die Sicherungen herauszudrehen. Es wirkt alles so ursprünglich auf die Kleinen. Wie damals, als es noch keine Elektrizität im Dorf gab. Alles nur mit Feuer, Holz und im Kerzenschein. Einfach herrlich!«

Antonia kam aus ihrer nostalgischen Schwärmerei überhaupt nicht mehr heraus. Und diese war Gott sei Dank ansteckend, denn die Erzeuger der Kinder hatten schon das halbe Dorf nach ihren Sprösslingen abgesucht. Milde gestimmt und dankbar, dass der Nachwuchs etwas so Ursprüngliches, Erdendes hatte erleben dürfen, verabschiedeten sie sich.

Als sie fast schon aus dem Hof getreten waren, drehte sich die stämmige Penelope nochmals zu Antonia um. Mit ihrer durchdringenden Stimme schrie sie über den Hof: »Antonia, brutzelst du uns morgen noch mal Hühnerherz?«

»Aber diesmal darf ich versuchen, es zu köpfen! Ja?«, bettelte Marc-Anton, das intuitive Zusammenzucken der Eltern ignorierend.

Kurz darauf waren sie allein.

»Ich habe keine Sicherungen herausgeschraubt!«, sagte Maria verwundert.

»Na, dann wird es eben ein Stromausfall oder sonst etwas gewesen sein. Es war auf jeden Fall wundervoll mit den Kleinen. Was meinst du, darf ich wiederkommen? Ich überlege, daraus eine ganze Reihe zu machen. Und wer weiß, vielleicht schreibe ich sogar noch ein Kochbuch darüber. Was hältst du davon?«

So selbstbewusst hatte Maria Antonia noch nie erlebt. Doch sie war zu müde, um mit ihr die Begeisterung teilen zu können.

»Wann immer du möchtest, Antonia. Ich glaube, ich werde in der nächsten Zeit eh nicht viel zum Kochen kommen. Aber jetzt muss ich ins Bett, und zwar schnell. Sicherungen hin oder her. Und danke fürs Aufpassen!«

Antonia winkte ab. »Das war doch selbstverständlich. Es ist schön, dass wir dich junges Hühnchen wieder bei uns alten Schachteln haben.«

Die beiden Damen umarmten sich innig. Und in dem Moment, in dem die kleine Landfrau aus Marias Blickfeld entwich, fielen die ersten satten Schneeflocken, sanft wie Wattebäusche, vom Nachthimmel herab. Maria trat vor die Eingangstür ins Mondlicht, legte ihren Kopf in den Nacken, öffnete den Mund und versuchte, mit ihrer Zunge die ersten Flocken des Jahres einzufangen und sie zu schmecken, so wie sie es immer schon getan hatte. Sie war unendlich froh, wieder zu Hause zu sein.

12

Es den Menschen recht zu machen war ein Ding der Unmöglichkeit – vor allem, wenn es sich um das Wetter handelte. Vor zwei Tagen war es ihnen noch zu sonnig und warm gewesen, am darauffolgenden zu trüb und regnerisch, und an diesem war es ihnen zu schneereich und viel zu stürmisch. Den lang herbeigesehnten Schnee, der seit Mitternacht in Massen und vom Ostwind fast waagerecht durch das Voralpenland getrieben wurde, hätte man an Heiligabend doch lieber etwas poetischer, nämlich senkrecht von oben herabrieselnd gehabt. Es war kein Wunder, dass sich der liebe Gott bei so viel Undank seit längerem nicht mehr öffentlich auf der Erdoberfläche hatte blicken lassen.

Wenigstens geht das Licht wieder, dachte Maria, als sie wie gerädert aus ihrem traumlosen Schlaf aufwachte. Es war so hell in ihrem Jugendzimmer, dass sie sogar blinzeln musste. Mühsam rappelte sie sich auf und lehnte sich an die Holzlade am Kopfende ihres Bettes. Sie spürte jeden einzelnen Knochen und jede Muskelfaser ihres Körpers. Als ihr einfiel, woher die Schmerzen rührten, durchfuhr es sie zufrieden. Es gab doch nichts Besseres als harte, ehrliche physische Arbeit. Maria schnaufte zufrieden aus und bemerkte verwundert, dass sich ihr Atem zu kleinen weißen Wölkchen formte.

»Mist, dafür ist nun anscheinend die Heizung kaputt!«, schimpfte sie halblaut.

»Nichts ist kaputt, den Strom haben sie uns gestern Abend abgedreht. Und das am Tag vor Weihnachten. Stell dir das vor. Und dabei hab i extra aus Umweltschutzgründen vor … ja, wann war des jetzt genau? Egal, also vom billigen Atomstrom aus Frankreich zum teuren Wasserkraft-Heimatstrom gewechselt. Und so danken sie es einem dann, wenn man sich für seine Umwelt einsetzt.«

Aloisius stand mit einem Tablett im Türrahmen, auf dem sich eine dampfende Schüssel aufgewärmter Hühnersuppe vom Vortag, etwas altes Weißbrot zum Tunken und eine Tasse Instantkaffee befand. Er hatte sich sogar frisch rasiert. Ohne den Wildwuchs in seinem Gesicht sah der Braumeister bedeutend jünger und frischer aus. Einzig seinen üppigen Schnurrbart hatte er nur ein wenig gestutzt und wieder in Form gebracht. Dazu trug er ein frisches Hemd, einen fleckenfreien Janker, eine ausgebürstete wadenlange Lederhose und graue Kniebundstrümpfe. Fast hätte man meinen können, es wäre Sonntag und er müsste in die Kirche zum Mesnerdienst.

Maria starrte ihn noch immer schlaftrunken und nun auch noch fröstelnd an. Zum einen ob seines gepflegten Äußeren, das sie ewig nicht mehr an ihm gesehen hatte, das ihm aber unglaublich gut zu Gesicht stand, und zum anderen, weil er das mit dem abgestellten Strom so locker nahm. Zugleich fragte sie sich verwundert, woher dann die Helligkeit in ihrem Zimmer rührte, die nun komischerweise ins Rötliche überging. Ein kurzer Seitenblick aus dem Giebelfenster reichte aus, damit sie es sich selbst erklären konnte. Die kleinen Schneewehen, die auf dem Fensterbrett lagen, reflektierten die farblich changierende Weihnachtsbeleuchtung, die in Form von überdimensionierten Plastikschneeflocken baumelnd quer über der Bundesstraße hing.

»Den Herd und den Kachelofen hab i unten bereits angeschürt. Magst a Suppen? Die Kinder waren gestern alle ganz verrückt danach!«

Maria hätte zu gerne einladend auf die Matratze geklopft und wäre ein Stück gerückt, damit sich ihr Vater zu ihr setzen konnte, wenn ihr in diesem Moment nicht die ganze Tragweite des Stromdilemmas bewusst geworden wäre. Und es ging ihr nicht darum, dass sie nicht die heiße Dusche nehmen konnte, auf die sie sich bereits gestern beim Einschlafen gefreut hatte.

»Papa! Wie kannst du nur geschniegelt und gestriegelt in aller Seelenruhe und mit einer dampfenden Suppe vor mir stehen, wenn alle Anstrengungen der vergangenen Tage auf einen Schlag für die Katz sind!«

Aloisius hatte keine Ahnung, wovon seine Tochter so echauffiert sprach.

»Und dabei hat uns der Sixtus gestern schon die erste Rate für das Festbier angezahlt!«

Maria sprang auf und nahm die Umschläge vom Tisch, mit denen sie zornig vor der Nase ihres Vaters herumwedelte.

»Ja, wirklich, hat er das? Das ist ja ein nobler Zug von ihm.«

Aloisius wusste nicht genau, wann sein Jähzorn und sein Gereiztheit von ihm abgefallen waren, aber er trauerte ihnen nicht hinterher – keine Sekunde. Ungerührt stellte er das Tablett auf den Nachttisch und reichte seiner Tochter die Suppenschale.

»Papa, das Geld von der Gemeinde ist nicht dafür gedacht, Stromrechnungen und andere finanzielle Überraschungen zu bezahlen. Es ist zweckgebunden, verstehst du? Ich wollte damit heute noch Hopfen und Korn fürs Malzen einkaufen. Und dann sind da noch das Finanzamt, die unbezahlten Rechnungen der Lieferanten und und und!«

Maria nahm ihrem Vater resigniert die Suppe ab. Wie hatte sie nur so naiv sein können! Von wegen, es ist an der Zeit, die eigene Komfortzone zu verlassen, und all der Quatsch!

Aloisius setzte sich neben seine Tochter auf das Bett und umfasste tröstend ihre linke Hand. »Aber geh, jetzt iss doch erst einmal, Kind. Es hat sich im Leben bisher noch alles irgendwann einmal zum Guten gefügt.« Es waren nicht seine Worte, sondern die seiner Frau Magdalena gewesen, wenn sie ihre Kinder zu trösten versucht hatte, derer er sich nun bediente.

»Ich will jetzt nichts essen, Papa! Brauen müssen wir, wenn es noch etwas werden soll mit uns, dem Erhalt der Brauerei, dem Brauchtumsfest und dem Ganzen hier. Und ohne Strom wird das wohl kaum gehen! Willst du denn nun endlich einmal den Ernst der Lage verstehen?«

Aloisius' erleichtertes Lachen wäre sicherlich noch bis im Pfarrheim zu hören gewesen, wenn es draußen nicht so stark geschneit hätte. Maria wusste nicht, ob dies eine neue fatalistische Art ihres Vaters war oder ob ihm der Alkoholentzug doch so zusetzte. Als er sich mit der Serviette die Tränen aus den Augen gewischt hatte, küsste er Maria auf die Stirn.

»Ihr jungen Menschen von heute! Ihr glaubt wohl, dass die Zivilisation erst mit der Mondlandung und dem Farbfernsehen so richtig in Gang gekommen ist. Maria, denkst du ernsthaft, dass wir einen Strom zum Brauen brauchen? Nein! Ganz im Gegenteil. Das ist die ›Erhellung‹! Die braucht ein gutes Quellwasser, einen sonnengereiften Hopfen, ein gescheites Getreide, ein gutgetrocknetes Brennholz für das Darren und Anheizen der Maische sowie der Sudpfanne, etwas Hefe, Schnee aus dem Eiskeller zur Kühlung und Lagerung und viel Hingabe. Das ist alles! Zumindest fast.« Er war aufgestanden und schritt stolz im Zimmer auf und ab.

»Keinen Strom?!«

»Keine einzige Kilowattstunde, und das schon seit über dreihundert Jahren. Und jetzt, bitte, iss endlich deine Suppe, bevor sie noch ganz kalt wird. In der Zwischenzeit leg ich die Schneeketten am Laster an, damit du mir sicher nach München und vor allem wieder zurückkommst.«

»Bitte wohin, Papa?«

»I weiß, die Großstadt hat mir auch immer ein bisschen Angst gemacht. Aber es nutzt alles nichts, wenn wir brauen wollen, dann machen wir es richtig. Du musst nach München zum Heindel Siegfried, Hopfen und Getreide holen. Aber lass dir von ihm bloß nicht diese neumodischen Pellets andrehen oder dich anderweitig übers Ohr hauen. Er ist ein ganz Gerissener, einer der Letzten seiner Art. Und nimm nur die vollen gold-grünlichen Hersbrucker-Spät-Hopfendolden, und etwas vom Saphir-Hopfen. Und ja nicht die knisternden trockenen, sondern die mit genügend Feuchtigkeit. Und mit dem Getreide, da folgst du am besten deiner Nase. I hab immer ungefähr drei Teile Gerste und einen Teil Dinkel genommen, das variiert je nach Erntequalität. Aber die Erinnerung an einen Geruch oder an einen Geschmack verliert man sein Leben lang nicht. Wenn du ihn riechst, wirst du ihn schon wiedererkennen. Von dem Getreide brauchen wir gehörig. Mindestens fünfhundert Kilogramm.«

»Begleitest du mich etwa nicht?«

Sorgenvoll schaute der Braumeister auf das nun fast komplett zugeschneite Fenster.

»Nein. Das geht nicht. So, wie es den Schnee herschmeißt, so wird er bald auch wieder vom Regen genommen werden. Da bin i mir sicher. Und bis dahin sollte ich den Eiskeller mit der weißen Pracht gefüllt haben. Außerdem gefällt dem Heindel Siegfried ein gestandenes Frauenzimmer besser als ein abgehalfterter Brauer, wie i einer bin.«

Aloisius zwinkerte seiner Tochter zu und verließ ihr Zimmer.

Als Maria zitternd aus der Dusche in ihr Zimmer zurückkam, stand sie unschlüssig vor ihrem Koffer. Sie konnte nichts dem Anlass Entsprechendes und vor allem Wärmendes in ihm finden. Nur mit einem Handtuch umwickelt, tapste sie ungeduldig mit ihren nackten

Füßen auf und ab und überlegte, was sie ansonsten anziehen könnte. Dann fiel es ihr ein. Dass es noch an Ort und Stelle hängen würde, da war sich Maria sicher. Denn welche Frau würde so etwas freiwillig tragen, vor allem unter der Sonne Italiens?

Maria war verwundert, dass im Schlafzimmer ihrer Eltern alles so geblieben war, wie sie es in Erinnerung hatte, selbst nach zwanzig Jahren. Fast hätte man meinen können, hier wäre wirklich die Zeit stehengeblieben. Die Betten waren ausgeschüttelt und frisch gemacht, es befand sich kein Staubkorn auf dem Mobiliar, der Lüster war spinnwebenfrei, und es duftete nach den Lavendelsäckchen, die die Landfrauen immer auf dem Adventsmarkt verkauften. Es sah fast so aus, als würde ihr Vater täglich mit der Rückkehr seiner Frau rechnen.

Vorsichtig öffnete Maria den Kleiderschrank ihrer Mutter. Er beherbergte noch alles, was in irgendeiner Weise mit Tracht zu tun hatte. Alles Mondäne hingegen fehlte. In der hintersten Ecke wurde Maria dann fündig. Sie musste in sich hineinkichern, als sie das grüne Lodenensemble von der Stange nahm und auf dem Bett ausbreitete. Ihr Vater hatte es seiner Frau damals zu Weihnachten geschenkt, im Glauben daran, dass dieses ihren Ansprüchen an eine neue Wintergarderobe genügen würde. Aloisius hatte sich extra von der Josefa beraten lassen, war dann nach München zum empfohlenen Modehaus gereist, musste das Doppelte des Budgetierten berappen und war trotzdem glücklich nach Hause zurückgekehrt. Alles war an Heiligabend gutgegangen, bis zu dem Punkt, als Magdalena das Präsent unter dem Baum geöffnet und der Harmonie wegen auch anprobiert hatte. Das Outfit lag irgendwo zwischen Liselotte Pulver in »Das Wirtshaus im Spessart« und Anita Gutwell in »Der Wilderer vom Silberwald«. Dem Aloisius hatte das Ensemble schon sehr an seiner Magdalena gefallen. Aber über Geschmack ließ sich streiten, wie sich dann herausstellte.

Als Maria in der Kleidung ihrer Mutter die Treppe hinunterkam, verschlug es Aloisius fast die Sprache. Er nahm sie an der Hand, ließ sie in dem bodenlangen, hinten bis zum Gesäß geschlitzten dunkelgrünen Lodenmantel eine Drehung beschreiben und setzte ihr dann den farblich korrespondierenden Jägerhut mit der langen, neckischen weißen Feder etwas schräg auf den Kopf. Ja, so konnte er sie nach München und vor allem zum Heindel Siegfried ziehen lassen. Stolzer hätte selbst ein Brautvater nicht sein können.

Als ob er sie zum Altar führen würde, begleitete Aloisius Maria durch den Schneesturm zum Laster, half ihr beim Einsteigen und drückte schnell die Tür des Wagens zu, bevor es innen noch genauso weiß wurde wie draußen. Aloisius stand noch lange Spalier, nachdem Maria den Hof bereits verlassen hatte, dann löste er sich aus seiner Habtachtstellung und ging zurück zum Haus, um Pongo endlich dazu zu bewegen, zumindest für eine kleine Runde den Hof zu verlassen. Der konnte sich sein Geschäft schließlich trotz der Angst, die er vor der nassen weißen Masse hatte, die da vom Himmel stürzte, nicht auf ewig verkneifen. Und dann würde Aloisius damit beginnen, den Eiskeller mit Schnee zu füllen.

Trotz oder gerade wegen ihrer grotesken Verkleidung kam sich Maria wie ein weiblicher Robin Hood vor, der ausgezogen war, um etwas Illegales, aber im weiteren Sinne doch Positives, moralisch Gutes zu tun. Doch das einzig Illegale war, einen Wagen zu steuern, dessen TÜV bereits seit fünf Jahren abgelaufen war und der keinen Versicherungsschutz mehr besaß. Maria nahm gerade konzentriert die Vuckinger Steige in Angriff, als ihr Telefon klingelte. Ohne den Blick von der schneeverwehten Straße zu nehmen, pfriemelte sie das Handy aus ihrer Rocktasche und führte es zum Ohr.

»Ja, Gschwend hier!«, meldete sie sich unbewusst mit ihrem Mädchennamen. Sie bekam aber nur ein Knarzen, Klacken und Geraschel zu hören, als ob sich das Telefon in der Hosentasche des Anrufers befände. Maria legte ihre Stirn in Falten, klemmte sich den Apparat zwischen Schulter und Ohr und schaltete herunter. Dann vernahm sie so etwas wie Wasser, das sanft an etwas Hölzernes heranschlug. Im Hintergrund begann jemand, wunderschön schwülstig »Volare, cantare« anzustimmen. Fast hätte Maria mitgesungen, wenn sich unter die lieblichen italienischen Töne nicht das durchdringende Gegacker von Jans Sekretärin, Frau Holbein, gemischt hätte.

Verdutzt nahm Maria nun doch den Blick von der Straße und schaute auf das Display, das den Namen des Anrufers zeigte: Jan, ihr Mann, der offensichtlich den Reisegutschein auf dem Küchentisch gefunden hatte und nun mit dieser dummen Pute Frau Holbein romantisch in einer Gondel auf dem Canal Grande herumfuhr statt mit ihr.

Als Maria zornig ihren Blick hob, hätte sie beinahe einen der beiden Polizeibeamten umgefahren, der neben der Fahrbahn stand und frenetisch mit seiner Kelle herumfuchtelte.

Sie brachte den schweren Bierlaster erst einhundert Meter weiter schlingernd zum Stehen. Fast hätte sie ihn dabei noch schräg auf die Fahrbahn gestellt. Wütend sah sie in den Seitenspiegel und beobachtete, wie sich der Beamte ihr näherte. Kurz bevor er sie erreicht hatte, kurbelte Maria das Fenster herunter, verabschiedete ihren Mann, der ihr eh nicht zuhörte, mit den Worten »Du Sauhund«, legte das Telefon beiseite und schaute dem jungen Beamten, der sich irrtümlich durch diesen Kraftausdruck angesprochen fühlte, direkt in die Augen. Es war eigentlich nicht Marias Art, aber ab und zu brauchte man einfach jemanden, an dem man sich abreagieren konnte – auch wenn er nur zufällig vorbeigekommen war.

»Als ob es nicht reichen würde«, legte sie los, »dass ich mich bei einem solchen Schneetreiben während des Fahrens am Telefon mit meinem untreuen Mann auseinandersetzen muss. Nein, dann musst auch noch du so dumm auf der Straße rumstehen und mich beinahe um mein wichtigstes Betriebsmittel bringen. Und damit du es gleich weißt, der Führerschein und die Wagenpapiere liegen bei meinem Vater in der Brauerei. Den kennst du wahrscheinlich eh, den Aloisius. So, und nun schleich dich, oder denkst du etwa, dass ich heut an Heiligabend nichts Wichtigeres zu tun habe?«

Maria legte krachend den ersten Gang ein, ließ den Motor aufheulen und die Kupplung kommen. Der junge Beamte hatte bereits viele Rollenspiele durchlebt und später mit seinen Lehrern analysiert, aber auf so etwas waren sie in München auf der Polizeischule nicht vorbereitet worden. Er klopfte sich den Schnee von der Uniform und ging frustriert zu seinem Kollegen zurück.

»Und, wie war es mit dem Aloisius?«

»Es war seine Tochter! Frag nicht, wieso, aber sie steckte in einem dieser alten Jägerkostüme. Und ob du es mir glaubst oder nicht, die ist noch viel resoluter und zorniger als er.«

Zur gleichen Zeit fiel der Schnee in Ried immer dichter. Aloisius stellte die Schneeschaufel beiseite, pustete sich in seine kalten Finger und begriff, dass er es unmöglich allein schaffen würde, den Eiskeller zu befüllen. Er verfluchte sich dafür, seine treuen Gehilfen Isidor, Klemens und Magnus so übereilt vom Hof gescheucht zu haben. Er hätte ihre Hilfe bitter nötig gehabt, nicht nur beim Schneeschippen, sondern auch noch später, bei dem gesamten Brauvorgang. Aber was sollte man machen? Schließlich hatte jeder in seinem Leben einmal einen schlechten Moment, in dem er alles unreflektiert über Bord warf, was er für Ballast hielt. Doch jetzt war es an der Zeit, sich zu entschuldigen und sie zu bitten zurückzukehren. Und welcher Tag war dafür besser geeignet als Weihnachten?

Aloisius klopfte sich die Schuhe ab, ging ins Haus, legte im Kachelofen Holz nach, steckte sechs Flaschen »Erhellung« als Wiedergutmachung in seinen alten Hanfrucksack und zog Pongo vom Kanapee, der vor dem Schnee zwar keine Angst mehr, aber jegliches Interesse daran verloren hatte.

»Es ist ja nur für kurz«, sprach er beruhigend auf ihn ein, und gemeinsam wagten sie sich in die Unwirtlichkeit hinaus, um die drei Gehilfen suchen zu gehen. Irgendwo in Ried mussten sie ja Unterschlupf gefunden haben.

Nein, selbst Aloisius hatte so ein Wetter noch nie erlebt. Es war, als ob eine lebende weiße Wand einen langsam, aber stetig zu verschlucken versuchte. Die eine Hand auf den Filzhut gelegt, die andere fest um den Kragen geschlungen, stapfte er mit Pongo durch die kniehohen Schneewechten in Richtung der Metzgerei Fahrenschon. Wo sonst sollte man am Morgen des Heiligen Abends zumindest eine der Landfrauen antreffen können, die einem sicherlich Auskunft über den Verbleib der drei geben konnte? Aber in der endlosen Warteschlange im mintgrün gekachelten Verkaufsraum der Metzgerei standen nur deren Männer, stirnrunzelnd in ihre eng beschriebenen Erledigungslisten vertieft, da sich ihre Frauen bei so einem Sauwetter verständlicherweise nicht die Feiertagsfrisuren ruinieren wollten.

»Ich würde es an deiner Stelle in der Riedhornhalle versuchen«, sagte der Metzgermeister. »Ich glaube, die Margarethe hat einmal so etwas erwähnt. Aber sicher bin ich mir nicht. Mag dein Hund eine Wurst?«

Die mochte er. Aloisius dankte mit einem Nicken und verließ das Ladengeschäft. Vor der Turnhalle wurde Aloisius von drei Senegalesen in Empfang genommen, die freudiger nicht hätten schauen können. Warm in ihre Spendenkleidung eingemummelt, deuteten sie mit ihren langgliedrigen Fingern gestenreich in den Himmel, tänzelten dabei in den ihnen viel zu großen Thermohosen umher und taten gerade so, als ob sie höchstpersönlich die weiße Pracht hergezaubert hätten. Erst da erkannte Aloisius einen von ihnen. Es war der Mann, den er vor zwei Tagen am Riedhorn mit dem Gevatter Tod verwechselt hatte. Und die beiden anderen, die ihn gerade umtanzten, waren seine Regentanz-Assistenten gewesen. Aloisius lächelte breit zurück, hob den Kopf und deutete auch hinauf.

»Ihr wart das also! Ist aber ein bisschen viel geworden, oder?«

»Ja! Aber man muss immer mit dem zufrieden sein, was man bekommt!«, antwortete ihm der Größte der drei in akkuratem Hochdeutsch. Auf dem Kopf trug er Isidors alte Mütze, auf der »Mehr als ein Allgäuer kann der Mensch nicht werden« stand.

»Brauchst du auch Hilfe beim Schneeräumen? Aber bitte keine Kekse und Stollen mehr als Bezahlung, von denen haben wir schon mehr als genug.« Josefa pustete beiläufig die Schneeflocken von ihrem Klemmbrett und schaute dann auf. Sie musste erst dreimal blinzeln, um wirklich sicher zu sein, dass es sich tatsächlich um den Braumeister handelte, der da so gepflegt vor ihr stand.

»Ja, schon, aber eigentlich suche ich dafür den Isidor, den Klemens und den Magnus. Sag, wohnen die jetzt hier bei euch?«

»Weißt du das gar nicht? Die sind doch nach München!«

»Nach München?! Ja, was wollen die denn um Himmels willen in München?«

Josefa überlegte einen Moment, bevor sie antwortete. Wenn die drei Tunichtgute bisher noch nicht mit dem Eusebius aufgetaucht waren, mochte es vielleicht daran liegen, dass es ihnen in der Landeshauptstadt ganz gut gefiel. Was auch nicht weiter verwunderlich war, denn wenn man ehrlich war, war der Aloisius nicht gerade zimperlich mit ihnen umgegangen.

»Ich glaube, es war für sie an der Zeit, sich von dem Ganzen hier einmal abzunabeln. Eine Art unbelasteter Neuanfang, verstehst du?«

Aloisius verstand durchaus, was ihm Josefa da durch die Blume verständlich zu machen versuchte. Sie waren schließlich nicht die Ersten, die Reißaus vor ihm genommen hatten. Er zuckte entschuldigend mit den Schultern und wandte sich zerknirscht zum Gehen, als eine Hand derart auf Aloisius' Rucksack knallte, dass sogar die Flaschen darin nur so aneinanderklirrten.

»Wir werden dir helfen!« Es war der schmalste der drei Senegalesen, der ihn mit seinen leuchtend weißen Zähnen direkt aus seinem Herzen heraus anlachte.

»Aber mit Bier entlohnst du sie nicht! Haben wir uns da verstanden!«, rief ihnen die Josefa hinterher, als sie schon fast im Schneetreiben verschwunden waren.

»Mit was denn sonst? Etwas anderes hab i ja nicht, und davon auch nur noch eine Kiste«, murmelte Aloisius in sich hinein. Weder der große Amadou noch der kleinere Oumar und schon gar nicht der schmächtige Joseph machten den Anschein, als ob sie etwas gegen diese Art von Entlohnung einzuwenden hätten.

Die drei Westafrikaner hatten mit einem Stück Bürgersteig gerechnet, das zu räumen gewesen wäre, mit einer längeren Einfahrt oder vielleicht sogar einem größeren Privatparkplatz, aber nicht mit einem kompletten zugeschneiten Brauereihof und dessen Zugangswegen zu den Nebengebäuden. Es sah definitiv nach einer längeren Arbeit aus. Aber wer zu Fuß durch halb Afrika gegangen war, das Mittelmeer in einem windigen Boot überquert hatte und sich dann durch Griechenland über die Balkanroute bis nach Deutschland durchgeschlagen hatte, der würde so etwas mit Leichtigkeit hinbekommen. Vor allem, wenn der Hausherr mit gutem Beispiel voranging.

Amadou klatschte in die Hände, nahm die Schneehexe auf und intonierte ein Lied aus ihrer alten Heimat, in das seine beiden Landsleute grinsend mit einstimmten.

Warum sie den Schnee jedoch nicht zu Bergen auftürmen, sondern in eine Höhle bringen und ihn dort zusammenstampfen sollten, war ihnen ein Rätsel. Aber sie hatten in der Riedhornhalle bisher genug seltsamen Brauchtumsveranstaltungen beiwohnen dürfen, dass sie sich darüber nicht weiter den Kopf zerbrachen.

Maria war die Einzige, die dem Verkehrschaos, das in München herrschte, mit ihren Schneeketten gewachsen war. Fluchend fuhr sie in Schlangenlinien an den SUVs vorbei, in denen stark geschminkte Frauen hilflos hinter dem Steuer neben ihren Weihnachtseinkaufstüten saßen und aufgelöst in ihre Mobiltelefone sprachen.

Es hatte keinen Sinn, sich an den schneeverwehten Straßenschildern zu orientieren. Stattdessen hielt sie sich, so gut es eben ging, in Richtung Osten, bis sie in

Sendling endlich auf die Isar traf. Sie folgte dem Fluss, wie ihr Vater es gesagt hatte, in Richtung Norden, bis sie an der Museumsinsel vorbeikam. Dann war es nicht mehr allzu weit. Auf Höhe der Praterinsel hielt sie sich links in Richtung Innenstadt, um sogleich wieder nach rechts, in das Lehel-Viertel abzubiegen. Maria musste zweimal um den Block fahren, um die alte Einfahrt, die in einen mit Backsteinziegeln gemauerten Innenhof führte, zu finden.

Dankbar, zumindest diesen Teil der Reise heil überstanden zu haben, stellte sie den Motor, der vor Anstrengung noch zwei Fehlzündungen abgab, ab und hoffte inständig, dass sie den Heindel Siegfried noch in seinem Brauereibedarfskontor antreffen würde. Es war bereits weit nach Mittag.

Vorsichtig, damit sie mit ihren schweren Lederstiefeln nicht auf der alten gusseisernen Treppe ausrutschte, erklomm Maria die Stufen. Bereits im überdachten Eingangsbereich mischten sich die ersten Aromen unter den Geruch des Schnees, und sie verstärkten sich mit jedem Meter, den sie auf die kunstvoll herausgearbeitete Doppelholztür aus der Gründerzeit zuging. Maria legte ihren nassen Lederhandschuh auf den ovalen Messingknauf, gab ein kurzes Stoßgebet Richtung Himmel ab und drückte gegen die Tür. Gott sei Dank ließ sie sich öffnen. Erleichtert trat Maria in den düsteren Verkaufs- und Lagerraum ein und wurde sogleich von etwas Hartem am Kopf getroffen, dessen Aufprall ihr Filzhut jedoch abfederte.

»Dass du dich überhaupt noch hierhertraust mit deinem rostigen Oldtimer, du Lump!«, schimpfte eine tiefe Bassstimme aus der Tiefe des Raumes heraus. »Na warte, dir werde ich's gleich zeigen!«

Intuitiv nahm Maria Deckung. Gebückt lief sie um eine Charge Weizen herum und linste um die Ecke. Als sich ihre Augen an die Dunkelheit gewöhnt hatten, konnte sie ihren Widersacher erkennen. Sogleich war sie milder gestimmt. Sie zog ein weißes Spitzeneinstecktuch aus der Innentasche ihres Lodenjacketts, hielt es hoch in die von Staubpartikeln durchsetzte Luft und kam aus ihrer Deckung heraus. Marias Gegenüber fuhr ihr mühsam im Rollstuhl über den alten aufgesprungenen Kontorboden entgegen und schaute nicht minder überrascht.

»Jetzt schickt der Aloisius schon junge Mädchen her, die kaum älter sein können als seine Enkelkinder! Sitzt er noch im Wagen und traut sich nicht herein? Wundern würde es mich nicht bei den Außenständen, die er noch hat.« Geschickt ließ Siegfried Heindel die zweite Holzkugel im Ärmel seiner ausgeleierten Strickjacke verschwinden. »Es gibt da ein paar Rotzlöffel in der Nachbarschaft, die mich gerne ärgern«, entschuldigte er sich. »Und wen genau habe ich da leichtsinnigerweise beinahe erschlagen?«

Maria wusste auch nicht, wieso, aber sie machte einen kleinen Knicks, bevor sie antwortete.

»Seine Tochter, Maria. Und nein, mein Vater sitzt nicht im Wagen.«

»Selber herzukommen traut er sich nicht, aber brauen will er, stimmt's? Ansonsten hätte er dich sicherlich nicht in diesem Robin-Hood-Kostüm zu mir geschickt. Doch eines kann ich dir versichern, ich habe nichts zu verschenken, auch nicht an die Armen und schon gar nicht an Weihnachten. Und bevor die alten Rechnungen nicht beglichen sind, gibt es auch keine neue Ware! Verstanden?!«

Maria stemmte ihren Fuß auf ein Holzfass, das vor ihr stand, und beugte sich zu Siegfried vor.

»Er wäre schon selbst hergefahren, wenn er Zeit gehabt hätte. Aber der Schnee ist gekommen, der Eiskeller ist zu befüllen und das Holz herzurichten!« Schwungvoll schmiss Maria dem Heindel Siegfried einen Umschlag mit Bargeld auf den Schoß und richtete sich stolz wieder auf.

Siegfried schob seine Lesebrille von der Stirn auf die Nase und durchblätterte grob den Inhalt des Kuverts, das darauf, ebenso wie die Holzkugel zuvor, im Ärmel der Strickjacke verschwand.

»Das ist ja wohl eher eine Anzahlung.«

»Den Rest bekommst du, wenn ich die Rechnungskopien in der Hand halte. Ich muss in spätestens einer halben Stunde wieder los. Also, wie schaut es aus?«

Nicht, dass der Heindel Siegfried krank war, aber er hatte sich dermaßen verschluckt, dass es seine Zeit dauerte, bis er mit dem Husten aufhörte.

»Du bist wirklich seine Tochter. Und dabei dachte ich, er wäre der Letzte seiner Art. Gut, schau dich in der Zwischenzeit schon einmal um, und suche dir raus, was du benötigst. Dann reden wir weiter. Aber glaube nicht, dass ich dir später beim Aufladen helfen werde.« Siegfried drehte sich mit seinem Rollstuhl schwerfällig um und kehrte in den Teil der Lagerhalle zurück, in dem Maria sein Büro vermutete.

Maria ging nicht davon aus, dass der Heindel Siegfried irgendetwas Minderwertiges in seinem Bestand hatte, weiß Gott nicht, aber den richtigen Hopfen für die »Erhellung« herauszusuchen, war im schummerigen Licht des Lagers keine einfache Angelegenheit. Und Maria wollte sich nicht die Blöße geben und nachfragen.

Sie erinnerte sich an die Ratschläge, die ihr Vater ihr mit auf den Weg gegeben hatte. Nicht zu trocken sollte er sein, elastisch, von goldgrüner Färbung sowie voll in der Dolde, würzig-bitter und blumig im Geschmack. Leider hatte sie den Namen der Sorte vergessen. Unsicher öffnete sie zwei Säcke, um die Dolden miteinander vergleichen zu können. Aber es verhielt sich für Maria so, als ob sie zwei identische Gläser Leitungswasser voneinander unterscheiden sollte. Hatte ihr Vater nicht etwas von Geschmack und Gerüchen gesagt, die man sein Lebtag nicht vergessen würde?

Vorsichtshalber schaute sich Maria um, dann schnupperte sie zuerst an der einen und dann an der anderen Dolde. Als sie das nicht wirklich weiterbrachte, nahm sie zaghaft eine in den Mund, kaute auf der Blüte herum und versuchte, sich vorzustellen, was die Dolde an ihren Bitter- und Gerbstoffen sowie ätherischen Ölen in der Sudpfanne wohl abgeben würde. Die Erste war es auf jeden Fall nicht, die Zweite auch nicht und nach der Dritten hätte Maria gerne ein Glas Wasser gehabt. Aber zumindest lag genügend Schnee draußen. Sie öffnete eines der hohen, in unzählige Quadrate unterteilten Fenster, schaufelte sich eine Handvoll Schnee in den Mund und drehte sich kauend um. Wie aus dem Nichts herbeigerollt, stand auf einmal der Heindel Siegfried hinter ihr und schaute sie verwundert an.

»Sag, Mädchen, was treibst du denn da?«

Dann begriff er, dass sie absolut keine Ahnung davon hatte, was sie eigentlich einkaufen sollte. Aber entzückend sah sie dabei aus in ihrem Ensemble, befand er. Er wedelte ihr mit den Rechnungskopien zu und legte sie auf einen der geöffneten Hopfensäcke.

»Der Aloisius wollte immer den Hersbrucker-Spät-Hopfen und etwas vom bitteren Saphir, aber bloß nicht als Pellets, und die Demeter-Gerste findest du hinten links. Der Dinkel ist heuer besonders gut gediehen, davon würde ich ein wenig mehr als einen Teil nehmen. Aber du kannst gerne auch die Körner zuvor noch zerkauen, wenn du möchtest.« Ohne eine Miene zu verziehen, hielt er die Hand auf und forderte den zweiten Umschlag ein.

Maria kam sich unglaublich dämlich vor. Sie schluckte die Schnee-Hopfen-Mischung herunter, als ob es das Natürlichste auf der Welt wäre, aber bevor sie Siegfried den Umschlag aushändigte, ließ sie sich von ihm zur angepriesenen Ware führen.

Sie grub eine Hopfendolde aus der Mitte des Sacks heraus, zerrieb sie sanft und roch daran. Tatsächlich. Die Aromen, die sich postwendend in ihrer Nase entfalteten, erinnerten sie an den Geruch, den der Dampf mit sich geführt hatte, wenn ihr Vater am geöffneten Braukessel zugange gewesen war. Da sie die Tricks der Verkäufer vom Wochenmarkt her kannte, zog sie die hintersten zwei Säcke hervor und verfuhr mit dem Getreide in gleicher Form.

»Du bist wirklich seine Tochter!

»Ich hoffe, wir sind nun quitt.« Maria übergab Siegfried den Umschlag und begann, ihre Ware mühsam mit der Sackkarre auf die Laderampe zu wuchten. Als sie damit fertig war, befreite sie den Laster zuerst von den Schneemassen, setzte ihn dann zurück und lud fluchend auf. Zum Schluss zurrte Maria vollkommen verschwitzt die Plane fest und musste dabei unwillkürlich an die Elbchausseefrauen denken, die sicherlich bei ihrem vorweihnachtlichen Traditionstee mit Blick auf die Elbe beieinandersaßen und sich ihre Münder über sie, ihren Mann und seine Sekretärin zerrissen. Maria lachte erbost auf und trat gegen einen der Hinterreifen. Auch wenn sie sich in diesem Moment unendlich ausgenutzt, verraten und gedemütigt vorkam, so entsprach das, was sie gerade tat, eher ihrer Vorstellung von einem erfüllten Leben.

»Sag, Maria, wirst du sie einmal übernehmen, die Brauerei?«

Über ihr auf der Rampe, mitten im Schneetreiben, stand Siegfried in seinem Rollstuhl und schaute neugierig zu ihr herunter.

»Es wird mir nichts anderes übrigbleiben.« Es war das erste Mal, dass sich so etwas wie ein Lächeln auf ihrem Gesicht zeigte. »Und wer wird einmal dein Kontor führen, wenn es für dich nicht mehr weitergeht? Deine Kinder?«

Siegfried winkte verächtlich ab. »Nein, sicherlich nicht. Die habe ich schon vor Jahren, nach meinem Unfall, mit meinem Selbstmitleid vom Hof gejagt. Es kommen allerdings immer mehr junge Männer vorbei, mit den aberwitzigsten Bärten und Frisuren, die sich ernsthaft für das Brauereiwesen zu interessieren scheinen. Vielleicht ist da ja einer mit dabei, wenn es so weit ist.«

»Ja, vielleicht. Aber manchmal kehren die Kinder auch unverhofft wieder zurück.«

Maria tippte sich zum Abschied an die Krempe, bestieg den Laster fast so schwungvoll wie ein Cowboy sein Pferd und fuhr hupend vom Hof. Fast hätte sie dabei an der Ausfahrt zwei Kinder überrollt, die sich hinter einer Schneewehe auf die Lauer gelegt hatten. Sie sahen nicht überrascht, sondern eher ertappt aus, als Maria das Fenster herunterkurbelte.

»Seid ihr etwa die Rotznasen, die meinen, den Heindel Siegfried drangsalieren zu müssen?«

Der erschrockene Blick des Dickeren sagte Maria alles.

»Wenn ich noch einmal etwas davon hören sollte, bremse ich das nächste Mal nicht! Haben wir uns verstanden?«

Das hatten sie.

Die Rückfahrt glich einem nicht enden wollenden Blindflug. Konzentriert, mit weit geöffneten Augen, versuchte Maria, im Schneesturm die Spur zu halten, indem sie sich an den erhöhten Leitpfosten des Straßenrandes orientierte. Intuitiv hatte sie darauf verzichtet, die Autobahn für ihren Heimweg zu nehmen, was ihr Glück war. Denn ansonsten hätte sie, wie viele andere Reisende an diesem Tag, den Heiligen Abend mit den Einsatzkräften des Technischen Hilfswerks, heißem Tee und kratzigen Wolldecken verbringen dürfen. Mehrmals musste Maria anhalten, um die Windschutzscheibe von dem Schnee zu befreien, den die alten quietschenden Scheibenwischer zu immer größeren Bergen dort aufgetürmt hatten.

Sie hatte es selbst eigentlich auch nicht mehr für möglich gehalten, doch fünf Stunden später schlitterte sie unter Kirchengeläut, das dumpf durch das Schneetreiben zu ihr in die Fahrerkabine drang, mit letzter Kraft und dem letzten Tropfen Diesel in den geräumten Hof hinein. Dort stand ihr Vater mit drei eingemummelten Gestalten, die im Scheinwerferlicht mit ihren silbrig funkelnden Schneeschaufeln eine Art Spalier bildeten und siegessicher ihre Arme zum Gruß in die Luft reckten. Selten war Maria so glücklich gewesen, wieder heil nach Hause gekommen zu sein. Und sie freute sich, dass endlich – woher auch immer – Isidor, Klemens und Magnus wieder aufgetaucht waren, um ihnen unter die Arme zu greifen. Aber zugleich hatte sie auch die Befürchtung, dass es nun mit der Trinkerei ihres Vaters wieder losgehen könnte.

Für großartige Begrüßungsrituale blieb keine Zeit. Aloisius wusste, dass Eile geboten war, wenn er den Brauplan halten wollte. Das Korn musste schleunigst vom Laster zur Malzvorbereitung in die Weichgefäße gebracht werden, damit es dort für das spätere Keimen genug Wasser aufnehmen konnte, und dann galt es, dem Ruf der Kirchenglocken zu folgen und an der Christmette teilzunehmen. Nicht dass der Aloisius gläubig gewesen wäre, aber es war Tradition. Und für den Fall, dass der Jesus wirklich neben seinem Vater im Himmel saß, war es bestimmt auch nicht von Nachteil, zumindest einmal im Jahr an seinem Geburtstag in der Kirche vorbeizuschauen. Und so machten sich die vier Männer sogleich an der Ladefläche des Lasters zu schaffen und trugen wortlos die Säcke in die Brauerei hinein.

Maria, die unter den dicken Pudelmützen und bis zum Kragen zugeknöpften Jacken eigentlich die drei Brüder erwartet hatte, staunte nicht schlecht, als sich die Senegalesen im Eingang der vollbesetzten Kirche ihrer Kopfbedeckung entledigten. Sie reichten ihr höflich die Hand und stellten sich ihr als Amadou, Oumar und Joseph vor.

»Angenehm, Maria!«, antwortete sie, nach wie vor perplex darüber, woher ihr Vater so schnell einen Ersatz für die drei Tunichtgute herbekommen hatte.

Josephs Augen weiteten sich vor Freude, als er den Namen seiner neuen Juniorchefin vernahm. Begeistert klatschte er in die Hände, was ihm ungefähr einhundertzehn böse Blicke und dreizehn »Pssssst!!!« einbrachte. Unbeeindruckt von der Zurechtweisung deutete er lachend auf den kleinen Hader Kilian, der nervös im Josefskostüm neben dem Beichtstuhl und der kleinen Haas Veronika stand, die, adrett für das Krippenspiel hergerichtet und mit ihrer nackten Puppe auf dem Arm, in ihrem Mariakostüm steckte.

Unter weiteren bösen Blicken quetschte sich das ungleiche Quintett gemeinsam auf die hinterste Bank. Es war schwer zu sagen, ob es die Schwaden des Weihrauchs waren, die das Kirchenschiff schwängerten, oder die Anstrengungen des Tages, die allen fünf bereits nach einer Minute die Augenlider herunterzogen, als ob sie ohnmächtig geworden wären. Vielleicht war es auch eine Kombination aus beidem. Auf jeden Fall schliefen sie, aneinandergelehnt, den tiefen Schlaf der Gerechten.

Erst als Maria vom cholerisch veranlagten Pfarrer persönlich derartig gerüttelt wurde, dass sie beinahe von der blankpolierten Bank heruntergefallen wäre, öffnete sie wieder die Augen. Vor ihr tanzten pausbäckige Engel auf Wolken umher und streckten entzückt ihre barocken Wurstfinger in Richtung einer dreieckigen strahlenden Korona, die von Tauben umflogen wurde. Nur kurz dachte sie, sie sei im Himmel.

»So eine verruchte, gottlose Unverschämtheit. Und das noch an Heiligabend. Ja, steckt denn kein Funken Scham mehr in euch Gschwends?!«, brüllte der Pfarrer sie schon fast an.

Dann vernahm sie aus dem Hintergrund das penetrante Klingeln eines Mobiltelefons, das sich auch noch als das ihre herausstellte. Peinlich berührt blickte sie sich um. Erleichtert stellte sie dabei fest, dass sie die Einzigen waren, die noch in der Kirche saßen beziehungsweise schliefen. Maria murmelte eine Entschuldigung zum Pfarrer hoch, der nach wie vor mit lilafarbenem Kopf vor ihr stand, und holte ihr Mobiltelefon heraus. Fünf Anrufe in Abwesenheit! Tomatenrot nahm sie das Gespräch entgegen.

»Mama, na endlich! Weißt du eigentlich, wie häufig ich es in den letzten beiden Stunden bei dir versucht habe?! Zu Hause und bei Papa geht auch niemand ran. Frohe Weihnachten, und wo steckt ihr denn eigentlich? Endlich auf Romantikurlaub in Vene…«

Schon häufig hatte Maria das mosambikanische Telekommunikationsnetz für seine Instabilität verflucht.

Aber diesmal war sie froh darüber, dass sie ihrer Tochter nicht an einem Abend wie diesem die Illusion nehmen musste, Teil einer intakten Familie zu sein. Maria schob das Telefon zurück in die Rocktasche und rüttelte die Männer vorsichtig wach. Dezent gähnend, nach knackendem Strecken und raschelndem Ankleiden, verließen sie, unter den strengen Blicken des Herrn Pfarrers, mit demütig gesenkten Häuptern das Gotteshaus.

Vor dem Kirchenportal blieben die Männer unschlüssig im Schneetreiben stehen.

Aloisius, weil er nicht wusste, wie er die Senegalesen fragen sollte, ob sie nicht noch Lust hatten, wieder mit ihnen in die Brauerei zu kommen. Es gab noch reichlich Hühnersuppe, und er konnte drei solch geschickte Helfer weiterhin gut gebrauchen – wobei das Thema der Bezahlung am meisten an ihm nagte. Und Amadou, Oumar und Joseph, weil sie keine Lust hatten, wieder in die Offenheit ihrer Stockbetten der Riedhornhalle zurückzukehren, und zu gerne noch etwas von dieser köstlichen Hühnersuppe gegessen hätten. Außerdem waren sie neugierig darauf, was der Aloisius mit all den Gerätschaften vorhatte, die sie heute hergerichtet hatten. Bier sollte es geben, so viel hatten sie bereits verstanden, aber irgendwie hatten sie sich diesen Prozess, vor allem in Deutschland, dem Mutterland des Bieres, ein wenig fortschrittlicher vorgestellt. Egal, es war auf jeden Fall besser, als ständig theoretisches Deutsch zu pauken, beim Telefonieren im Park schief von den Einheimischen angeschaut zu werden oder, zur Untätigkeit verdammt, die Zeit zu vergeuden, bis andere eine Entscheidung über sie gefällt hatten.

»Kommt ihr jetzt endlich? Mir ist kalt, und ich habe einen Bärenhunger. Oder wollt ihr hier Wurzeln schlagen? Außerdem müssen wir das Korn weiter wässern, die Temperatur kontrollieren und es durchmischen.«

Die Männer schauten sich grinsend an und folgten Maria in die stille weiße Nacht hinaus.

13

Es war dem Aloisius in seinem Streben als Braumeister immer um nichts Geringeres als die Perfektion gegangen. Nicht, damit er im Glanze eines DLG-prämierten Produktes erstrahlen konnte, nein, sondern um der Sache wegen. Er wollte seinen Altvorderen in nichts nachstehen, es ihnen gleichtun, dabei seine eigene Note und Signatur in das traditionelle Wirken einbringen, die »Erhellung« auf seine Art und Weise interpretieren, sie ein kleines Stück verfeinern, um sie zu etwas noch Besserem zu machen. Im Grunde genommen war er auf seinem Gebiet ein Künstler, der in seiner Arbeit keine Kompromisse einging. Und in dieser Kompromisslosigkeit lag auch der Grund, weshalb er sich mit seinem Sohn, der seinem Vater charakterlich sehr ähnlich war, außer dass er statt einer Brauerei einen Pinsel führen wollte, immer so gefetzt hatte. Aber wie sagte man so schön: Der Apfel fällt nicht weit vom Stamm. Und hätte ihn seine Magdalena einfach nur in der Brauerei seine »Erhellung« brauen lassen, ohne ihn zum ersten Gastronomen im Ort machen zu wollen, vielleicht wäre ihre gemeinsame Geschichte auf eine harmonischere Art und Weise verlaufen. War sie aber nicht.

Als Maria am Silvestermorgen erwachte, vernahm sie geschäftiges Geklapper aus der Küche, das Quietschen der sich schließenden Kachelofentür, durch die jemand Holz nachgelegt hatte, und eine gedämpfte Stille, die von draußen in ihr Jugendzimmer drang, welche nichts anderes bedeutete, als dass es nach wie vor schneien musste. Nun schon den siebten Tag in Folge.

»Die Ironie des Schicksals«, meinten die Fatalisten im Dorf dazu. »Die Geister, die man rief«, die etwas abergläubisch Veranlagten, selbstredend mit einem kritischen Seitenblick auf Josefa und ihre regentanzenden Senegalesen verbunden. »Von wegen Klimawandel«, meinten die Undifferenzierten.

Egal, wie es sich verhielt, Fakt war, dass allen, besonders den Touristen, das wilde Schneetreiben bereits nach dem zweiten Tag so ziemlich auf die Nerven ging, wenn nicht gar an die Substanz. Man hätte es nun gerne etwas sonniger gehabt, um beim Skifahren oder ausgedehnten Schneeschuhwanderungen die pittoresk umhüllte Natur zu bewundern. Mittlerweile konnte man mit dem Auto in Ried und Umgebung gar nichts mehr anfangen. Weder kam man hinein noch hinaus, und hochfahren zur Riedhornbahn konnte man schon gar nicht mehr. Und selbst wenn man es bis dorthin geschafft hätte, man wäre ob des ganzen Weiß orientierungslos gewesen. Es herrschte quasi Notstand und zugleich die ideale Witterung, um zu Hause Dinge zu erledigen, die schon lange erledigt werden sollten, die ein wenig Zeit sowie Hingabe und Konzentration erforderten. Es war auch die ideale Zeit, um die familiären Beziehungen auf den Prüfstand zu stellen, sofern sie überhaupt die Weihnachtsfeiertage überstanden hatten.

Maria schlüpfte aus dem Bett, eilte fröstelnd die Stiege hinunter und betrat die wohlig warme Küche. Auf der Eckbank, mit dem Rücken an die grünen Kacheln des Ofens gelehnt, saß ihr Vater mit halbgeschlossenen Augen. Wie ein Skiabfahrtsläufer vor dem Rennen ging er im Geiste die Herausforderungen des kommenden Brautages durch und reflektierte die Stellen, an denen es galt, besonders Obacht zu geben. Sie hatten bei jedem ihrer noch zahllosen Schritte nur einen einzigen Versuch, und der musste hundertprozentig sitzen. Ja, es war nicht minder knifflig als die berühmten Skiabfahrtsrennen in Kitzbühel, nur eben nicht ganz so lebensgefährlich.

Am Vormittag ging es zunächst um das Darren, das unter größter Vorsicht und unter Bedacht geschehen musste, bevor sie sich am Nachmittag an den eigentlichen Brauvorgang machen konnten. Das aufgekeimte Grünmalz, das die letzten Tage in den Bottichen im Keller unter ständiger Wasserzugabe und Wärmezufuhr sowie andauerndem Wenden seine Enzyme gebildet hatte, musste zum Braumalz weiterverarbeitet werden, indem man ihm das aufgesogene Wasser wieder entzog. Dies geschah im Darrturm, der an das Braugebäude wie ein kleiner Ausguck angegliedert war. Über ein altes Röhrensystem mit Regulierungsklappen wurde dabei Heißluft, die in einem Holzofen erzeugt wurde, mit einem großen Blasebalg in die zweistöckige Anlage geleitet. Im Inneren befanden sich zwei großflächige übereinanderliegende Siebe, auf denen das Darrgut verteilt wurde und wo es schonend durch die indirekte Hitze getrocknet wurde. Nur im letzten Moment des Prozesses öffnete Aloisius den Wärmekreislauf, um Fichtenholz aufzulegen und dem frisch gerösteten Malz ein leichtes Raucharoma zu verleihen. Es war der entscheidende Schritt, der den Grundcharakter der »Erhellung« festlegte. Würde Aloisius dem Malz eine zu dunkle oder zu helle Färbung geben, ihm zu viel oder zu wenig Feuchtigkeit belassen, wäre alles für die Katz beziehungsweise für die Schweine des Kämmerers Blasius Leitmeyer gewesen.

Maria schloss leise die Tür, schenkte sich selbst eine Tasse Kaffee ein und gesellte sich zu Amadou, der am Küchenofen stand und für sie auf der offenen Flamme einen Rindereintopf nach alter senegalesischer Sitte – mit Erdnüssen und Weißkohl – zubereitete. Mit einem dezenten Kopfnicken deutete er auf den in sich gekehrten Braumeister. Amadou wusste, dass heute etwas Entscheidendes anstand. Maria besah sich voller Anerkennung ihren Vater. Die verdient er auch, dachte sie beschämt, da sie diesbezüglich auch schon einmal ganz anders über ihn geurteilt hatte.

Früher hatte Maria sich immer darüber mokiert, was daran schon so besonders wäre, aus Wasser, das aus einem mit Grünspan überzogenen Rohr aus dem Berg kam, Säcken voller Getreidekörner und bitter schmeckenden Hopfendolden Bier zu brauen. Und dann noch so altmodisch und traditionell über dem offenem Feuer. Ihr Vater hatte dabei immer so getan, als ob es um Alchemie ginge und er der Zauberer von Oz sei. Hätte ihre Mutter doch einen Arzt, Rechtsanwalt oder zumindest Tierarzt geheiratet! Bier war für Maria schon immer etwas für alte Männer, imponiersüchtige Heranwachsende oder Wanderer gewesen. Ein stammtischbehaftetes, verstaubtes Getränk, das für den Zusammenhalt ihrer Familie eher kontraproduktiv als förderlich gewesen war. Daran hatte sich auch nichts geändert, als in Hamburg – nach dem Whiskey- und Zigarrenhype, der spanischen Rotweinphase und der Kaffeevollautomatenhysterie – die Menschen in ihrem Umfeld plötzlich damit begannen, Naturkorken aus Bier-, anstatt aus Champagnerflaschen zu drehen und deren Inhalt in Beer-Tasting-Gläser zu dekantieren, um Aroma-Raten zu spielen.

Aber nun verhielt sich die Sache für Maria ganz anders. Im Licht der Bodenständigkeit, in dem sie ihren Vater und seine Berufung nun sah, keimte in ihr ein derartiger Stolz auf, dass sie innerlich fast geplatzt wäre. Er hätte sein Können sicherlich für irgendeine Gewinnmaximierung, ein Expansionsvorhaben oder gar eine Marken- oder Franchisekonzeption hergeben können. Hatte er aber nicht. Nein, es war ihm einzig darum gegangen, das mit der nötigen Sorgfalt und dem nötigen Respekt fortzuführen, was ihm seine Vorfahren in die Wiege gelegt hatten. Und dies war in Marias Augen auf einmal hundertmal erstrebenswerter, als containerweise Produkte aus Billiglohnländern einzukaufen, um sie auf dem europäischen Festland gewinnbringend unter die Leute zu bringen – egal, ob die Menschen die Sachen benötigten oder nicht. Zumindest war ihr Noch-Ehemann Jan auf diesem Gebiet unangefochtener Ramschverkaufsmeister.

Der Heindel Siegfried hat recht gehabt, dachte Maria. Mein Vater ist wirklich einer der Letzten seiner Art, und ich bin seine Tochter, die sich so langsam, aber sicher ernsthaft um das Fortführen der Familientradition kümmern sollte. Doch sie befürchtete, dass das Brauen weitaus komplexer war, als Bier auszuliefern und Rechnungen wiederzubeschaffen. Nervös, ob sie dem Ganzen wirklich gewachsen war, verlagerte Maria das Gewicht von einem auf das andere Bein.

Als ob Aloisius die Gedanken seiner Tochter gehört hätte, hob er seinen Kopf und sah zuerst Amadou und dann ihr direkt in die Augen.

»Bisher war es ein Kinderspiel, zumal das Getreide die meiste Arbeit von allein gemacht hat«, sagte er. »I werd keine Zeit und vor allem auch keine Lust haben, die Dinge zweimal zu erklären. I bin der Chef, i werd laut werden, und ihr macht gefälligst das, was i euch sag, und zwar genau so, *wie* i es sag! Nicht mehr und auch nicht weniger. Dann werden wir uns bestens verstehen und um zwölf Uhr in der Nacht Feierabend machen können. Und glaubt nicht, dass es einfach werden wird. Im Gegenteil, es wird heiß, feucht und anstrengend. Der Schweiß wird euch aus allen Poren laufen, und am Ende werdet ihr nicht mehr wissen, wo genau oben und unten ist, und zu guter Letzt werdet ihr unser Tun sogar noch für ein wahres Mysterium halten. Habt ihr das verstanden?«

Endlich einmal kein ressourcenorientierter Zielerwartungsdialog, sondern eine klare Ansage. Amadou ließ keinen Zweifel an der Ernsthaftigkeit seiner Absicht. Er deckte sorgfältig den Eintopf ab, zog ihn von der Flamme, nahm eine der bodenlangen Lederschürzen, die am Haken neben der Tür hingen, und verließ die Küche in Richtung des Darrturms, in dem sich seine beiden Landsleute bereits seit dem Sonnenaufgang um das Anfeuern des Ofens gekümmert hatten. Denn wenn sie als gelernte Holzkohlemacher eines konnten, dann mit Holz und Feuer umgehen. Voller Tatendrang rutschte Aloisius aus der Eckbank heraus.

»Auf geht's!«

Maria zögerte. »Und wenn ich nun doch kein Talent haben sollte, Papa?«

Aloisius verstand nicht recht.

»Wie meinst du das jetzt?!«

Da brach es aus Maria heraus. Der ganze Mist mit dem vergeblichen Versuch, ihre Ehe zu retten, der Geschichte mit dem Liebesurlaub in Venedig und der Nebenbuhlerin. Ihrem Vorhaben, wieder Fuß in ihrem eigenen Leben zu fassen, die Familientradition aufrechtzuerhalten, Brauerin zu werden, und die Zweifel, die an ihr nagten.

Es war eigentlich nicht Aloisius' Art, so viele Tränen in so kurzer Zeit zu vergießen, aber wenn man es genau betrachtete, hatte er in dieser Hinsicht so einiges nachzuholen. Aber wer hätte auch gedacht, dass sich innerhalb der Familie doch noch jemand finden ließe, der mit ernsten Absichten in seine Fußstapfen treten wollte, und das zu seinen Lebzeiten? Natürlich würde sie es schaffen! Daran gab es für ihn keinen Zweifel. Gerührt wischte er seiner Tochter die Tränen von der Wange und umarmte sie innig.

»Mit dem Talent, da würd i mir an deiner Stelle

keine großen Sorgen machen. So was gibt es bei uns nicht. Schließlich bist du eine Gschwend«, scherzte er. »Und wenn i den Waschlappen von deinem Mann in die Hände krieg, dann gnade ihm Gott! Das geb i dir schriftlich!«

Maria zog die Nase hoch und löste sich aus der Umarmung. Gerührt betrachtete sie ihren Vater.

»Ich glaube, das ist er gar nicht wert.«

»Da hast du auch wieder recht! Und nun an die Arbeit. Aber glaub ja nicht, dass ich Rücksicht auf dich nehmen werde, ganz im Gegenteil.«

Es war immer schön für den Betreffenden, mit einem gewissen Erwartungsdruck in den Ring zu steigen, und nicht wenige waren der Meinung, dass erst dieser einen zu Höchstleistungen anspornen würde. Zu Recht, wie sich zeigen sollte, denn Aloisius hatte ihnen nicht zu viel versprochen.

Das Innenleben der Brauerei lag im diffusen Feuerschein des Dörrofens. Staub wurde aufgewirbelt, als sie den groben Dielenboden betraten. Verschwitzt und erwartungsvoll standen Amadou und Joseph vor der offenen gusseisernen Ofenklappe. Stumm nickten sie Aloisius und Maria entgegen. Auch sie waren bereit.

Aloisius begab sich auf Position, fixierte jeden Einzelnen seiner Helfer mit einem strengen, zugleich aber Vertrauen schenkenden Blick, schluckte seine eigene Unsicherheit hinunter und holte noch einmal tief Luft. Einzig das übermütige Knistern des Eichenholzfeuers war im Raum zu hören. Jetzt lag alles Weitere an ihm. Er war der Kopf, der zum ersten Mal seit über zwanzig

Jahren komplett nüchtern und mit einer neuen Mannschaft brauen sollte. Und sie waren seine Hände und Füße. Wenn er es nicht vollbringen konnte, sie alle zu einer homogenen Einheit zu formen, so wäre es allein seine Schuld. Und was das für ihn, seine Tochter und die Brauerei, ja die ganze Gemeinde bedeuten würde, wollte er sich in diesem Moment lieber nicht ausmalen.

»Auf geht's! Pack ma's!«, rief er plötzlich in einer ohrenbetäubenden Lautstärke und ließ die Atemluft aus seinen Lungen. Wie Peitschenhiebe hallten die knapp gehaltenen Befehle durch die Brauerei, als ob Aloisius der Kapitän auf einem vom Sturm gebeutelten Schiff wäre und es gälte, keine Zeit zu verlieren, weil ihnen sonst nichts anderes bevorstand als der kühle, nasse Tod.

Klappen wurden auf sein Geheiß geöffnet, es wurde abgeschöpft, geseiht, hochgeschleppt, verteilt, gelöscht, Regler auf- und wieder zugedreht, manuell be- und entlüftet, umgeschichtet, geharkt, Temperaturen gemessen, nach oben reguliert, gehalten, Feuchtigkeits- und Röstgrade immer wieder mit dem Mund abgeschmeckt sowie recht viel geschimpft, geflucht und geschwitzt. Als sie kurz vor dem Ende des Darrvorgangs standen, legte Joseph das Fichtenholz auf die lodernde Glut, und Oumar öffnete den indirekten Wärmekreislauf und ließ das harzige Raucharoma über das fast fertige Malz schweifen.

»Jetzt!«, schrie Aloisius seiner Tochter und Joseph nach genau drei Minuten zu. Wie befohlen schloss der Senegalese die Hitzezufuhr der Darre und leitete die Wärme für das spätere Einmaischen auf den wassergefüllten Bottich um, während Maria im selben Augenblick die äußeren Lüftungslamellen des Darrturms öffnete und somit die kalte Winterluft zum Auskühlen des Malzes hereinließ.

Ausgelaugt von der dreistündigen Anstrengung, aber glücklich wie lange nicht mehr, schauten sie sich an. Ja, auch sie hatten nun eine Abkühlung dringend nötig. Gemeinsam stoben sie wie die Kinder beim ersten Schneefall hinaus, reckten ihre Köpfe in die Höhe und sahen voller Stolz und mit funkelnden Augen dabei zu, wie die Rauchschwaden, die wie kleine Gespenster aus dem Darrturm herausquollen, das köstliche Aroma des frisch gedörrten Braumalzes über den Markt trieben.

Dann trat auch Aloisius, noch kauend und mit Pongo an seiner Seite, auf den Hof hinaus. Aller Augen waren sofort auf ihn gerichtet.

»Und, Papa, wie ist es geworden?«

Anstatt zu antworten, verteilte der Braumeister an jeden eine kleine Portion der noch warmen Körner. Dann tippte er sich wie zum Abschied an seinen Filzhut, drehte sich lässig um und ging federnden Schrittes zur Eingangstür. Er hatte einen unglaublichen Hunger, und Amadous Eintopf hatte schon am Morgen so verführerisch gerochen.

»Soll das jetzt heißen: ›Nichts gesagt ist genug gelobt‹?!«, rief ihm Maria hinterher. »Das kannst du uns jetzt nicht antun! Papa!«

Da konnte Aloisius das Grinsen, das er sich bisher mühsam verkniffen hatte, nicht mehr zurückhalten. An der Tür angelangt, verharrte er einen Augenblick.

»Prägt euch den Geschmack gut ein, denn besser kann man es nicht hinbekommen.« Dann drehte er sich zu seinen emsigen Gesellen um und hob mahnend den

Zeigefinger. »Aber nicht, dass ihr euch jetzt etwas darauf einbildet, auf euren Sechser im Lotto! Mit einem guten Malz allein ist es noch nicht vollbracht. Nach dem Essen wird geschrotet und eingemaischt, und dann wird die ›Erhellung‹ gebraut, dass es nur so von ihr duftet im gesamten Dorf. Und jetzt kommt zu Tisch, wenn ihr auch etwas abhaben wollt.«

Der Chef-Gästekoordinator Markus Höschele, der sich gerade seine vom Dauerschneeräumen mit Blasen überzogenen Hände fröstelnd aneinanderrieb, war der Erste im Ort, der den leichten, aber angenehmen Geruch wahrnahm. Es war fast so, als ob ihm jemand eine Last von den Schultern genommen hätte. Erleichtert stützte er sich auf der Schneeschaufel auf und hob neugierig den Kopf. Intuitiv wusste er, dass er die Augen zu schließen und tief durch die Nase einzuatmen hatte. Ja, eindeutig. Es war zwar nur ein Vorbote von dem, was noch kommen sollte, aber es konnte sich bei dem feinen, aromatischen Malzgeruch nur um den Anfang der »Erhellung« handeln, gleich einer Verheißung. Genüsslich nahm er noch ein paar Züge.

Ärgerlicherweise trug ein aufkommender warmer Westwind den Geruch mit den Schneeflocken, die nur noch vereinzelt vom Himmel fielen, wieder in Richtung Brauerei und Riedhorn zurück. Markus Höschele überlegte kurz, ob er dem sirenenhaften Odeur nachstellen sollte. Er entschied sich jedoch dazu, zum Gästeservicecenter zu eilen und, da er der Brauerei am Nächsten war, die für diesen Fall extra vereinbarte Telefonkette auszulösen.

»Bist du dir da auch wirklich sicher?«

Dass der Bürgermeister Sixtus Mayer auf Nummer sicher gehen wollte, war durchaus verständlich. Seit der Christmette hatte man weder von Maria und Aloisius noch von Amadou, Oumar und Joseph etwas gehört, geschweige denn gesehen. Einzig das Gebell des Dalmatiners hatte der Schneesturm ab und zu über das Hoftor der Brauerei geweht. Aber bisher war noch nichts von den ersehnten Aromen des frisch gerösteten Malzes oder der angesetzten Maische zu vernehmen gewesen. Der Einfachheit halber wäre es natürlich möglich gewesen, den schweren Türklopfer am grünen Brauereitor zu betätigen und nachzufragen, wie der Stand der Dinge war. Aber wer ließ sich schon gerne von anderen drängen? Ein Aloisius Gschwend schon dreimal nicht. Ganz im Gegenteil, eine solche Ungeduld hätte bei ihm ganz schnell nach hinten losgehen können.

Sixtus Mayer klemmte sich den Hörer unter das Kinn, eilte an das Fenster, öffnete es und streckte seine lange Nase schnüffelnd wie ein Trüffelschwein mal in die eine und mal in die andere Richtung. Nein, er roch nichts. Aber zumindest hatte endlich das elendige Schneegestöber aufgehört.

»Schau, Markus, mach dir nichts draus. In der Wüste sieht man ja zuweilen vor Durst auch Dinge, die eigentlich nicht da oder ganz weit weg von einem sind. Warum sollte es sich mit dem Riechen anders verhalten?«

Als er jedoch zum dritten Mal das euphorische »Aber wenn ich es doch sage, es roch einfach herrlich!« des Chef-Gästekoordinators gehört hatte, beschloss Sixtus Mayer, ihm Glauben zu schenken.

Natürlich war es in erster Linie die Aufgabe eines Bürgermeisters, seine Mitbürgerinnen und Mitbürger vor Ungemach und Unwahrheiten jeglicher Art zu schützen. Jedoch war es Sylvester, das Jubiläumsjahr stand direkt vor der Tür, und die Bevölkerung brauchte einen Strohhalm, an dem sie sich festhalten konnte, zumindest für die eine Nacht, und zur Not könnte man morgen alles auf den Kater schieben. Er überlegte fieberhaft, wen er denn nun, der Telefonkette nach, anzurufen hatte. Aber sosehr er sich seinen Kopf darüber zermarterte, es wollte ihm nicht einfallen, und seine Frau Margarethe war bereits daheim, die Bowle ansetzen. Sie wollten am Abend gemeinsam mit den Leitmeyers und den Kargs feiern. Ach, dann gehe ich halt ins »B-309«, von dort aus wird sich die frohe Kunde schon ausbreiten, entschied er sich spontan und machte für dieses Jahr seinen Laden zu.

Es war eine seltene Ehre, dass sich der Bürgermeister höchstpersönlich im Café »B-309« blicken ließ. Zumeist kam er nur zu offiziellen Anlässen, aber irgendwie war es diesmal ja auch einer. Sixtus kam sich in dem vollbesetzten Café wie einer der mittelalterlichen Marktschreier vor, aber was sollte er lange um den heißen Brei herumreden, schließlich war er nicht auf der Bürgerjahresendversammlung in der Riedhornhalle, und außerdem erwartete ihn seine Frau Margarethe daheim.

Er stellte sich, für alle Anwesenden gut sichtbar, an die Mitte des Tresens und räusperte sich. Weiter kam er nicht, da die Seniorchefin Evi ihm und sich einen selbstgebrannten Enzianschnaps einschenkte. Sie hob ihr Glas.

»Auf unseren Bürgermeister! Prost!«

Da konnte Sixtus, ob er nun wollte oder nicht, nicht nein sagen.

»Prost!«

Kaum hatte er sich geschüttelt und sein Glas zurückgestellt, wurde es bereits vom Vorsitzenden des Männergesangsvereins gefüllt, der der Evi natürlich in nichts nachstehen wollte. Es folgten die stellvertretende Vorsitzende der Blumenfreunde, der Pfarrer, der Leiter des Seniorenstifts, der Kassier der Bergwacht und ein Landschaftsgärtner aus Oldenburg in Holstein, der auf Urlaub war und sich den hiesigen Gepflogenheiten anschließen wollte. Danach ging es schön der Reihe nach retour mit dem Schnaps, denn der Bürgermeister wollte nicht den Eindruck erwecken, in irgendeiner Art und Weise geizig veranlagt oder gar bestechlich zu sein.

»Aber sag, Sixtus, warum bist du eigentlich hergekommen?«, wurde er von Evi, als sie wieder an der Reihe war, gefragt.

Ja, wenn er das nur noch gewusst hätte. Grübelnd schwankte er hin und her und musste sich zur Sicherheit auf einen der Barhocker setzen. Aber da ging schon die Tür auf, und im Raum stand seine Frau Margarethe.

»Du wirst ja noch schlimmer enden als der Aloisius!«, tadelte sie ihn kopfschüttelnd und nahm ihren Mann an die Hand. Da fiel es dem Sixtus wieder ein. Aber weil er so gar keinen Alkohol vertrug, kam es ihm nicht mehr verständlich über die Lippen.

»Was hat er gesagt? Der Schnee taut!?«

Nur der Landschaftsgärtner aus Holstein hatte ihn richtig verstanden. Jedoch dachte er, er hätte sich wie die anderen verhört. Warum sollte auch ein Bürgermeister extra in das Dorfcafé kommen, um die Anwesenden darüber zu informieren, dass ein gewisser Gschwend braute?

Es war wirklich die reinste Alchemie, die ihr Vater in der Beengtheit der Brauerei betrieb. Die gesamte Anlage kam Maria wie ein hochkomplexes, zum Leben erwecktes, kupferüberzogenes und auf unterschiedliche Ebenen verteiltes Wesen vor, das durch unzählige Rohre, die dicken Adern glichen, miteinander verbunden war und sich von Feuer- und Wasserkraft zu ernähren schien. Und Aloisius war dessen Erschaffer und uneingeschränkter Meister.

Das anstrengende Säubern und Schroten des Malzes lag bereits hinter ihnen, ebenso der Einmaischprozess mit dem Bergquellwasser, bei dem, wie bei Omas selbstgemachtem Pudding, Klümpchen entstehen konnten, die es unter allen Umständen durch ständiges Rühren mit dem Maischeholz zu vermeiden galt. Nur war hier nicht von einem kleinen Topf die Rede, sondern von einem riesigen Kessel, der von unten befeuert wurde, sowie von einem kleineren zum gelegentlichen Aufheizen und Umschütten.

Und das war erst der Anfang eines langwierigen, im Moment noch andauernden vierstündigen Prozesses gewesen, in dem die Temperatur der Maische stufenweise erhöht, über einen exakten Zeitraum gehalten, dann wieder reduziert und erneut erhöht wurde. Der ganze Aufwand diente allein dazu, die im Getreide enthaltene Stärke komplett in Zucker umzuwandeln, der später mitverantwortlich für den Gärungsprozess des Bieres war.

Es war bereits nach sieben Uhr am Abend. Der Brauraum wurde lediglich von einer Handvoll Öllampen ausgeleuchtet, deren flackerndes Licht die Schatten an den Backsteinwänden unwirklich tanzen ließ. Das Feuer unter den Maischekesseln glomm nach wie vor und forderte dabei seinen Anteil an dem wenigen Sauerstoff, der sich noch im Raum befand. Es war stickig und heiß, und der entweichende Maischedampf kondensierte an der gewölbten Decke zu Tropfen, die sich dort sammelten, um in kleinen Rinnsalen wieder herunterzulaufen. Maria kam sich dabei wie einer der U-Boot-Matrosen in Wolfgang Petersens Film »Das Boot« vor. Nur dass ihr verschwitztes Gesicht nicht öl-, sondern holzkohleverschmiert war.

Während einer der zahllosen Rasten, die die Maische bei einer konstant gehaltenen Temperatur einlegen musste, übergab Maria Amadou ihr Maischeholz. Die Arme brannten ihr vom ständigen Rühren, die Augen schmerzten ihr vom Dampf, und der Rücken zwickte. Amadou hingegen schien noch so fit wie am Vormittag zu sein. Er fiel in Oumars fröhlichen Gesang mit ein, tauchte das lange Rührholz in die Maische und führte es gleichmäßig im Bottich umher, damit die Wärme überall verteilt wurde und ja nichts anbrennen konnte.

Ermattet setzte sich Maria auf einen Heuballen. Sie brauchte dringend eine Pause, und die Arbeit wollte einfach kein Ende nehmen. Es standen noch das Läutern, Würzekochen, Ausschlagen und noch Weiteres an, das sie über die Anstrengungen des Tages einfach vergessen hatte. Wie in aller Welt sollte sie sich das alles nur aneignen können, wenn sie nicht einmal in der Lage war, sich die einzelnen Arbeitsschritte zu merken, geschweige denn körperlich durchzuhalten?

Als sie an Weihnachten auf der Rückfahrt vom Heindel Siegfried im Schneetreiben die endlosen Stunden im Wagen gesessen hatte, hatte sie noch gedacht, dass das Brauereiwesen sicherlich kein Hexenwerk und durchaus zu erlernen sei. Letztendlich waren es doch nur drei Grundzutaten und ein wenig Hefe, die miteinander vermengt, aufgekocht und abgefüllt werden mussten. Aber nun, am Ende ihrer Kräfte, lachte sie resigniert über ihre eigene Naivität. Wer hätte auch erahnen können, wie vielschichtig und anstrengend der Prozess sein würde? Vielleicht hätte es sich in einer modernen Brauerei mit all ihren Knöpfen und ausgeklügelten Systemen so verhalten, jedoch nicht im Brauuniversum eines Aloisius Gschwend. Aber es sollte ja am Ende nichts anderes als die »Erhellung« dabei herauskommen und kein austauschbares Industrieprodukt. Dabei war es ein Segen, dass Joseph die einzelnen Schritte, so gut er es bei der ganzen Arbeit vermochte, mit seinem neuen Mobiltelefon abfilmte und für sie dokumentierte. Erschöpft lehnte Maria ihren Kopf an die Hopfensäcke. Sie wollte nur für eine einzige Minute die Augen schließen.

»Maria. Maria! So wach doch auf!«

Aloisius musste seine Tochter mehrmals sanft an der Schulter rütteln, bis sie endlich eines ihrer vom Dampf geschwollenen Augen öffnete.

»Muss ich wieder rühren?!«, fragte sie mit belegter

Stimme und stand mit wackeligen Beinen auf. Dabei wurde ihr schwindelig, denn Temperatur und Luftfeuchte in der Brauerei waren schon als subtropisch zu bezeichnen.

Aloisius stützte seine Tochter und ließ sie wieder auf dem Heuballen Platz nehmen. Dann schaute er mit einem verstohlenen Blick schnell nach links und anschließend nach rechts. Maria kam es so vor, als ob er sich versichern wollte, dass die Luft rein war und er nun mit irgendeinem geheimen, illegalen Tun beginnen konnte. Was natürlich Unsinn war und an ihrer Müdigkeit liegen musste.

»Nein, Maria, es gibt nichts mehr zu rühren. Du hast über anderthalb Stunden geschlafen. Wir haben bereits die Maische in den Läuterbottich ablaufen lassen, den Biersud ausgefiltert sowie nachgewässert.«

Über die Schulter ihres Vaters hinweg entdeckte Maria im hinteren Bereich der Brauerei eine große Wanne, in der der dampfende Treberkuchen lag. Es waren die festen Bestandteile der Maische, die bei der Filterung der Bierwürze übriggeblieben waren und um den sich die Schweine des Kämmerers morgen sicherlich erbittert streiten würden. Daher rührte also die gestiegene Luftfeuchtigkeit und Hitze im Raum.

Im vorderen Bereich der Brauerei waren die Senegalesen unter ihrem rhythmischen Gesang damit beschäftigt, die Maischebottiche für die kommenden Einsätze wieder auf Hochglanz zu bringen. Maria lächelte müde. Die drei schienen genauso euphorisch zu sein wie zu Beginn des Brauprozesses und noch voller Tatendrang zu stecken. Was kein Wunder war, da sie endlich wieder einmal das Gefühl in sich tragen durften, innerhalb einer Gemeinschaft gebraucht zu werden.

Und noch etwas nahm Maria wahr. Einen feinherben, bitteren Geruch, der die dichte, feuchtwarme Luft kaum merklich durchzog. Verwundert schaute sie auf die Stelle, an der die Hopfensäcke gestanden waren, die ihr zuvor als Kopfkissen gedient hatten.

»Sag bloß, Papa, ihr habt den Hopfen schon beigemengt und seid schon am Kochen der Bierwürze?«

Nervös zwirbelte sich Aloisius den Schnurrbart.

»Ja! Die spätere ›Erhellung‹ brodelt schon fleißig in der Sudpfanne. Und entschuldige bitte, das i di geweckt hab. Aber damit sie auch zu dem werden kann, was sie schon immer war, bräuchte ich nun das Heu, auf dem du sitzt, und den Eimer mit den gerösteten Latschenkiefersamen dahinter.«

Fragend schaute Maria ihren Vater an. Was hatten das aromatische, mit Bergkräutern und Bergblumen durchsetzte Heu und die gerösteten Samen der Latschenkiefer mit der »Erhellung« zu tun?

Dem Aloisius wurde es recht unangenehm zumute. Er verlagerte sein Gewicht von einem auf das andere Bein, als ob er etwas abzuwägen hätte. Dann räusperte er sich entschieden, vergewisserte sich nochmals, dass ihm weder Oumar noch Amadou oder Joseph zuhörten, und hob mahnend den Zeigefinger.

»Nun gut. Es ist ein Familiengeheimnis, das eigentlich nur am Sterbebett von Generation zu Generation weitergegeben wird. Und wenn du es jemals einem anderen verraten solltest, so würdest du nicht nur allen verblichenen Gschwender Braumeistern – der liebe

Gott habe sie selig – post mortem auf den Kopf spucken, sondern auch die Zukunft unserer Brauerei aufs Spiel setzen. Ferner sollte dich unvermittelt der Schlag treffen, und i hätt die Exekutive am Hals. Ich lasse es offen, was der schwerere Schicksalsschlag für mich in diesem Fall wäre. Und jetzt steh auf, Maria, und komm. I werd's dir zeigen.«

Aloisius half seiner Tochter auf, nahm Heuballen und Eimer in die Hände und führte sie zur Sudpfanne, in der die schaumbildende Würze vor sich hin siedete.

Als Aloisius die schwere kupferne Schiebeklappe mit beiden Händen zur Seite zog und ihnen der Würzdampf entgegenschlug, wusste Maria sofort, was dem köstlich riechenden Gebräu noch an Feinschliff fehlte, damit es zu dem würde, zu dem es ihr Vater und ihre Vorväter seit Generationen gemacht hatten. Es war also wirklich ein wenig Alchemie mit im Spiel. Maria nickte, denn in diesem Falle stimmte Machiavellis Ausspruch, dass der Zweck die Mittel heiligte. Vor allem, da es sich hier nicht um Politik, sondern um etwas weitaus Ehrlicheres handelte, durch das niemand zu Schaden kam. Ganz im Gegenteil, der Gesetzesverstoß diente einzig zur Steigerung des Genusses, und es handelte sich ja schließlich nur um ein wenig getrocknetes Bergwiesengras und ein paar geröstete Samen.

Maria wandte sich, nun wieder voller Energie steckend – sei es auch krimineller –, stolz an ihren Vater, der ihr in diesem Moment nicht nur sein Vertrauen geschenkt hatte, sondern mehr als das: eine familiäre Gemeinsamkeit, nach der sie sich all die Jahre gesehnt hatte.

»Wie viel von jedem darf es sein?«, fragte sie.

Aloisius beugte sich vor, flüsterte seiner Tochter die Mengenangaben ins Ohr und schob eiligst die Öffnung wieder zu, als die illegalen Ingredienzien im Braudunst des Kessels verschwunden waren.

Wie verabredet blieben sie still vor dem Kessel nebeneinanderstehen. Es war schwer zu sagen, wer als Erstes den Arm um die Hüfte des anderen legte. In jedem Fall schlossen sie gemeinsam die Augen und warteten geduldig, bis aus den Ritzen der Kupferklappe der verführerische Duft der »Erhellung« in ihre Nasen kroch. Und als es so weit war, rollten dem Aloisius schon wieder seine großen Männertränen das faltenzerfurchte Gesicht herunter. Ob aus Rührung, gemeinsam mit seiner Tochter einen solchen Moment erleben zu dürfen, oder aus Abschiedsschmerz, da er sich geschworen hatte, ab Neujahr nie wieder in seinem Leben einen Tropfen Alkohol anzurühren, würde man nie genau erfahren.

Als sich die beiden wieder umdrehten, schauten sie direkt in die gerührten Gesichter von Joseph, Oumar und Amadou. Zwar wussten die Senegalesen nicht, was zwischen Vater und Tochter geschehen war, jedoch hatten sie gespürt, dass etwas Verbindendes zwischen ihnen zugange gewesen war und dass die beiden nun endlich bei sich und beieinander waren. Und dass auch sie, über ihre geleistete Arbeit hinweg, nun irgendwie dazugehörten.

Joseph war der Erste, der sich die Augenwinkel trocken wischte. Er gruppierte seine Freunde und sich selbst um Aloisius und Maria vor dem Sudkessel, tippte auf den Selbstauslöser seines Mobiltelefons und hielt das Gerät von sich weg. Er wollte unbedingt noch in diesem Jahr seiner Großfamilie den Beweis dafür erbringen, dass es sich gelohnt hatte, das Geld für seine Flucht zusammenzukratzen. Denn sie hatten sie endlich gefunden, die bessere Zukunft. Mit stolzem Blick schauten alle fünf hoch und warteten geduldig das Blitzlicht ab.

»Herrgott, Joseph, du und deine Fotografiererei. Da geht es ja schlimmer zu als bei den Touristen am Schloss Neuschwanstein. Zu guter Letzt fällt dir dein Telefon noch in einen der Bottiche und versaut uns alles! Was steht ihr da so gerührt miteinander herum? Glaubt ihr etwa, dass ein guter Sud allein für die ›Erhellung‹ reicht? Bei weitem nicht! Auf geht's!«

Aloisius trat zur Sudpfanne, öffnete den unteren Ablass und entließ die fertig gekochte Würze über den Hopfenseiher in das penibel gesäuberte Kühlschiff, eine flache kupferne Riesenbadewanne, in der die dampfende Flüssigkeit schnellstmöglich auskühlen musste, bevor sie mit der Hefe, die die Braumeister früher das »Gottesgut« nannten, versetzt werden konnte. Aber es sollte noch zwei weitere anstrengende Stunden dauern, bis das Jungbier endlich in die Gärfässer, die tief hinten im Eiskeller standen, gefüllt worden war.

Zehn Minuten vor Mitternacht war es dann endlich so weit. Amadou löschte die restliche Glut, die unter den Kesseln noch glomm, Maria stellte die gesäuberten Arbeitsutensilien an ihre Plätze zurück und versteckte den Eimer mit den Latschenkiefersamen wieder unter dem restlichen Heu, während Aloisius noch damit beschäftigt war, den Boden gründlich abzuspritzen. Als er den Schlauch aufgerollt und an die Wand gehängt hatte, nickte er Oumar kurz zu, der daraufhin eine Öllampe nach der anderen, bis auf eine letzte, schwach brennende, zudrehte. Kurz danach versammelten sie sich in der gespenstischen, heißen und nach wie vor stickigen Dunkelheit vor dem haushohen Holztor des Brauereigebäudes. Im Wissen, eine Leistung erbracht zu haben, von der sie am Morgen noch nicht einmal gewusst hatten, dass sie zu einer solchen fähig waren, standen sie still und dankbar beieinander.

»Jetzt wollen wir es die Rieder auch wissen lassen, dass es uns gelungen ist. Und wie es uns gelungen ist!«, durchbrach der Braumeister das Schweigen nach einer Minute. Euphorisch zog Aloisius das große Tor beiseite. Pünktlich, zum ersten Glockenschlag des neuen Jahres, stoben die Brauaromen in dicken Kondenswolken aus dem Sudhaus in den klaren, sternenfunkelnden Nachthimmel hinauf und verteilten sich verheißungsvoll über dem gesamten Dorf.

Zuerst dachten die Rieder entsetzt, jetzt würde zu allem Unglück auch noch die Brauerei brennen, und hielten sicherheitshalber ihre flackernden Feuerzeuge von den Raketen- und Böllerlunten fern. Aber als sie ihren Irrtum erkannt beziehungsweise gerochen hatten, begrüßten sie umso lauter und farbenfroher das neue Jahr. Denn nun befand sich endlich wieder alles an seinem angestammten Platz, genau dort, wo es im Dorf hingehörte.

Nur der Bürgermeister Sixtus Mayer bekam von der ganzen Knallerei und der Euphorie, die sich unter seinen Bürgerinnen und Bürgern breitmachte, nichts mit.

Er schlief tief und fest im Ehebett, während in der Küche auf dem Herd die Rinderkraftbrühe für seinen geschundenen Magen leise vor sich hin köchelte und seine Frau mit den Leitmeyers auf dem Balkon stand.

14

Ursprünglichkeit hin oder her, und sicherlich konnte man, oder zumindest Aloisius, ohne Strom das beste Bier der Welt brauen. Aber ohne Elektrizität war es nicht möglich, morgens einfach so das Licht einzuschalten, ein heißes Bad zu nehmen oder den Heizregler in der guten Stube aufzudrehen, um wenig später mit einer dampfenden Tasse Tee, die man sich derweilen mit dem Wasserkocher zubereitet hatte, ins Warme zurückzukehren. Geschweige denn, dass man sein Mobiltelefon oder den Akku des Laptops laden konnte.

Da nützte Maria auch die ganze Braueuphorie nichts, die sie nach wie vor in sich trug. Die machte sie glücklich, wärmte jedoch nicht. Zwar waren es draußen mittlerweile fünf Grad über null, aber auch die konnten verdammt kalt sein. Ferner peitschte ein gehöriger Westwind den Regen seit vier Tagen an die Fassade und die Fenster des Brauhauses. Aber wie hatte Aloisius schon richtig gesagt: Wie es den Schnee bringt, so nimmt es ihn auch wieder. Und so war es dann auch am Neujahrsmorgen gekommen, stürmisch und andauernd.

Maria lag bereits um sechs Uhr in der Früh mit drückender Blase wach und überlegte, ob sie aufstehen und raus in die Kälte des Ganges treten oder lieber in der Wärme ihres Bettes darauf warten sollte, bis einer der Männer den Ofen angefeuert hatte. Was hätte sie dafür gegeben, wenn ihr doch nur jemand den Gang zur Toilette hätte abnehmen können … Nach zehn Minuten schlug sie seufzend die Decke zur Seite. Aber Pongo hatte sicherlich auch schon Hunger, und irgendwie hatte sie seit dem Aufwachen das Gefühl, dass es für sie an der Zeit wäre. Für was auch immer.

Mit schmerzverzerrtem Gesicht quälte sich Maria aus dem Bett, denn sie hatte noch immer mit den Nachwehen des stärksten Muskelkaters zu kämpfen, den sie je in ihrem Leben gehabt hatte. Sie humpelte zur eiskalten Toilette und ging dann so leise wie möglich an den Zimmern der Männer vorbei in Richtung Treppe. Als ob Aloisius und die Senegalesen seit dem Brauvorgang in eine Art verdienten Winterschlaf gefallen wären, sah man sie eher sporadisch, und wenn, dann nur zur Nahrungsaufnahme oder um das Nötigste im Haus und in der Brauerei zu erledigen.

Im Erdgeschoss fütterte Maria zuerst Pongo, und als das erledigt war, kniete sie sich mit knacksenden Gliedern vor den Kachelofen in der Stube. Sie stapelte sechs Holzscheite hinein und griff in den Korb, in dem das Papier zum Anzünden aufbewahrt wurde. Dieses stammte nach wie vor aus Aloisius' Altpapiercontainerfundus. Wenigstens daran wird es uns die nächsten Jahre nicht mangeln, dachte Maria und zog eine weggeworfene Hängeregistermappe aus dem Stapel. Sie zerriss gerade die Pappumhüllung, als ihr Blick auf das darin abgeheftete Hochglanzpapier fiel.

»Aloisius' verrückte Bierachterbahn, Version 1.4«, las sie stirnrunzelnd sich und Pongo vor. Zwar konnte Maria die Zeichnung, die darunter abgebildet war, nicht sofort einordnen, doch hatte das Ganze irgendwie mit ihrer Brauerei zu tun. Verwundert entzündete sie das Holz mit einer Werbewurfsendung für Treppenlifte und ging mit ihrem Fund in die Küche, um ihn dort genauer unter die Lupe zu nehmen und vor allem, um den Herd für eine Tasse heißen Tee anzuschüren.

Je mehr sie sich in die Akte vertiefte, umso fassungsloser wurde sie. Zuerst hatte sie noch gedacht, dass es sich bei der ganzen Angelegenheit um einen Scherz handeln würde, jedoch waren die Seiten dazu zu professionell aufbereitet worden. Sie beinhalteten die detailliert geplante Streckenführungen einer Bergachterbahn entlang des Hanges oberhalb der Brauerei, die nirgendswo anders starten und enden sollte als direkt dort, wo momentan ihre Braukessel standen. Erste Skizzen von Bierfässern, in denen jeweils acht vergnügungshungrige Personen Platz finden sollten, und grobe Kostenvoranschläge waren ebenso beigefügt. Mit zittrigen Händen blätterte Maria die letzte Seite auf, die einen abschließenden Verweis beinhaltete: »Erläuterungen zur Integration der Bierachterbahn in die Gesamtkonzeption des wetterunabhängigen Projektes ›Das Allgäu-EreignisReich‹, siehe Akten I–III«.

Maria schnaufte verächtlich aus. Was hatte das alles zu bedeuten? Eine Achterbahn auf ihrem Grundstück, Gesamtkonzeption, ein »Allgäu EreignisReich«, und vor allem, von wem stammte dieser ausgemachte Unsinn? Maria nahm sich die Akte nochmals genauer vor.

Durchwoben war das Dokument mit handschriftlichen Anmerkungen, Korrekturen und Ergänzungen eines gewissen H.L.

Ohne den Blick von den Blättern zu nehmen, goss Marie das brodelnde Wasser in den Ausguss statt in die Kanne, schmiss den Teebeutel hinterher, nahm die leere Tasse, pustete hinein und begab sich gedankenversunken in Richtung der guten Stube. Auf halbem Weg hielt sie abrupt inne, denn ihr war plötzlich klargeworden, warum die Brunswick Angela vom Finanzamt so kurz vor Weihnachten auf einmal vor der Tür gestanden hatte und wer sie ihnen auf den Hals gehetzt haben musste. Sie wäre auf der Stelle dazu bereit gewesen, einen Besen zu essen, wenn es sich bei dieser Person nicht um den Herrn handelte, der die Dokumente in ihrer Hand mit H.L. paraphiert hatte: Er musste der ominöse Gönner sein, der sich selbstlos dazu bereit erklärt hatte, ihnen die Last der Steuerschuld von den Schultern zu nehmen und den Brauereikomplex über Marktwert abzukaufen, damit er sein wahnwitziges Achterbahnprojekt auf ihrem Grund realisieren konnte.

Sosehr sie auch darüber nachgrübelte, sie kam nicht darauf, wer sich hinter diesem Kürzel verbergen konnte. Aber das machte nichts, denn wo eine Akte derart unvorsichtig entsorgt worden war, würden sich sicherlich weitere Hinweise finden lassen. Man würde nur tief genug graben müssen.

Eilig stellte Maria die leere Tasse auf dem Boden ab, rannte, nur mit Nachthemd und Socken bekleidet, durch den Regen über den nassen Hof in die Lagerhalle und bestieg den Altpapierberg. Nach einer halben Stunde wurde sie schließlich inmitten zerschnittener Urlaubsfotos, zerknüllter Liebesbriefe und dem zerrissenen Ehevertrag einer gewissen Christa Harms, geborene Schleswig, fündig. Es waren drei weitere Akten und ein Ordner mit ausführlicher Korrespondenz. Noch an Ort und Stelle las sie sich die Dokumente sorgfältig durch, und als sie das Puzzle endlich zusammengefügt hatte, blieb Maria die Spucke weg. Zwar reichte der Skandal nicht für die Abendnachrichten, für Ried und den Landkreis jedoch allemal.

Niemand Geringeres als der Liftbetreiber Ludwig Harms wollte am Bergtrauf des Riedhorns ein großzügig überdachtes »Allgäu-EreignisReich« für wettersensible Touristen errichten. Dabei sollte das weitläufige Brauereianwesen der Gschwends der Dreh- und Angelpunkt des Projektes werden. Genau dort sollten die Parkplätze entstehen, das Besucherzentrum, das interaktive Allgäumuseum, ein Outletstore, eine Mittmach-Sennerei mit angeschlossener Systemgastronomie, besagte Achterbahn mit Schaubrauerei, ein begehbarer Kuhstall mit Melkstation sowie ein Heuhotel. Selbst in den dahinterliegenden Steilhang sollten Ferienwohnungen als eine Art »Hobbithöhlen« in den Fels getrieben werden. Und das Schlimmste an allem war, dass Harms laut Korrespondenz schon prominente Unterstützer aus Politik und Wirtschaft für das Projekt hatte gewinnen können, die sich bereits zu einer GmbH formiert hatten. Der Plan war dabei so perfide wie einfach: Man wollte zuerst die zu erwartende schwache Wintersaison verstreichen lassen, dann kostengünstig die Gschwendsche Liegenschaft erwerben und im Anschluss werbewirksam mit der Argumentation des Erhalts alter und der Schaffung neuer Arbeitsplätze an die Öffentlichkeit gehen.

Ludwig Harms hatte sogar schon ein Ultimatum vorformuliert: Entweder die Gemeinde stimmte dem Projekt zu, oder er würde sich aus wirtschaftlichen Gründen dazu gezwungen sehen, seine Mehrheitsbeteiligung an der Liftgesellschaft an den Markt zurückzugeben. Was im Klartext bedeutete, dass der Ort ihn trotz der klammen Kassen auszubezahlen hätte. Es war wie in einer Großfamilie, man konnte nicht mit-, aber schon gar nicht ohneeinander.

»Du Sauhund! Als ob wir nicht schon genügend Probleme hätten«, schimpfte Maria erbost, stand auf und rutschte den Papierberg hinunter.

»Wer ist jetzt schon wieder ein Sauhund?«, fragte Aloisius verdattert seine Tochter, die er schon überall im Haus gesucht hatte und die nun vor ihm lag.

»Der Ludwig Harms. Kennst du den?«

Aloisius nickte bedächtig und half seiner Tochter auf.

»Ja, freilich. Mit dem ist fei nicht zu scherzen. Der hat vor Jahren die Riedhornbahn wieder auf Trab gebracht. Jetzt übertreibt er es ein wenig mit der Innovation und dem Bergabenteuerspielplatz für Erwachsene. Aber da ist nichts zu machen. Der ganze Tourismus im Ort hängt daran wie das Kind an der Muttermilch. Wieso fragst du?!«

»Weil er Dinge ins Rollen gebracht hat, Papa, die nicht zu unserem Wohl sind. Glaub mir. Er war es, der uns das Finanzamt auf den Hals gehetzt hat. Er rechnet zu Recht damit, dass wir bald zahlungsunfähig sind. Im nächsten Schritt will er uns die Brauerei abluchsen.

Dann wird er alles abreißen lassen, um letztendlich mit seinen Geschäftspartnern aus Politik und Wirtschaft diesen Unsinn hier zu errichten.«

Wütend übergab Maria ihrem verdutzten Vater den Übersichtsplan, auf dem alle Fahrgeschäfte und Attraktionen bereits digital in die Landschaft eingearbeitet worden waren.

»Ja, meinst du denn allen Ernstes, die könnten so einen Schmarrn hierherbauen? Und wer bitte schön sollte überhaupt so einen Blödsinn mit gutem Gewissen und bestandenem Abitur genehmigen?!«

»Papa, wo lebst du denn? In Vucking steht doch auch gegen allen gesunden Menschenverstand dieses kaum noch genutzte Musicalgebäude inmitten des Naturschutzgebietes direkt am See, das sie seit Jahren dauerreanimieren. Da haben doch auch ein paar politische Entscheidungsträger, aus welcher Motivation heraus auch immer, beide Augen zugedrückt und ihren Servus unter die Dokumente gesetzt. Warum sollte das in Ried anders laufen?«

»Aber das können die doch nicht machen, oder!?« Aloisius setzte sich perplex auf den Papierhaufen.

Maria wusste nicht, wohin mit ihrer Wut. Es war das eine, wenn man seinen Betrieb aus eigenem Unvermögen schon fast an die Wand gefahren hatte, aber etwas ganz anderes, wenn ein Dritter diesen Prozess aus purer Gewinnsucht zu beschleunigen versuchte. Das konnte der Ludwig Harms vielleicht mit anderen machen, aber nicht mit einer Gschwend! Von einem emporgekommenen Liftbetreiber würde sie sich nicht ihrer neuen Zukunft berauben lassen.

»Solange wir die Brauerei halten können, nicht! Und dafür werde ich jetzt sorgen.« Maria nahm ihrem Vater die Dokumente ab und bekam zugleich einen Niesanfall. »Außerdem will ich unbedingt wieder Strom haben, Papa. Ansonsten sterbe ich noch, bevor ich uns retten kann. Ich bin eine Frau und brauche zumindest ein wenig Komfort! Und falls du mich suchen solltest, ich schlage derweil mein Büro bei der Evi im warmen ›B-309‹ auf.«

Der Weg zum Café »B-309« war eine triste Angelegenheit. Die vormals weiße Pracht war zu schmutzigen, mit Rollsplit versetzten Häufchen geschrumpft, und die graue Wolkendecke hing so tief, dass noch nicht einmal die Weihnachts-Straßenbeleuchtung gegen die Düsterheit ankam. Das Dorf schien wie ausgestorben zu sein. Vereinzelt rollten Autos mit einheimischen Kennzeichen an ihr vorbei. Von den geldbringenden Touristen war überhaupt nichts mehr zu sehen. Mitmachtourismus hin oder her, aber alles hatte schließlich einmal seine Grenzen. Und wer wollte auch schon die schönsten Wochen des Jahres bei Schneestürmen oder Dauerregen in der Natur verbringen, wenn er für das gleiche Geld eine Woche im Süden sein konnte – Flug inbegriffen, versteht sich.

Auch im Café »B-309« setzte sich das traurige Bild fort. Der reinste Jahresanfangsblues. Die wenigen Einheimischen, die im schummerigen Gastraum saßen, machten Gesichter wie drei Tage Regenwetter, begreiflicherweise, da es ja auch schon seit vier Tagen durchregnete. Selbst die ansonsten immer gutgelaunte Seniorchefin Evi schaute kaum auf, als die Türglocke ging und Maria mit ihren zahllosen Unterlagen und einer großen Umhängetasche hereinkam.

»Herrlich warm hast du es hier, Evi. Sag, kann ich mich bei dir ein wenig breitmachen? Ich hätte da ein bisschen zu tun und gerne eine Kanne …«

»Kräutertee«, vollendete Evi etwas deprimiert den Satz. In puncto Gästewünsche besaß sie so etwas wie den siebten Sinn. Mit einer schlaffen Handbewegung deutete sie auf einen der größeren hinteren Tische, bereitete das Getränk zu, servierte und verfiel dann wieder, Gläser polierend, in ihren »Standby-Modus«.

Maria breitete sorgfältig die Dokumente aus. Einen Haufen bildeten die gefundenen Akten, den anderen die Kopien der Lieferscheine und Rechnungen, die sie über die Tage mühsam eingesammelt hatte. In der Mitte stand ihr Laptop, daneben lagen ihr Mobiltelefon sowie Stift und ein Stapel weißer Blätter Papier. Sie hatte die elektronischen Geräte, deren Akkus leer waren, mit der Steckdose verbunden, schaltete nun beide ein und ließ kampfbereit die Knöchel ihrer Finger knacken. Von ihr aus konnte es losgehen.

Aber bevor es mit dem Losgehen losgehen konnte, musste sie zuerst einmal abwarten, bis das Dauergebimmel ihres Telefons aufhörte. Ein kurzer Blick genügte, um festzustellen, dass sie einhundertfünfzehn Anrufe in Abwesenheit hatte. Die eine Hälfte stammte von ihren Kindern, die andere von ihrem Mann. Die konnten ruhig auch einmal etwas länger auf ihren Rückruf warten.

Maria zog ein leeres Blatt zu sich heran und notierte

schwungvoll die größten Krisenherde, die es zuerst zu bearbeiten galt.

- Buchhaltung
- Finanzamt
- Zukünftiges Geschäftsmodell der Brauerei
- Liftbetreiber Ludwig Harms
- Stromversorger

Eilig klappte Maria den Rechner auf, öffnete die selbst programmierten Excel-Tabellen, mit denen sie die Buchhaltung ihres Mannes pflegte, löschte unwiederbringlich die Datensätze der vergangenen vier Buchungsjahre und begann stattdessen, die Daten ihres Vater einzugeben. Bald würde sie wenigstens über diesen Punkt Klarheit erhalten.

Und die hatte sie zwei Stunden später. Der Gewinn vor Steuern, der sich für die letzten vier Jahre ergab, war ein durchaus beachtlicher. Was jedoch kein Wunder war, da sie weder Abschreibungen für die uralten Betriebsmittel noch Ausgaben für das Feuerholz, das aus dem eigenen Wald, und das Wasser, das aus der eigenen Quelle stammte, geltend machen konnte. So weit zur Theorie. In der Praxis sah es jedoch so aus, das dieser buchhalterische Gewinn versickert war, wohin auch immer. Es gab einfach keine Barschaft, von der man irgendetwas hätte entrichten können. Auch keine Steuern auf ein an sich profitables Geschäft. Zusätzlich waren da noch die fehlenden Sozialabgaben für Isidor, Magnus und Klemens, die noch an die entsprechenden Kassen zu zahlen wären. Und das war nur die sichtbare Spitze des Eisberges. Wer konnte schon genau sagen, was sich noch so unter der Wasseroberfläche verbarg? Kurz – es war ein komplettes Desaster! Ein größeres buchhalterisches Waterloo ging einfach nicht mehr.

Maria stöhnte auf, schloss die Augen und legte ihren Kopf auf das Fichtenholz des Tisches. Ein zynisches Lächeln zuckte um ihre Mundwinkel. Wenigstens hätte der Ludwig Harms tiefer in die Tasche zu greifen, als er es ahnte, und sie hätte sich nun nicht mehr um die anderen Punkte auf ihrer Liste zu kümmern. Ein Lottogewinn wäre gut gewesen, ein Gönner, der es auch so meinte, oder ein Glas Schnaps hätte es zumindest in diesem Moment auch getan.

Kaum hatte Maria das gedacht, stand die Evi schon mit einer Flasche ihres selbstgebrannten Enzians neben ihr und schenkte das Glas randvoll ein. »Zum Wohl.«

Verwundert hob Maria ihren Kopf von der Tischplatte.

Evi betrachtete sie kurz mitleidig und stellte dann die Flasche daneben. »Nur für den Fall.« Dann ging sie wieder auf Position hinter ihren Tresen.

Maria trank, verzog das Gesicht und schenkte sich nach.

In dem Moment, als sie das zweite Glas zum Mund führte, betrat Sixtus Mayer mit noch recht wackeligem Gang und bleichem Gesicht den Gastraum. Er hatte Maria von außen im Café sitzen sehen und wollte spontan die Gelegenheit nutzen, um ihr von Herzen für ihren Einsatz und das Geleistete zu danken. Er selbst hatte ja leider aufgrund der vielen Schnäpse und deren Nachwirkungen nichts von der Sylvester-Euphorie mitbekommen, die die Marktgemeinde – zumindest für zwei Tage – wieder näher zueinandergebracht hatte. Als er jedoch die Flasche neben der Maria auf dem Tisch sah, machte er auf der Hacke kehrt und schaute, dass er eiligst in den Sitzungssaal kam, um die Baubesprechung für die Umgehungsstraße vorzubereiten, bevor ihm wieder ein Unheil geschehen konnte.

Maria prostete ihm nach, trank und schenkte sich ein drittes Glas ein, als ihr Telefon zu vibrieren begann. Sie wollte den Anruf schon wegwischen, als sie sah, dass es weder eines ihrer Kinder noch ihr Mann war, sondern Agathe Thomsen, die Ehefrau des Vorsitzenden der »Hanseata Veritas« und »Promillekönigs Norddeutschlands«. Nanu, das passt ja, dachte sie sich, kippte den Schnaps herunter und nahm das Telefonat an. Sie freute sich darauf, mit Agathe an das kurzweilige Gespräch anzuknüpfen, das sie mit ihr im Restaurant »Wiederkehr« in der Speicherstadt geführt hatte. Obwohl sie nicht gerade von einem Erfolg in Bezug auf ihre Bemühungen, ihren Mann wieder enger an sie zu binden, berichten konnte.

Kaum hatte sie jedoch den Hörer an das Ohr geführt, hörte sie die Stimme ihres Mannes Jan im Hintergrund wispern.

»Ist sie endlich rangegangen?«

»Jetzt seien Sie doch einmal still, Herr Jansen, und nehmen Sie gefälligst Ihre Pfoten von meinem Telefon.« Dann wandte sich Agathe Thomsen an Maria. »Entschuldige bitte die Störung, Maria. Es tut mir ja furchtbar leid, aber dein Mann ist ganz aufgelöst und liegt mir damit schon seit einer halben Stunde in den

Ohren. Er hat sich zu Hause ausgesperrt und kommt weder an sein Telefon noch an das Manuskript der Rede für den heutigen Neujahrsempfang der ›Hanseata Veritas‹ heran, die du ihm freundlicherweise noch vor deinem Urlaub vorbereitet hast.«

Soso Urlaub, Rede, das ist ja interessant, dachte sich Maria, schenkte sich noch einmal nach und war sehr gespannt, welche Unwahrheit als Nächstes aus dem Telefon kommen sollte. Agathes Stimme wurde leiser, als ob sie die Hand vor die Muschel ihres Telefons halten würde.

»Mit Verlaub, dein Mann ist offensichtlich in keiner so guten Verfassung. Seine letzte Rede, die er für das Kamingespräch in der ›Elbmanufaktur‹ geschrieben hatte, war doch etwas zu kryptisch geraten. Könntest du ihm vielleicht noch einmal unter die Arme greifen? Ich meine, bevor er sich noch gänzlich vor den gesamten Ratsmitgliedern blamiert. Aber sag, meine Liebe, wie geht es dir eigentlich, und wie ist das Wetter in Südafrika? Ich hoffe, gut.«

Nun konnte Maria nicht mehr an sich halten. Ganze zwanzig Jahre hatte sie mit diesem blöden Schnösel verplempert. Und sie war so dumm gewesen, es immer wieder von neuem mit ihm auszuprobieren.

»Agathe, ich weiß nicht, wie das Wetter momentan in Südafrika ist. Wenn du jedoch wissen möchtest, wie es in Venedig war, dann frag am besten meinen Mann oder seine Sekretärin. Nicht ich, sondern sie hat mit ihm dort gemeinsam den angedachten Überraschungsliebesurlaub verbracht. Dafür kann ich dir berichten, wie das Wetter in Ried im Allgäu ist: stürmisch, kalt und regnerisch. Das Wasser steht uns sozusagen bis zum Hals, da ich nämlich seit Weihnachten vergeblich versuche, die Familienbrauerei meines Vaters vor dem Ruin, dem Finanzamt und windigen Investoren zu retten. Also komm mir bitte nicht mit Reden für meinen Mann! Soll er sich doch blamieren, vor wem auch immer. Ich habe Wichtigeres zu tun, als weiterhin seine Hand zu halten. Und außerdem haben sie uns auch noch den Strom abgedreht! Hallo? Hallo!!«

Es hörte sich fast so an, als ob Agathe während des Telefonierens damit angefangen hätte, ein Polstermöbel mit einem stumpfen Gegenstand auszuklopfen, wenn darunter nicht die dumpfen Schmerzensschreie eines Menschen zu vernehmen gewesen wären. Kurz darauf knallte eine Haustür.

»So, das wäre erledigt, jetzt sind wir wieder unter uns. Habe ich das richtig verstanden, Maria? Sie haben euch den Strom abgestellt? Aber ist das nicht katastrophal, wenn man eine Brauerei betreibt?!«, fragte Agathe ebenso überrascht wie neugierig nach.

»Nein, wir brauen ohne Strom!«, kam es stolz aus ihr heraus.

»Ohne Strom? Wie soll das denn gehen?«

»Das ist komplizierter, als ich es selbst gedacht hätte. Aber falls es dich interessiert, kann ich dir gerne per E-Mail ein paar Aufnahmen schicken.«

Diesmal hatte Evi den Getränkewunsch bereits gewusst, bevor Maria ihn überhaupt gedacht hatte. Wie aus dem Nichts heraus servierte sie ihr einen dreifachen Espresso. Dann nahm sie die Schnapsflasche und ging nach hinten in die Küche, um eine stärkende Suppe zu-

zubereiten. Zwar wusste Maria noch nichts von ihrem Hunger, aber spätestens in einer Stunde würde ihr der Magen knurren.

Während in der Küche die Möhren und Zwiebeln gehackt wurden, übersandte Maria die Fotos und Videosequenzen des Brauvorgangs nach Hamburg. Keine zehn Minuten später klingelte ihr Telefon bereits wieder.

»Perfekt! Maria, das ist perfekt! Die reinste bayerische Hexenküche mit all dem vielen Dampf! Unglaublich, aber wahr, der komplette Brauprozess ohne Strom. Und dann noch dieser Produktname! Besser wäre noch ›Marias Erhellung‹. Ich sehe schon alles genau vor mir. Die Leute werden kopfstehen, nachdem sie den Film gesehen haben, und die Gastronomen werden euch die Fässer höchstbietend aus den Händen reißen, glaube mir! Ihr werdet mit dem Brauen gar nicht mehr nachkommen. Ursprünglicher, bayerischer und ehrlicher geht es nicht. Das kann sich noch nicht einmal ein zehnköpfiges hochdotiertes Marketingteam ersinnen. Und dann noch dieser knuffige alte Bierlaster. Sag, der fesche Mann mit dem Filzhut, der mich ein wenig an diesen Piraten aus den Seeräuberfilmen erinnert, ist das dein Vater? Und schmeckt euer Bier auch so gut, wie es aussieht? Wie viel Geld benötigt ihr?« Agathe überschlug sich fast, als wäre sie unverhofft auf eine Goldgrube gestoßen.

Maria versuchte, die Euphorie etwas zu kanalisieren.

»Moment, Agathe! Eines nach dem anderen. Was sollen die Menschen sehen? Die Sequenzen etwa, die ich dir geschickt habe?«

»Natürlich! Virales Marketing, noch nie davon gehört? Die kurzen Filmchen, die man sich überall im Internet anschauen kann und bei Gefallen weiterempfiehlt?! So etwas kostet fast nichts, und wenn wir das Material schmissig aneinanderschneiden, entsprechend platzieren und musikalisch etwas aufpeppen, dann wird das ein Millionenklickhit. Vertrau mir, ich hab da bereits jemanden im Sinn, der sich damit auskennt. Gibt es bei euch vielleicht eine Musikgruppe? Aber bitte nichts Volkstümliches.«

Maria überlegte, ob es diesen durchgeknallten Wirt von der ›Stubentalalpe‹ und seine Punkband noch gab. Aber das wäre schnell herauszufinden. Sie machte sich eine entsprechende Notiz und fuhr fort.

»Zum Thema ›höchstbietend‹ Das wird so nicht mit meinem Vater zu machen sein. Aus diesem Holz ist er nicht geschnitzt. Die ›Erhellung‹ wird sicherlich teurer als bisher verkauft werden müssen, aber es wird weder ein Bieterverfahren noch eine signifikante Erhöhung des Brauvolumens geben. Ich habe selbst miterlebt und spüre es vor allem noch, wie anstrengend es ist, das Bier herzustellen. Und ab Mai bis zum ersten Schnee ist Betriebsurlaub. Gerade damit eben alles so schön ursprünglich und bayerisch bleiben kann.«

Es ratterte kurz in der Leitung, dann juchzte Agathe auf.

»Das ist sogar noch besser, Maria! Ein regionales sowie saisonales Produkt, ökologisch und nachhaltig hergestellt. Aber gegen eine Warteliste mit vollumfänglicher Anzahlung habt ihr nichts, oder?«

»Nein, aber nur für zwei Jahre im Voraus, und die Hälfte einer jeden Charge bleibt im Ort!«

»Gut. Was liegt noch an?«

Maria räusperte sich verlegen und hoffte inständig, dass keiner ihrer Vorfahren sich auf den Kopf gespuckt fühlen würde. Aber im Leben sowie in Familien- und Geschäftsangelegenheiten kam man auf die Dauer nur weiter, wenn man aufrichtig miteinander war. Sicherheitshalber flüsterte sie nun in das Telefon.

»Zum Thema ›Ehrlichkeit‹: Wir brauen nicht so ganz akkurat nach dem Reinheitsgebot. Der ›Erhellung‹ werden noch getrocknete Wiesenkräuter und geröstete Latschenkiefersamen zugesetzt. Aber keine Angst, man sieht sie nicht, sie werden wieder herausgefiltert.«

»Aber das hört sich doch wunderbar an, Maria. Kräuter und Latschenkiefersamen, direkt aus dem Schoße der Natur. Solange nicht frische Austern hineingeworfen werden, wie sie es in einer irischen Brauerei zu tun pflegen, es keine gesundheitlichen Bedenken gibt und der Zusatz dem Charakter des Bieres dient, warum nicht? Ist das alles an illegalen Machenschaften, oder sollte ich noch etwas wissen?«

Maria schämte sich. Wie hatte sie nur Joseph, Oumar und Amadou bei der ganzen Unternehmung vergessen können? Ohne sie säße sie nicht mehr hier und würde mit Agathe telefonieren.

»Wir beschäftigen noch drei Asylbewerber aus dem Senegal, obwohl wir und sie das gar nicht dürften. Aber ohne Joseph, Oumar und Amadou werden wir nicht weiterbrauen.«

Agathe legte das Telefon beiseite, um Applaus zu spenden.

»Gut gemacht. Alles ist für diese armen Kerle besser,

als nichts zu tun oder als die Asphaltfugen der Stadt vom Gras zu befreien. Sind das die drei Süßen von eurem Gruppenselfie?! Aber ich nehme an, dass sie weder versichert noch irgendwo angemeldet sind, geschweige denn einen Lohn beziehen. Das musst du unbedingt als Erstes ändern, Maria. Sprich mit der Gemeindeverwaltung, ob es die Möglichkeit einer übergangsmäßigen Ausnahmeregelung gibt, schreibe zeitgleich drei Brauereigehilfenstellen beim Arbeitsamt aus, es wird sich gewiss niemand darauf melden. Und nach drei Monaten solltest du deine Senegalesen zumindest pro forma als Lehrlinge anstellen. Intern kannst du sie dann selbstverständlich anders abrechnen.«

Maria seufzte erleichtert auf. »Woher weißt du das alles nur?«

»Lass es mich so formulieren: Die Stärke meines Mannes liegt seit dreißig Jahren im Repräsentieren. Ich wäre für eine solche Aufgabe zu direkt. Aber sag, wie viel Geld benötigst du jetzt, und wann sehe ich es mit welcher Verzinsung wieder?«

Als Agathe Marias Vorstellung von Betrag, Zins und Laufzeit vernommen hatte, pfiff sie durch die Zähne und ließ Maria die Fakten sicherheitshalber nochmals wiederholen.

»Mein lieber Herr Gesangsverein, da muss ja jemand gehörig geschludert haben. Ich sehe schon, verdienen werde ich damit nichts, aber dafür verspricht es zumindest eine aufregende Zeit zu werden, die da auf uns zukommt. Und so etwas kann man sich nicht kaufen. Also ist es abgemacht.«

»Abgemacht!«

»Und was hat es mit diesen windigen Investoren auf sich, die du vorhin kurz erwähntest?«

Maria wollte schon abwinken, da sie ja nun ihre Schulden bezahlen konnten. Aber wenn sie schon einmal eine solche Expertin am Telefon hatte … Vielleicht würde ihr diesbezüglich ja auch etwas einfallen. Und ein kleiner Denkzettel hatte schließlich noch niemandem geschadet.

»Das ist ja putzig«, sagte Agathe, als Maria geendet hatte. »Aber wer, bitte schön, braucht ein wetterunabhängiges ›Allgäu-EreignisReich-Doofprojekt‹ mit Schaubrauerei, Sennerei und überdachter Bierachterbahn, wenn er sich eh schon inmitten der prachtvollen Natur befindet? Und das Ganze wird auch noch von Teilen der Politik getragen, sagst du? Unglaublich, wozu männliche Hirne manchmal in der Lage sind. An deiner Stelle würde ich es öffentlich machen. Scanne die Dokumente ein, schicke sie anonym an den Bund Naturschutz, an den Alpenverein, die Lokalpresse, wohin auch immer. Es wird sich schon jemand finden, der den Herren auf den Zahn fühlen wird, und du kannst dich dann entspannt zurücklehnen und sie beim Argumentieren und Zurückrudern beobachten. Du wirst sehen, es gibt nichts Amüsanteres als die Lokalpolitik. Aber nun sende mir noch die Daten für das Finanzamt und die Sozialkassen, damit ich die Beträge anweisen kann. Und dann lass uns loslegen. Wir hören uns morgen wieder.«

Kaum hatte Maria Agathe die Daten übermittelt, stand die Evi auch schon mit der dampfenden Gemüsesuppe vor ihr, und erst da vernahm Maria das Grummeln ihres Magens. Zehn Minuten später kam die Seniorchefin mit dem Nachschlag vorbei.

»Sag mal, hast du vielleicht einen Scanner? Ich müsste da ein paar Seiten einlesen«, fragte Maria, nachdem sie sich den Mund genüsslich mit der Serviette abgewischt hatte.

Evi führte Maria in ihr kleines Büro, packte ihre eigene Buchhaltung in einen der Rollschränke und deutete auf ein kleines Multifunktions-Drucker-Fax-Kopierer-Scanner-Gerät.

»Das wird ein bisschen länger dauern, gell?«, fragte Evi rein rhetorisch, schloss die Eingangstür für die Mittagspause sorgfältig ab und zog sich in ihre Privaträume für ein Nickerchen zurück. Sie wusste, dass ihre Kundin für die nächsten zwei Stunden wunschlos glücklich sein würde.

Es war schon fast beängstigend, wie reibungslos die Zahnräder im Café »B-309« an diesem Tag ineinandergegriffen hatten. Als ob es die Schaltzentrale der Welt wäre. Was es für einige ja auch wirklich war.

Maria war gerade dabei, ihren Laptop herunterzufahren, als sie die Rechnung vorgelegt bekam. Nicht dass Evi das auch erahnt hätte – es war nur sechs Uhr am Abend und Zeit, Feierabend zu machen, und zwar für beide. Die Dokumente des »Allgäu-EreignisReich« waren eingescannt und großzügig an das Rieder Rathaus, das Landratsamt und die Presse sowie den Bund Naturschutz und den Alpenverein versandt worden. Der erste Teil des Businessplans stand, und in puncto Marketingaktivitäten war es mit der Maria ein wenig durchgegangen. Was jedoch verständlich war, wenn man bedachte, dass ihr berufliches Talent bisher einzig für das Redenschreiben und die Steuererklärung angezapft worden war.

Sie zahlte, gab der Evi ein unverschämt hohes Trinkgeld, mit dem diese wirklich nicht gerechnet hatte, und überlegte, ob sie die im Altpapier gefundenen Akten und den Ordner mit der Korrespondenz nicht spaßeshalber im »B-309« auf den Zeitschriftenstapel zur weiteren analogen Verbreitung legen sollte, als die Tür zum Café aufging. Niemand Geringeres als der Liftbetreiber Ludwig Harms höchstpersönlich betrat den Gastraum. Er hatte Maria von draußen ausgemacht und war stutzig geworden, da sie gut gelaunt zu sein schien und sehr geschäftig wirkte. Mit einem falschen Grinsen und ausgebreiteten Armen kam er auf sie zu.

»Das trifft sich ja gut!«, begrüßte Maria ihn freundlich. »Ich glaube, das gehört dir.«

Und ehe sich's der Liftbetreiber versah, hielt er in seinen Armen die Akten, die er bei seiner Exfrau hatte zurücklassen müssen, als sie ihn mit Pauken und Trompeten aus dem Haus hinausgeschmissen hatte. Ebenso verdutzt wie belämmert schaute er Maria hinterher, die ihn einfach stehen ließ und hinausging.

Im selben Augenblick klingelte sein Mobiltelefon. Es war Angela Brunswick vom Finanzamt, Außenstelle Vucking, die ihn höflich darüber informierte, dass sein großzügiges Angebot in der Angelegenheit Gschwend nicht mehr benötigt werde. Auf seine gestammelte Nachfrage hin bestätigte Frau Brunswick gerne, dass es nun eine solvente Gläubigerin gab, die bereits eine Sicherheitsleistung in nicht unbeträchtlicher Höhe hinterlegt hatte, bis die gesamte Steuerschuld korrekt erhoben worden war. Sie verabschiedete sich munter und war überglücklich, bereits Anfang des Jahres ihrer Zielvereinbarung einen solch bedeutenden Schritt näher gekommen zu sein.

Ludwig Harms musste sich erst einmal setzen und durchschnaufen. Aber dazu blieb ihm nicht allzu viel Zeit. Die Zornesröte, die der Bürgermeister im Gesicht trug, war ihm schon durch die geschlossene Eingangstür anzusehen. Wütend stieß er sie auf, kam direkt auf den Liftbetreiber zu und wedelte ihm mit dem Ausdruck der Harmsschen Akten vor dem Gesicht herum.

»Du Sauhund, du! Zwar sind wir durch die Liftanlage auf Gedeih und Verderb miteinander verbandelt wie ein katholisches Ehepaar, aber die Zeiten der uneingeschränkten Harmonie und des Abnickens sind vorbei. Glaube ja nicht, dass das Ganze kein politisches Nachspiel für dich und deine Spezel haben wird. Und damit du es weißt, die Margarethe ist schon eifrig dabei, deine Nummer an jeden herauszugeben, der in der Sache bei mir in Büro anruft! Habe die Ehre!«

Und das war dann das zweite Mal an diesem Tag, dass Sixtus auf der Hacke kehrtmachte und das Café »B-309« eiligst verließ.

Als Maria den Hof der Brauerei betrat, traute sie ihren Augen nicht. Gerade war es noch stockdunkel gewesen, und nun brannte doch tatsächlich die Außenbeleuchtung, und jedes Fenster war beleuchtet. Nicht vom flackernden Schein einer stinkenden Ölfunzel, sondern vom strahlenden Licht einer elektrischen Lampe.

»Hübsch sieht es aus, nicht wahr? I hab extra auf dich gewartet, bis du nach Hause kommst!« Es war Aloisius, der oben, in schwindelerregender Höhe, auf einer Holzklappleiter saß und seine Tochter anlächelte.

»Habt ihr etwa die Stromrechnung bezahlt, Papa?!«

»I wo, wie sollten wir das denn anstellen? I hab die Ferienwohnungen der Schwaben angezapft. Die sind doch eh alle heimgefahren bei dem Regenwetter. Und vor den Skiferien kommen die nicht wieder.« Er deutete mit einem Isolierschraubenzieher auf die Stromleitung, die zum Nachbarhaus führte, an dem sämtliche Rollläden heruntergelassen waren.

»Extra für mich?«, fragte Maria gerührt. »War das nicht furchtbar gefährlich?«

Aloisius fühlte sich geschmeichelt und in gleichem Maße bewundert. Und welchem Vater hätte es nicht gefallen, von der eigenen Tochter angehimmelt zu werden? Als ob er noch dreißig wäre, rutschte er mit den Füßen und Händen an den Längsstreben der Leiter hinunter und reichte Maria seinen Arm.

»I glaub, der Joseph lässt schon das heiße Wasser für dich in die Badewanne einlaufen. Und danach kannst du dich ins warme Bett kuscheln und ausruhen.«

»Das solltet ihr auch machen, Papa, denn bis April haben wir noch viel vor. Und als Allererstes fahre ich morgen in der Früh zum Heindel Siegfried nach München und hol Nachschub zum Brauen.«

»Wieso das? Hast du etwa auch die Schwaben angezapft?«

»Nein, die Hamburger, aber die wissen zumindest davon. Komm, lass uns endlich reingehen. Du kannst dich zu mir auf den Wannenrand setzen und Heißwasser nachlaufen lassen, während ich dir alles berichte.«

Voller Vorfreude auf die warme Badewanne hakte sich Maria bei Aloisius unter und ließ sich von ihm in das extra für sie erleuchtete Haus führen.

15

Und dann wurde es doch noch, allen Querelen zum Trotz, ein betriebsamer Bilderbuchwinter und ein herrlicher Frühlingsanfang. Letztendlich hatte man in Ried, zumindest geschichtlich gesehen, schon weitaus Schlimmeres über sich ergehen lassen müssen. Kelten, Römer, Alemannen, Merowinger, schwäbische Herzöge, Schweden, sogar den Napoleon mit seiner Entourage, und die Gemeinde stand nach wie vor, von der Sonne beschienen, am Fuße des Riedhorns. Und wie sie vom Himmel schien am frühen Morgen dieses späten Apriltages. Fast hätte man meinen können, der liebe Gott hätte sie vor Milliarden von Jahren in weiser Voraussicht allein für diesen Anlass gemacht. Ihre Strahlen ließen den Schnee, der nach wie vor wie Puderzucker auf den Gipfeln lag, weißer, die Felsflanken der umliegenden Berge plastischer, das frische Hellgrün der Wiesen satter, das Gelb der ersten Löwenzahnblüten kräftiger, das Dunkelgrün der Fichten mystischer und den weißblauen Himmel tiefer erscheinen.

Zum Auftakt anlässlich der Feierlichkeiten zum fünfhundertjährigen Bestehen des Bayerischen Reinheitsgebotes erschallten pünktlich um sieben Uhr vom Gipfelkreuz des Riedhorns die tiefen, warmen Töne des Alphornquartetts »Die RiedHörner« in den Markt hinunter. Die langsam ansteigenden und abfallenden Tonfolgen klangen so inbrünstig und feierlich, dass sie selbst noch in Vucking neidisch vernommen wurden. Als die letzte Note zart verhallt war, stieg, um den Beginn des großen Tages perfekt zu machen, sogar noch ein balzendes Auerhahnpaar über den Köpfen der Musikanten auf.

Der Bayerische Ministerpräsident Franz Meersburger nahm mit zittrigen Händen das Fernglas von seinen feuchten Augen und ließ sich von seinem Staatssekretär Erwin Stadler ein weißblaues Rautentaschentuch reichen. Er hatte zwar damit gerechnet, dass es ein recht emotionaler Tag für ihn werden würde, aber dass es ihn bereits um diese Uhrzeit derartig übermannen würde, das hatte er nicht gedacht. Er verließ den Hotelbalkon und tupfte sich vorsichtig die Tränen aus den Augenwinkeln, damit sein Make-up nicht verwischte. Dann ließ er sich vom Staatssekretär den Morgenmantel von den Schultern nehmen. Er ärgerte sich ein wenig darüber, dass seine Eltern nicht ihn, sondern seinen älteren Bruder Ludwig genannt hatten, schaltete wieder Richard Wagners »Lohengrin« ein und bat Erwin Stadler, ihm die Agenda des heutigen Festtags vorzulesen.

Zuerst stand die heilige Messe auf dem Programm, dann das Salutschießen der Schützen und anschließend die Formierung des Festzuges vor dem Kirchenportal. Im weiteren Verlauf würde er die Honorierungen der ortsansässigen Vereine persönlich vornehmen. Die Feuerwehr und Schützen, die seit bereits einhundertfünfzig Jahren tätig waren, der Trachtenverein »Die Riedhorner«, die seit einhundert Jahren dieses Brauchtum pflegten, die Ehrung der Landfrauen, die ihr siebzigjähriges Bestehen zelebrierten – mit Prämierung der besten Stickarbeit –, und zuletzt sollte die Honorierung der gestandenen Mannsbilder der Bergwacht erfolgen.

Zum ersten Höhepunkt des Tages würde sich dann der Festzug anlässlich des fünfhundertjährigen Bestehens des Bayerischen Reinheitsgebotes in Bewegung setzen, mit dem Herrn Ministerpräsidenten auf dem vordersten Festwagen. Neben ihm sollten der altehrwürdige Braumeister Aloisius Gschwend und seine Tochter stehen, direkt gefolgt vom Wagen des Bürgermeisters Sixtus Mayer. Der Zug würde eine Stunde lang medienwirksam durch den Markt führen, hinauf zum Festplatz, der neben der Riedhornbahn lag.

Nach dem musikalischen Einzug in das Bierzelt waren mehrere Reden anlässlich des siebenhundertjährigen Bestehens des Rieder Marktrechtes vorgesehen, gefolgt vom Fassanstich durch den Ministerpräsidenten höchstpersönlich, und daraufhin würde das Spanferkelessen beginnen. Dann waren noch diverse Interviews mit den internationalen Fernsehstationen geplant.

Herrlich, warum konnten nicht alle Tage so verlaufen, dachte Franz Meersburger, dem schon jetzt das Wasser im Munde zusammenlief.

»Und dann geht es ab nach Hause!«, rief er freudig aus und ließ sich in sein Lodenjackett helfen.

»Nein, Herr Ministerpräsident, dann erfolgt noch die Prämierung der besten Milchkuh, stellvertretend für den Viehscheid, da es wegen des Restschnees und der Witterung mit dem Almauftrieb noch nicht so weit ist, sowie der Spatenstich für die Ortsumgehungsstraße, und im Anschluss …«

»Die Sache mit dem Rindvieh mache ich noch, aber den Spatenstich für eine Ortsumgehungsstraße? Das ist nicht Ihr Ernst, Herr Stadler. Nein, das übernehmen Sie mal schön selbst. Können wir?«

Der Ministerpräsident eilte voraus, und sein Staatssekretär folgte ihm ehrerbietig mit einem halben Meter Abstand.

Wie es nun einmal im Vorfeld einer Großveranstaltung üblich war, für deren Gelingen ein ganzes Dorf monatelang gearbeitet hatte und die zudem auch noch weltweit übertragen werden sollte, hatte sich die bestehende Grundnervosität unter allen Beteiligten am Vorabend noch einmal potenziert. Nicht, dass man in irgendeiner Weise unvorbereitet gewesen wäre. Nein, mitnichten. Aber man kannte es noch aus seiner eigenen Kindheit: Das Weihnachtsgedicht saß, man hatte sich die Finger am Akkordeon wundgeübt, doch diese endlose Warterei, bis es endlich losging, nährte die eigene Nervosität derart, dass sich mir nichts, dir nichts alles im Kopf verselbständigte und man froh sein musste, sich unter dem Weihnachtsbaum noch an seinen eigenen Namen zu erinnern.

Und um diesem Schicksal zu entgehen, hatten sich die Rieder am recht milden Vorabend des Festaktes noch einmal vor ihre Häuser gewagt, um ein wenig Zerstreuung zu suchen. Es war ein munteres Flanieren, man nickte sich würdig zu, wünschte sich viel Glück für den kommenden Tag, bewunderte die Frisuren der

Frauen und die Bärte der Männer. Traf ferner auf angereiste Festgäste, die sich im Schilderwald noch nicht richtig zurechtfanden, denen man aber gerne weiterhalf. Internationale Fernsehteams fingen erste Stimmen und Stimmungen für ihre Reportagen ein, und Journalisten ließen sich von diesem ungezwungenen Treiben für ihre Artikel inspirieren.

Da es dann doch irgendwann einmal recht kühl wurde, schlug der Chef-Gästekoordinator Markus Höschele aus einer Laune heraus vor, dass man sich doch zum lockeren Beisammensein in das Festzelt begeben könnte. Da sei es schließlich wärmer, man könne sich hinsetzen und in Ruhe miteinander plaudern. Unter großem Applaus wurde der Vorschlag von den Einheimischen, Gästen und Journalisten angenommen. Aber was war ein Festzelt ohne einen kleinen Imbiss, etwas zu trinken und Musik? Und so schaffte man heran, was in den Küchen auf die Schnelle noch zu finden war. Andere holten derweil eilig ihre Instrumentenkoffer.

Bevor es jedoch so richtig losgehen konnte, musste noch geklärt werden, wie man denn mit dem Bier zu verfahren hätte. Schon jetzt die »Erhellung« anzuzapfen, wäre ein Frevel sondergleichen gewesen. Man könnte doch den Randel Elias aus Vucking anrufen, schlug der Kämmerer Blasius Leitmeyer vor, ob er nicht etwas von seinem »Vucking HELL« liefern könnte. In der Not würde der Teufel ja auch Fliegen fressen. Zudem bot sich so die Probe eines Vergleichsprodukts für den morgigen Tag an.

Letztendlich waren es die Bauarbeiter, die dem lustigen Treiben um ein Uhr nachts ein Ende setzten. Sie waren müde aus ihren Wohn- und Schlafcontainern, die neben dem Festplatz aufgebaut waren, gekommen und hatten kopfschüttelnd das freundliche Angebot des Bauamtsleiters Marius Höbel abgelehnt mitzufeiern. Sie hätten morgen schließlich einen wichtigen und vor allem anstrengenden Tag vor sich, sollten sie doch mit dem Aushub für die Umgehungsstraße beginnen.

So ergab es sich, dass der Ministerpräsident und der Pfarrer die ersten Menschen waren, die vor dem hohen, mit Frühlingsblumen und wehenden Wimpeln geschmückten Portal der Barockkirche standen. Nervös schaute sich der Landesvater um und fragte den Pfarrer, wo denn alle seien, und vor allem, wo die Fernsehteams blieben. Die erste Lichtprobe sei doch für kurz vor acht Uhr vereinbart gewesen.

Der Pfarrer zuckte mit den Schultern und kniff den Ministerpräsidenten väterlich in die Wange.

»Die Wege des Herrn sind unergründlich! Aber wenn du willst, mein Sohn, kann ich dir so lange die Beichte abnehmen!«

Meersburger schaute den Pfarrer erbost an, als ob er ihn als Sozialdemokraten beschimpft hätte. Dann folgte er ihm aber doch in das Gotteshaus. Der Wind war zu stark geworden, und der Ministerpräsident war um den Halt seines Haares besorgt.

Man konnte es nur als einen Segen bezeichnen, dass sich Margarethe das mit den Alphörnern ausgedacht hatte, und vor allem, dass die jungen Burschen gleich nach der kleinen Vorfeier den Aufstieg auf das Riedhorn in Angriff genommen hatten, anstatt nach Hause zu gehen. Nicht auszudenken, was geschehen wäre, wenn sie sich diesbezüglich nicht durchgesetzt hätte. Aber da sie alle – Einheimische, Gäste sowie Reporter – noch in den Federn gelegen hatten, war es halb so schlimm. Und der Ministerpräsident konnte ruhig einmal auf seine potentielle Wählerschaft warten.

Mit einer Stunde Verspätung hatte sich das gesamte Dorf um Punkt acht Uhr vor dem alten Rathaus in Position gebracht. Die Gamsbärte und Federn an den Hüten der Männer und Frauen wiegten sich sanft im Wind. Der Sitz der Trachten wurde noch einmal überprüft, imaginäre Fussel von den Schürzen gezupft und den Kindern aufmunternd über den Kopf gestreichelt. Die Musikanten stimmten ihre Instrumente nach und spielten sich gerade mit einem kurzen, fröhlichen Polkastück warm, als schweres Hufgeklapper der nahenden Zugpferde sie übertönte. Die Häupter drehten sich neugierig, und kurz darauf ging ein begeistertes Raunen durch die Menge.

Den majestätischen Tieren waren die Mähnen zu aufwendigen Zopfkunstwerken geflochten worden. Ihr frisch gestriegeltes dunkles Fell schimmerte kraftvoll in der schräg stehenden Morgensonne, und ihre Nüstern pusteten aufgeregt ihren warmen Atem in aufstiebenden Wölkchen in die noch frische Morgenluft. Die zwölf Wägen waren üppig mit Tannengrün und farbenfrohen Stoffbändern dekoriert.

Mit kurz gehaltenen Kommandos wurden sie vom Zugführer in die vorbestimmte Reihenfolge gebracht. Auf sein Zeichen hin saßen die Damen und Kinder auf, die Männer bildeten ein Spalier, und dann hätte es eigentlich losgehen können, wenn da nicht noch der Aloisius, die Maria und ihre drei frischgebackenen Lehrlinge mit dem extra für diesen Tag gebauten und von Ochsen gezogenen Brauereiwagengespann gefehlt hätten. Aber das machte vorerst nichts, da erst jetzt die etwas müde und orientierungslos wirkenden Urlauber aus den Pensionen, Ferienwohnungen und Hotels traten und sich am Straßenrand formierten.

Nein, es traf sich sogar sehr gut, denn die Bürgerwerkstatt Asyl hatte sich gemeinsam mit ihren Schützlingen etwas ganz Besonderes für die Zuschauer ausgedacht. Um die Zeit zu überbrücken, schwärmten die Emigranten freudestrahlend und nicht minder stolz aus, um die Gäste mit selbsthergestellten T-Shirts zu uniformieren. Josefa Karg hatte im hinteren Bereich der Riedhornhalle eine kleine Siebdruckwerkstatt eingerichtet. Und als die Technik den Heimatvertriebenen so weit vermittelt worden war, hatten sie auch gleich ihren ersten Großauftrag bekommen: die Gestaltung und Produktion der Jubiläums-T-Shirts, die den angereisten Gästen als Geschenk und Erinnerung an den Festtag mitgegeben werden sollten.

Die Rieder applaudierten begeistert, als sich der erste beschenkte Gast ihnen präsentierte. Trefflicher hätte man die Farbe der T-Shirts nicht auswählen können: ein sattes Tannengrün. Und dann das Design! Das Dorfwappen – drei stilisierte Latschenkieferzapfen, in einem schlichten wappenartigen Rahmen eingefasst – in dezentem Gold gehalten, links auf Höhe des Herzens positioniert. Darunter, ebenso in Gold, das Datum des Festtages.

Als sich der Gast langsam umdrehte, konnte man auch die Rückseite sehen: Quer über dem Rücken prangte majestätisch die Silhouette des Riedhorns. Darüber war, leicht geschwungen, der Schriftzug »Ried im Allgäu – Frei statt Bayern« zu lesen.

Antonia Leitmeyer wäre fast in Ohnmacht und dabei vom Wagen gefallen, wenn sie der Bürgermeister Sixtus Mayer nicht in letzter Sekunde persönlich aufgefangen hätte. Mit zittrigen Fingern deutete die Landfrau entsetzt auf den Schriftzug.

»›Frei statt Bayern‹! Sixtus, wenn das der Ministerpräsident liest …«

»Was regst du dich so auf? Es hat doch alles seine Richtigkeit, und orthographisch ist auch nichts zu beanstanden. Das haben die Burschen doch richtig gut gemacht. Oder findest du nicht?« Grinsend half er ihr wieder auf den Festwagen, stieg ebenfalls auf, nahm seine Peitsche in die Hand und schaute sich suchend um. »Ja, wo bleibt er denn jetzt, der Aloisius, zefix?«

Und da kam er auch schon. Zumindest der festlich geschmückte Brauereiwagen. Vorneweg die beiden imposanten Weideochsen Horst und Edmund, die auf ihren breiten Häuptern jeweils eine kunstvoll zusammengesteckte Blumenkrone trugen. Ihr frisch eingefettetes Zaumzeug war von hübsch anzusehenden Efeuranken aus dem Brauereihof umwickelt, die bis hinauf zu den Zügeln reichten. Die hielt jedoch nicht, wie von allen erwartet, Aloisius in seinen starken Pranken, sondern sie lagen in den zarten Händen seiner Tochter Maria. Hoch über allen thronend, stand sie stolz auf dem Wagen, von der Sonne beschienen, im grünen Lodenensemble ihrer Mutter, das in der letzten Zeit zu ihrem Markenzeichen geworden war. Vor allem der Hut und dessen armlange weiße, gebogene Feder, die so neckisch und frech beim Gehen auf und ab wippte, hatten es der Kundschaft nördlich der Donau besonders angetan. Ihr Gesicht war dezent geschminkt, und sie hatte das dunkle Haar seitlich zu zwei Schnecken geflochten, die mit den ersten Gänseblümchen des Jahres verziert waren.

Wäre man näher an ihr gestanden, so hätte man ihr hinter ihrem Strahlen auch die Erschöpfung ansehen können, die nicht daher rührte, dass sie gestern an dem spontanen Fest teilgenommen hatte, sondern von den Anstrengungen der letzten Monate.

Es war alles so gekommen, wie Agathe es ihr so euphorisch am Telefon prophezeit hatte. Die Menschen liebten die »Erhellung« und das, für was sie stand. Ein ehrliches handgemachtes Produkt, das ohne Dünkel und Schnörkel daherkam und nicht mehr sein wollte, als es war. Die Bücher waren für die kommenden zwei Jahre voll und ihr Vater mittlerweile ein Internetstar. Auch wenn er etwas davon gewusst hätte, es hätte ihn nicht im Geringesten interessiert, genauso wenig wie die vielen Anfragen der Agenturen, ob er auch als Werbegesicht zu buchen sei, und die Maria kategorisch ablehnte. Es waren definitiv die vier härtesten Monate in ihrem bisherigen Leben gewesen. Trotz allem hatte sie sich jedoch noch nie lebendiger gefühlt.

Schnalzend dirigierte Maria das Ochsengespann an die Spitze des Zuges, wobei die Zuschauer die mit kunstvollen Schnitzereien versehenen Bierfässer bestaunen konnten, die wie das Krippenspiel in der Kirche die Geschichte der Gschwends und der »Erhellung« erzählten. Vorne angekommen, musste Maria etwas harscher am Zaumzeug ziehen, um die störrischen Ochsen, die sich noch nicht recht an ihre neue Rolle als Lasttiere gewöhnt hatten, zum Stehen zu bringen. Als sie es schließlich geschafft hatte, war in der einkehrenden Stille nur noch das verheißungsvolle dumpfe Glucksen der »Erhellung« in den Fässern zu hören.

»Ja, wo sind denn nur der Aloisius, Joseph und die restlichen Konsorten?«, wurde Maria verwundert von Margarethe gefragt.

Maria beugte sich zur Bürgermeistersgattin herunter. »Er weiß halt nicht, was er anziehen soll. Für den Fall, dass Mama heute zuschauen sollte. Du weißt doch, wie wichtig ihm das ist.«

»Aber er ist doch der Braumeister. Und ohne ihn …«

»Spätestens nach der Kirche ist er da, hat er mir zumindest versprochen. Der Papa hat es doch eh nicht so mit dem Vaterunser, dem Rosenkranz und dem Schuldbekenntnis. Du kennst doch unseren Pfarrer, der ist ja ganz verrückt danach.« Maria richtete sich auf und wandte sich an den Zugführer. »Von mir aus können wir!«

Der silberne Prunkstab wurde hoch in die Luft gehoben, der Zug nahm Haltung an, die Blasinstrumente wurden an die Münder geführt, ein Trommelwirbel, gefolgt von einem Paukenschlag, erklang, und dann setzte sich der Tross klangvoll und im perfekten Gleichschritt in Richtung Kirche in Bewegung.

»Und was meinst du, Maria? Wie schau i aus? Kann man das so lassen?« Erschrocken zuckte Maria zusammen und blickte auf. Sie wäre fast auf ihrem Kutschbock eingenickt. Dass sie dort und nicht mit den anderen in der Kirche saß, lag an den Ochsen und am Ministerpräsidenten. Kaum hatten sie vor eineinhalb Stunden mit dem Zug die Kirche erreicht, war ihnen auch schon der Franz Meersburger mit einer säuerlichen Mine entgegengekommen. Und als ob die Ochsen in dem Landesvater einen Konkurrenten gesehen hätten, waren sie erst wieder zu beruhigen gewesen, als er mit der Festgemeinschaft in der Kirche verschwunden war.

Maria schaute an ihrem Vater hinunter und konnte sich ein Lächeln nicht verkneifen. Er steckte genau in der Montur, die er ihr bereits um sechs Uhr morgens nervös und aufgeregt präsentiert hatte. Und die er eigentlich immer trug. Lederne Bergstiefel, graue Wollstrümpfe mit Zopfmuster, eine seiner drei knielangen Lederhosen, ein weißes Leinenhemd mit Stehkragen, darüber einen festen dunkelgrünen Janker und oben auf seinem Haupt den Filzhut, an dem die Adlerfeder steckte.

»Aber Papa, wozu war bitte schön der ganze Zinnober nötig?«

»Ja, ist des jetzt nicht recht?«

»Doch, natürlich! Stattlich und schön sieht alles an dir aus, wie immer.« Maria stieg zu ihrem Vater hinunter, griff sich in ihr Haar und steckte eines ihrer Gänseblümchen in das obere Knopfloch seines Hemdes.

»Jetzt bist du perfekt für sie«, flüsterte sie ihm ins Ohr und gab ihm einen Kuss auf seine frisch rasierte Wange.

In dem Moment erklangen die Glocken vom Kirchturm, der Mesner öffnete die Türen des Hauptportals, und dann endlich schwärmten die Kirchgänger ins Freie hinaus. Nicht wenige mussten sich aufgrund der vielen Demutsgesten, die während des Gottesdienstes von ihnen abverlangt worden waren, die schmerzenden Knie und Lendenwirbel reiben. Eigentlich war für den Festgottesdienst nur eine Dreiviertelstunde anberaumt gewesen statt der knapp zwei. Aber darunter machte es der Pfarrer nie.

Als sich das Gotteshaus geleert hatte, bildete man einen großen Halbkreis um die Stufen des Hauptportals, um den vierundvierzig Schützen mit ihren ohrenbetäubend lauten Schaftböller-Pistolen Platz zu machen. Die Männer und Frauen nahmen links und rechts der Eingangstür ihre Positionen ein, versicherten sich, dass ihre Ohrenstöpsel gut saßen und keiner mehr in ihrer Nähe war, und hoben dann die mit Schwarzpulver und Zeitungspapier gestopften und mit Kork versiegelten Läufe der aufwendig verzierten Waffen zum Salutschuss empor.

Nun war es leider so, dass der Ministerpräsident Franz Meersburger, der im dunklen Kirchenschiff wartete, dem Irrtum erlegen war, dass der vor der Kirche gebildete Halbkreis endlich seiner längst überfälligen offiziellen Begrüßung galt. Er zögerte den Moment noch ein wenig hinaus, um aus dem Schatten in das irdische Licht der Welt zu treten, und begab sich genau in dem Moment mit zum Gruß erhobener Hand in die Sonne, als es links und rechts von ihm derartig krachte, dass es ihm und seiner Entourage fast die Trommelfelle zerrissen hätte.

Nur gut, dass die Männer der Bergwacht zur Stelle waren. So wurde der Ministerpräsident flugs auf den Wagen der mütterlich besorgten Landfrauen gelegt und dort erstversorgt. Aber so schlimm war es dann Gott sei Dank auch nicht, dass man an der Ablaufplanung hätte etwas ändern müssen. Zwar hörte er momentan nichts mehr und konnte kaum durch die vom Schwarzpulverdampf gereizten Augen sehen, aber er hatte zumindest wieder Farbe im Gesicht. Folglich konnte der Ministerpräsident durchaus noch als Repräsentant für das internationale Fernsehpublikum agieren. Nur mit der medienwirksamen Begrüßung der einzelnen Gruppierungen würde es nun nichts mehr werden.

Der Staatssekretär, dem der Angstschweiß, etwas falsch zu machen, auf der Stirn stand, war keine Alternative. So entschied man sich, den Bürgermeister Sixtus Mayer ins Rampenlicht zu entsenden. Schließlich hatte er ja immerhin schon einen prämierten Künstler mit seiner Laudatio beinahe zum Weinen gebracht.

Im Nachhinein waren sich dann auch alle einig, dass der Unfall mit den Böller-Pistolen letztendlich doch ein Segen gewesen war. Als ob der Bürgermeister nur für diese Aufgabe geschaffen worden wäre, gab er jeder der zu honorierenden Gruppierungen den Raum und die Aufmerksamkeit, die sie verdienten. Und den Landfrauen natürlich ein wenig mehr von beidem, aus gutem Grund.

Aber dann war es wirklich an der Zeit, endlich mit dem Festumzug zu beginnen. Es waren genug der ehrenden Worte gesprochen worden, die Mägen knurrten, und vor allem waren die Kehlen trocken wie Staub.

Sehnsüchtig drehten sich die Köpfe in Richtung des Ochsengespanns, auf dem die Fässer thronten.

Aloisius half zuerst seinen eifrigen Helfern Joseph, Oumar und Amadou auf den Führerstand. Auch sie trugen Tracht. Keine bayerische, weiß Gott nicht, sondern ihre farbenfrohe, mit Goldfäden durchzogene senegalesische, die ein Abbild ihres stolzen, ehrlichen und frohgemuten Wesens war. Sich bereits warm tanzend, halfen sie Maria hoch, um dann auch den etwas ungelenken Aloisius zu ihnen heraufzuziehen.

Als alle ihren Platz gefunden hatten, die Übertragungswagen ihr Okay gaben und die Fernsehkameras liefen, nahm Aloisius die Zügel in die Hand und drehte sich zum Zugmeister um.

Waren die Gäste und Journalisten davon ausgegangen, dass die Rieder bereits auf dem Weg zur Kirche ihr Bestes gegeben hatten, so wurden sie nun eines Besseren belehrt. Was sie zu sehen, zu hören und zu fühlen bekamen, war keine extra für sie inszenierte Folkloreveranstaltung, sondern ein offen gewährter Einblick in die Seele der Dorfgemeinschaft, die nur über ihre jahrhundertealten Traditionen zu dem hatte werden können, was sie nun war. Sicherlich hätten die Berichterstatter und Zuschauer auf ihren erhöhten Positionen und Plätzen bleiben können, aber es zog sie förmlich hinein in das Getümmel. Folglich rückten die Rieder etwas enger zusammen und schufen die nötigen Lücken. Anstatt, wie geplant, nur eine Runde durch das Dorf zu ziehen, entschloss man sich aus Übermut und Heiterkeit, eine weitere Ehrenrunde zu drehen, bevor man zum Festplatz abbog.

Kurz bevor man ihn erreichte, schwang Aloisius, breitbeinig auf dem Bock stehend, mit hoch erhobenem Arm die Peitsche und ließ einen lauten Knall über den Köpfen der Ochsen erschallen, auf dass sie noch einmal all ihre Kräfte für den Anstieg zum Festzelt mobilisierten. Und er wusste ganz genau, wieso er dabei in seiner verschmitzten, spitzbübischen Art in die Linse einer der Fernsehkameras schielte.

Denn genau in dieses verschmitzte, spitzbübische Lächeln hatte sich Magdalena Gschwend, geborene Haslach, vor über vierzig Jahren Hals über Kopf verliebt, als sie es das erste Mal in Aloisius' Gesicht gesehen hatte. Für sie war es mehr als nur eine oberflächliche Mimik, sondern eine verheißungsvolle Einladung zu etwas weitaus Tieferem, Gemeinsamem, das damals dahinter verborgen lag. Aber wie es ironischerweise mit besonders wichtigen und verbindenden Dingen im Leben so war: Mit der Zeit wurden sie alltäglich, man vergaß, sie zu pflegen, und erkannte ihren Wert erst, wenn man sie verloren hatte. Doch dann war es manchmal schon zu spät. Magdalena hatte lange und unermüdlich dafür gekämpft, dass das Lächeln wieder zurück auf die Lippen ihres Mannes und in ihr Zusammenleben kommen würde. Doch es war nie mehr dorthin zurückgekehrt. Und als sie die Hoffnung aufgegeben hatte, war sie zu Frederico in seinen roten Sportwagen gestiegen, um mit ihm ihr Glück woanders zu suchen.

Aber nun war es auf einmal wieder da, dieses verheißungsvolle Lächeln! Wie erstarrt stand Magdalena am Tresen des Cafés »Azzurro« in Malcesine, direkt am Lido des Gardasees gelegen, und betrachtete mit pochendem Herzen ihre alte Heimat und vor allem ihren sonnenbeschienenen Mann. Stattlich, rasiert, in seiner keiner Mode folgenden Kleidung, mit dem keck zur Seite getragenen Filzhut stand er auf dem Ochsenwagen und schien ihr durch den Bildschirm direkt in ihr Herz und in ihre Seele zu schauen. Aber das, was sie am meisten berührte und ihr die Tränen die Wagen hinunterlaufen ließ, war seine offensichtliche Nüchternheit. Keine dem Anlass geschuldete, sondern eine offensichtlich schon länger anhaltende. Seine Augen waren klar, die Wangen von der frischen Luft und nicht vom Alkohol gerötet, sein Teint wirkte gesund, und seine Haltung zeugte von neuer Willenskraft und Stärke.

Dann jedoch stockte Magdalena der Atem. Die Kameras fingen eine bedeutend jüngere Frau ein, die freudig winkend neben ihrem Aloisius stand. Und diese Person steckte frecherweise auch noch in ihrem alten jagdgrünen Trachtenkostüm! Eine Eifersucht überwältigte sie, die nicht zu rechtfertigen war, denn letztendlich war sie es ja gewesen, die ihn verlassen hatte. Aber es glomm anscheinend noch etwas tief in ihr. Und jetzt rückte sich diese Frau auch noch lachend ihren Hut mit der weißen Feder zurecht, legte ihrem Aloisius den Arm um die breiten Schultern und, als ob das nicht genug gewesen wäre, drückte ihrem Mann auch noch ein Bussi auf die Wange!

Selber schuld, dachte Magdalena empört. Dann erst erkannte sie, dass es sich bei der vermeintlichen Nebenbuhlerin gar nicht um die neue Frau an Aloisius' Seite handelte, sondern um ihre eigene Tochter, Maria! Magdalena rutschte die Tasse mit dem doppelten Espresso von der Untertasse herunter, und sie zersprang auf dem gekachelten Boden des Cafés in tausend kleine Teile.

»Porca miseria! Schau, was du wieder angerichtet hast. Mein schöner neuer Lackschuh!«

Es war Magdalenas Lebensgefährte Frederico, der den licht behaarten Kopf über seinen weißmehlgeschwängerten Bauch beugen musste, um sehen zu können, was da unten mit seinen schwarzen Schuhen passiert war. In diesem Moment begann sich Magdalena zu fragen, was sie im fernen Italien eigentlich zu suchen hatte. Obwohl – oder gerade weil – sie bereits seit zwanzig Jahren dort lebte. Und ob es wirklich nicht möglich war, die Zeit zurückzudrehen. Oder zumindest die Weichen neu zu stellen.

Sie schob Frederico beiseite, schaute weiter wie gebannt auf den Bildschirm und begleitete ihren Mann und ihre Tochter mit sehnsüchtigen Blicken den Hang zur Riedhornbahn hinauf, wie sie in Begleitung von drei farbenfroh angezogenen Afrikanern unter dem Spalier der Schützen das Festzelt betraten, es erhobenen Hauptes unter dem rhythmischen Klatschen der Festgemeinde durchliefen und dann das Podium erklommen, auf dem bereits die »Riedner« spielbereit saßen.

Feierlich überreichte Aloisius den Holzhammer an Amadou. Dieser trieb den Zapfhahn mit zwei präzisen Schlägen in das erste Fass der »Erhellung«. Schäumend sprudelte das flüssige Gold, das im Licht der Fernsehscheinwerfer noch goldener und lebhafter schimmerte, als es Magdalena in Erinnerung hatte, in den Maßkrug.

Das Bild schwenkte auf zwei kräftige Burschen von

der Bergwacht um, die den nach wie vor orientierungslos wirkenden Ministerpräsidenten Franz Meersburger auf das Podium führten. Umsichtig positionierten sie ihn vor ein Standmikrophon und ließen ihn vorsichtig los. Aloisius hielt stolz den Maßkrug mit der »Erhellung« vor seiner Brust, schritt auf den Ministerpräsidenten zu und überreichte ihm den Trunk mit einer solchen Entschiedenheit, als ob es sich bei dem Bier um einen extra für den Landesvater gebrauten Zaubertrank handeln würde, dessen Rezept ein lang gehütetes Familiengeheimnis war. Mit zittrigen Händen nahm der Landesvater den Krug entgegen, hob ihn in einer zeitlupenartigen Bewegung zum Mund und begann, gierig zu trinken. Dabei zoomte der Kameramann das Gesicht des Politikers, dessen Augen sich nach dem dritten Schluck freudig weiteten, immer näher heran.

Jede Wunderheilung hatte letztendlich einen simplen, medizinisch erklärbaren Grund. So auch im Falle des Ministerpräsidenten, dessen Ohren durch den Schluckvorgang wieder aufgingen. Aber man konnte ja nicht in ihn hineinsehen, weder im Festzelt noch an den Fernsehgeräten. Seine Worte jedoch konnte man vernehmen, und zwar überall auf der Welt.

»Ein Wunder! Ich kann wieder hören!«, schrie er mehrmals frenetisch in das Mikrophon, schaute die »Erhellung« dankbar an und nahm sogleich noch weitere Schlucke. Nur mit dem Sehen wollte es anscheinend noch nicht so recht klappen. Er erblickte doch tatsächlich Menschen, die T-Shirts trugen, auf deren Rücken »Frei statt Bayern« stand.

Späteres Dementi hin oder her, es war die reinste

Lourdes-Hysterie, die in Ried ausbrechen sollte. Da brauchte es auch keine Tarzanbahn mehr vom Gipfel des Riedhorns, und auch keine Riedhornbahn oder einen Schnee, damit die Leute kamen.

Als sich immer mehr Italiener im Café »Azzurro« fragend um Magdalena scharten und gestenreich fragten, was dort vor sich ginge, erklärte Magdalena ihnen mit einem spitzbübischen Lächeln und voller Stolz, dass niemand Geringeres als ihr Mann Aloisius vor der gesamten Welt und im nüchternen Zustand ein Wunder vollbracht hätte. Und dabei meinte sie nicht das Bier und den Ministerpräsidenten, sondern das Lächeln, das sich nun auch auf sie übertragen hatte. Was hätte sie in diesem Moment dafür gegeben, wenn ihr Aloisius ihres auch gesehen hätte. Wenn er es überhaupt hätte sehen wollen, dachte sie unsicher und verließ das Café in Richtung der Seepromenade.

Aber Magdalena war nicht die einzige Gschwend, die an diesem Tag vor dem Fernsehbildschirm ins Staunen und Grübeln kam.

Eusebius, der mit einem Glas Wermut in seiner Hand gerade dabei war, Isidor, Magnus und Klemens zum hundertsten Mal den Unterschied zwischen Im- und Expressionismus, zu erklären, stockte, als er das Konterfei seines Vaters im stumm geschalteten Fernseher sah. Er strich sich eine seiner unbezähmbaren Locken aus dem Gesicht und näherte sich vorsichtig dem Bildschirm. Verwundert musste er feststellen, dass der Zorn, der seinem Vater bis dato buchstäblich in das Gesicht geschrieben und ihm in sein Gedächtnis gebrannt gewesen war, verflogen war.

So seltsam es sich auch anhörte, aber dem Aloisius war es noch nie in seinem Leben um das Feiern an sich gegangen. Dies überließ er getrost den anderen, die gerade im Festzelt damit beschäftigt waren, so ausgelassen wie schon lange nicht mehr mit der »Erhellung« auf sein Wohl anzustoßen. Selbst der Bürgermeister Sixtus Mayer hatte zur Feier des Tages von seiner Frau eine Maß Bier zugestanden bekommen. Der offizielle Teil war generalstabsmäßig abgewickelt worden, die ersten Spatenstiche für die Umgehungsstraße medienwirksam getan, und den Ministerpräsidenten hatte man mit seinem Tross ordentlich verabschiedet. Nun war man endlich wieder mit seinen Gästen unter sich.

Und während die Feier im Festzelt fröhlich ihrem Höhepunkt entgegenstrebte, saßen Aloisius und seine Tochter Maria gemeinsam wie ein altes Ehepaar auf der alten Holzbank unter der mächtigen Pappel, die etwas oberhalb am Hang über ihrer Brauerei stand. Schweigend schauten sie über Ried in das diesige Unterland hinunter, das leuchtend rot im Abendlicht lag. Direkt über dem Gipfel des Riedhorns fingen die ersten Sterne an zu leuchten, und es roch das erste Mal in diesem Jahr leicht nach den Wiesenblumen, die im Sommer zu ihrem Brau-Heu werden sollten.

»Und was meinst du, Maria, hat sie mich gesehen, da in ihrem fernen Italien?«

Maria lehnte ihren Kopf gedankenversunken an die Schulter ihres Vaters. »Ich glaube, es gibt nur einen Weg, um es herauszufinden, Papa: Fahr zu ihr hin.«

Aloisius schluckte. »Meinst du wirklich?! Und was, wenn … i mein, wenn i nicht willkommen wäre? So weit bin i ja auch noch nie gefahren und dazu noch nüchtern mit dem alten Auto und dazu noch ins Ausland! Und hat das überhaupt noch TÜV? Und dann wär da ja noch die Brauerei und …«

»Papa, hast du vergessen, dass wir Betriebsurlaub haben bis zum ersten Schnee? Und Joseph, Oumar und Amadou sind schließlich auch noch da. Und ja!«

»Was ja?«

»Ja, der Laster hat wieder TÜV, und ja, ich komme auch mit, Papa.«

»Ehrlich? Das würdest du für mich tun?«

»Aber reden musst du schon allein mit ihr. Ich gehe so lange auf deine Kosten einen Eisbecher essen. Und wer weiß, vielleicht treffe ich da unten ja auf einen flotten Italiener!«

Aloisius umschloss die Hand seiner Tochter und drückte sie dankbar. Dann schluckte er erneut. Es gab da noch etwas zu erledigen, das schon seit geraumer Zeit an ihm nagte.

»Und egal, wie es sich ausgehen sollte mit der Magdalena und mir«, sagte er. »Danach muss ich nach München, das mit dem Eusebius klären.«

»Ja, so machen wir das! Und wenn sich alles gefügt hat, fahren wir gemeinsam nach Afrika.«

»Nach Afrika?!«

»Ja, natürlich. Ihr kennt eure Enkel doch noch gar nicht, und ich habe nach all der Plackerei unendliche Sehnsucht nach meinen Kindern.«

Versöhnt mit sich und der Welt, lehnte Maria den Kopf an die Schulter ihres Vaters und ließ ihren Blick über die mondbeschienenen Dächer von Ried und der

Brauerei schweifen. Zugleich musste sie breit grinsen. Nie im Leben hätte sie damit gerechnet, dass sich beim diesem Anblick ein so warmes und geborgenes Gefühl in ihr ausbreiten würde. Froh, in ihrem neuen Leben angekommen zu sein und etwas gefunden zu haben, das sie erfüllte, ließ sie ihre Hand auf Pongos Kopf gleiten und kraulte ihn hinter dem Ohr. Heimat!, ging es ihr durch den Kopf.